AF178556

Tödliche Vermessenheit

Enid Kilbar

TÖDLICHE VERMESSENHEIT

PAHLBERG

Copyright © 2023 Pahlberg Verlag, ein Imprint des
Belle Époque Verlags,
Inh. G. Pahlberg, Wiesenstr. 7, 72135 Dettenhausen

Lektorat: Nicole Ziegler M.A.
Korrektorat: Christian Reichenbach
Innenlayout und Schriftsatz: Hans-Jürgen Maurer
Cover: Belle Époque Verlag

Herstellung: Custom Printing, Wał Miedzeszyński 217/1,
04-987 Warszawa, Polen

ISBN: 978-3-98845-085-2

in memoriam
17 Shepherd's Lead

I

Zweifelsohne streute sich ein echter Schotte niemals
Zucker auf seinen Porridge. Niemals! Das wäre reine Ver-
schwendung. Sparsamkeit war schließlich eine Tugend.
Aber diese Sparmaßnahme war wirklich eine bodenlose
Unverschämtheit.

Aufgewühlt stand Inspector MacGregor von seinem
Schreibtisch auf und trat ans Fenster. In der Regel wirkte
der Ausblick von seinem Bürofenster beruhigend auf ihn.
Aber wie zum Hohn regnete es nicht, wie es in den Highlands so häufig der Fall war, sondern der Maimorgen
erstrahlte in gleißendem Licht und setzte damit den Loch
und die Berge, die ihn umgaben, regelrecht in Szene.
Kein Wölkchen trübte den strahlendblauen Himmel.
Wäre der Beamte nicht so sauer gewesen, hätte er den
malerischen Anblick, der sich ihm bot, selbstredend aus-
giebig genossen.

Wenn unsere Mrs Hudson sich in den Ruhestand verabschiedet, nehme ich meinen kompletten Jahresurlaub
und feiere alle Überstunden ab, die ich bis dahin zusammen habe!, dachte MacGregor.

Inspector Samuel MacGregor hatte sich vom Fenster
abgewandt und starrte erneut wutentbrannt auf den Mo-

nitor seines Laptops, der aufgeklappt auf dem Schreibtisch seines Büros im Polizeigebäude stand. Er war wütend. Nein, er kochte vor Wut! Er hatte soeben eine Mail von der Personalabteilung erhalten, in der ihm mitgeteilt wurde, dass sein neuer Sergeant – irgendein Grünschnabel, der direkt von der Universität kam – seinen Dienst erst in einem Vierteljahr antreten sollte. Der Staat musste sparen und offene Stellen im öffentlichen Dienst würden mit sofortiger Wirkung erst nach einer Frist von vier Monaten erneut besetzt werden! Vier Monate! Er verstand ja, dass das nicht alles nahtlos vonstattengehen konnte, er war nun schon beinahe einen Monat ohne Sergeant. Aber dass er nun drei weitere Monate unentgeltlich die Arbeit von zwei Beamten leisten sollte, schlug dem Whiskyfass den Boden aus!

Sein alter Sergeant war zum Inspector befördert worden und hatte nun eine eigene Polizeiwache. Er war ein solider Ermittler, manchmal etwas langsam, aber fleißig, bisweilen hartnäckig wie ein Pitbull und ein ehrlicher Kerl. Er gönnte ihm seinen Aufstieg von Herzen.

Die 63-jährige Mrs Hudson war die Reinigungskraft und zugleich die gute Seele der Wache. Sie zu ersetzen, würde wahrscheinlich unmöglich sein.

MacGregor ging zur Kaffeemaschine, schenkte sich einen Becher der hauseigenen Brühe ein und schnappte sich einen von Mrs Hudsons selbstgebackenen Shortbread Fingers. Doch selbst das köstliche Gebäck konnte seine Laune nicht bessern. Zu allem Überfluss hatte sich nämlich gestern auch noch seine Schwiegermutter für heute Nachmittag bei ihnen zu Hause angemeldet! Sie wollte mal wieder ganz spontan eine Woche bleiben und würde damit sein Privatleben auf den Kopf stellen. Seine Frau war ihr einziges Kind und war unehelich geboren. Seine Schwiegermutter hatte nie geheiratet. Ein Umstand, der ihn nicht im Mindesten verwunderte.

Es war Montagmorgen. Schlimmer konnte eine Woche wohl kaum beginnen, dachte er. Er sollte schnell feststellen, sich geirrt zu haben.

Zwei Minuten später klingelte das Telefon. Der Inspector, der ein relativ kleiner und etwas untersetzter Mann Anfang vierzig war, hob ab. „MacGregor!", bellte er ins Telefon.

„Ach gut, dass ich Sie gleich persönlich an der Strippe habe, Inspector! Hier spricht Ellen MacMillan vom Shepherd's Inn", säuselte die Wirtin eines Gasthauses, das zwei Ortschaften weiter in einem kleineren Dorf lag, in ihrem Hochlandsingsang.

Wen denn sonst? Ist ja kein anderer hier!, dachte MacGregor bitter bei sich. Fünf seiner sechs Constables der Tagschicht waren von ihm zur Überwachung einer Demonstration von Jagdgegnern am anderen Ende der Kleinstadt abgestellt worden. Der Sechste im Bunde, den er eigentlich auf der Wache hatte behalten wollen, hatte ihn wegen des Ladendiebstahls einer jugendlichen Schulschwänzerin verlassen müssen und nahm derzeit den Tatbestand in der Drogerieabteilung eines Supermarktes auf.

Und einen Sergeant hatte er ja schließlich keinen mehr und würde auch so schnell keinen neuen bekommen!

„Was gibt es, Mrs MacMillan?", wollte MacGregor ein wenig schroff wissen. Er war normalerweise ein sehr ausgeglichener Mensch und absolut nicht der Typ, der seinen Zorn an anderen ausließ, aber der Zeitpunkt des Anrufs – ehe er seinen ersten Kaffee getrunken hatte – war nicht eben günstig.

Ellen schien den Ton jedoch gar nicht registriert zu haben. „Nun ja, wir vermissen zwei Gäste. Angler, um genau zu sein. Sind gestern Morgen zum Loch und wollten auf Forellen gehen, kamen aber abends nicht mehr zurück. Ihr Gepäck steht noch in ihrem Zimmer und nach Zechprellern sahen sie mir auch nicht aus. Jacob meinte, ich soll erst bei Ihnen anrufen, wenn 24 Stunden rum sind und das sind sie jetzt."

Jacob war ihr Mann, der mit ihr gemeinsam das Wirtshaus, das einige Fremdenzimmer hatte, betrieb. Das auch noch! Der Inspector fluchte innerlich. Wahrscheinlich handelte es sich um zwei dämliche Städter, die sich verlaufen hatten und nun im Hochmoor herumirrten. Er sah sich schon Hundestaffeln, Taucher und einen Hubschrauber mit Wärmebildkamera anfordern. Er hoffte inständig, – um ehrlich zu sein auch um seiner selbst willen – dass die beiden lebendig wieder auftauchten. Bei Wasserleichen wurde dem Inspector nämlich immer schlecht.

„Ich bin gleich bei Ihnen, Ellen!" Er legte auf und rief den Constable, der mit dem Ladendiebstahl zu Gange war, auf seinem Diensthandy an. Gut, er hatte bereits alles aufgenommen, die Eltern informiert und eben das Mädchen in die Schule gefahren.

Keine fünf Minuten später öffnete der Uniformierte die Tür zur Wache, die nicht unbesetzt bleiben durfte und löste MacGregor ab. Dieser schnappte sich seine Jacke, die über der Lehne seines Schreibtischstuhls gehangen hatte und trabte in den Hof, wo der Dienstwagen stand. Er würde zunächst in die entgegengesetzte Richtung fahren müssen, um einen der Constables von der Demonstration abzuziehen. Er wusste auch schon welchen. MacGregor selbst angelte nicht, dafür hatte er zu wenig Geduld. Er spielte gerne Golf, las ein gutes Buch oder ging am Wasser spazieren. Higgs jedoch, ein Beamter, der kurz vor der Pensionierung stand, war ein passionierter Fischer und kannte im Umkreis von 50 Meilen jeden Loch, jeden Fluss und jeden Bach – möglicherweise sogar jeden Tümpel. Himmel! Higgs würde sie ja im Herbst auch verlassen und vor dem neuen Jahr nicht ersetzt werden! Ihm graute schon davor, diesen Dienstplan – Weihnachten und Neujahr – mit einem Uniformierten weniger erstellen zu müssen. Das war alles ein einziger Alptraum!

Die Demonstranten zogen gerade mit ihren bunt besprayten Transparenten ab. Es hatte keine Zwischenfälle gegeben. Gottlob waren es friedliche, keine militanten Tierschützer gewesen. Der Inspector konnte zusätzlich zu Lennox Higgs auch noch den jungen Harry Craig, der recht pfiffig war, mit in den alten Land Rover packen.

* * *

Zwei Tage zuvor am späten Nachmittag

„Ellen, kannst du hier mal übernehmen?", Jacob rief durch die Durchreiche nach seiner Frau, die in der großen Gastro-Küche hinter ihm mit den Vorbereitungen zum Dinner beschäftigt war. Er stand am Tresen und hatte gerade zwei Angler, die ein Doppelzimmer gebucht hatten, mit den Essenszeiten und anderen für ihren Aufenthalt relevanten Details vertraut gemacht. Außerdem hatte er ihnen auf einer Anglerkarte die beiden Stellen gezeigt, an denen sie die größten und schönsten Forellen fangen konnten.

Gerade kam jedoch der Laster mit der Getränkelieferung angefahren und er musste die Kästen, Fässer und Flaschen ins Kühlhaus schleppen. Er schob den beiden Männern das Gästebuch hin und bat sie, sich einzutragen. „Ihr Gepäck trägt Ihnen unser Angestellter nach oben. Meine Frau kommt gleich und zeigt Ihnen Ihr Zimmer."

Er eilte zum Hintereingang und bat im Vorbeilaufen den jungen Mann, der im Moment als Barkeeper beschäftigt war, jedoch je nach Bedarf die verschiedensten Aufgaben in der Pension übernahm, sich um die Koffer der neu angekommenen Gäste zu kümmern.

Ellen begrüßte die beiden Neuankömmlinge herzlich und nahm deren Schlüssel vom Schlüsselbrett. „Wir sind etwas spät dran, entschuldigen Sie bitte. Wir haben den ersten Bus verpasst."

„Aber das macht doch nichts! Hauptsache Sie sind gut angekommen!", erwiderte die Wirtin. „Wenn Sie mir bitte folgen würden, meine Herren. Ihr Zimmer ist im ersten Stock." Sie stieg die steinernen Granitstufen voran. Die halblaute Bemerkung eines der Angler hinter sich brachte sie kurz darauf zum Lachen. „Aber nein! Wo denken Sie hin! Auf dem Gang haben wir schon lange kein Bad mehr. Selbstverständlich haben Sie Ihres en suite!"

Die beiden jungen Männer, sie schätzte sie auf Anfang bis Mitte dreißig, nickten erfreut und machten insgesamt einen freundlichen Eindruck auf die Wirtin. Allerdings waren sie ein wenig wortkarg – oder vielleicht waren sie einfach nur schüchtern. An dem Wenigen, das sie gesagt hatten, hatte sie erkannt, dass sie definitiv keine Schotten waren. Sie meinte einen altenglischen Dialekt wahrgenommen zu haben, der nach Yorkshire klang. Einer der beiden hatte das „a" in „t'bathroom" kurz und weich ausgesprochen und das „the" war als Knacklaut „t" praktisch nur zu erahnen gewesen. Der andere hatte das „a" in „late" nicht mit dem sonst üblichen Zwielaut „äi" formuliert, sondern das „ä" lang gezogen. Den Gefallen, ein „anything" oder „nothing" zu benutzen, hatte ihr keiner der beiden getan. Durch das in Yorkshire gängige „owt" und „nowt" hätte sie die Mundart eindeutig zuordnen können.

Ellen hatte Linguistik studiert, war aber dann schwanger geworden, hatte Jacob geheiratet – was sie nie bereut hatte – und ihr Studium abgebrochen. Letzteres hatte sie allerdings schon hin und wieder bedauert. Wahrscheinlich hätte sie aber nach dem Studium ohnehin auf der Straße gestanden. Die Sprachwissenschaft an sich war sehr interessant, aber meist auch eine brotlose Kunst. Jacobs Eltern hatten ihnen nach der Hochzeit den Gasthof überschrieben und sich um ihre Enkelkinder, es folgten noch zwei weitere, gekümmert. Sie holten also die Zeit nach, die sie für Jacob und seine Schwester als Eltern nie gehabt hatten. Vielleicht würde sie selbst ja, wenn es an der Zeit war, ebenfalls mehr Zeit für ihre Enkelkinder als für ihre direkten Nachkommen aufbringen können.

Ellen besann sich. Ihre Kinder waren noch Teenager und mundfaule Gäste von wo auch immer her waren allemal besser als Gäste, die einem ein Ohr abkauten und einen von der Arbeit abhielten, die dann doch noch erledigt werden musste. Sie nahm sich vor, bei Gelegenheit den Eintrag der beiden Angler im Gästebuch anzusehen, um ihre Yorkshire-Theorie zu überprüfen.

Doch dann kam der Pfarrgemeinderat eine Stunde früher als angekündigt zum Abendessen – Pfarrer Stanhope war ein wundervoller Mensch und Prediger, mittlerweile aber leider schon ein wenig senil – und sie würde es in der Hektik, die daraufhin ausbrach, schlicht und ergreifend vergessen.

II

Für Mai war das Wetter erstaunlich mild. Es hatte nur in der Nacht geschüttet. Der Morgen war mit 18 Grad Celsius sogar einigermaßen warm, da die Sonne am wolkenlosen Himmel ihr Bestes gab.

Der Inspector und seine beiden Constables kamen um halb zehn Uhr morgens beim Gasthaus der MacMillans an. Das Shepherd's Inn war ein altes Bauwerk aus beige-grauen Natursteinen, dessen Dach mit Reet gedeckt war. An der Front blühten bereits einige der ersten dunkelroten Kletterrosen am rostigen Rankengitter, das rund um die Eingangstür herum festgeschraubt worden war. Die MacMillans setzten bei der Außengestaltung ihres traditionsreichen Gasthofes auf einen ländlich-einfachen aber gepflegten und geschmackvollen Charme ohne modernen Schnickschnack.

„Ach, schön dass Sie so schnell gekommen sind, Inspector!"

Ellen stellte die kleine kupferne Gießkanne, mit der sie gerade noch die Zimmerpflanzen gegossen hatte und die zugleich als Dekorationsartikel diente, auf den Sims der großen Sprossenfensterfront, die einem den Blick auf den gemütlichen, mit verwitterten Holz-Picknicktischen vollgestellten Innenhof eröffnete.

„Morgen, Ellen", brummte der Inspector und schielte zur modernen Kaffeemaschine hinüber, die hinter der rustikalen Theke im Schankraum stand.

Die Wirtin hatte sofort begriffen. „Kann ich Ihnen und Ihren Constables einen Kaffee anbieten?"

„Danke, das ist sehr nett von Ihnen!" Die Laune des Inspectors besserte sich schlagartig. „Zu einem Cappuccino würde ich nicht Nein sagen."

Higgs, der Bluthochdruck hatte, lehnte dankend ab und der junge Harry hatte nichts übrig für Kaffee. Tagsüber Tee und Softdrinks oder Wasser, abends, nach Dienstschluss, Softdrinks oder Ale – das war seine Devise.

Der Inspector, der sich an einen der Tische in einen bequemen ledernen Loungesessel gesetzt hatte, schlürfte selig aus seiner Tasse, besann sich dann jedoch schnell wieder und wandte sich der Pflicht zu. „Also, Ellen. Ich müsste zunächst einen Blick ins Gästebuch werfen, um die Personalien der beiden Vermissten zu erfassen. Sie führen doch eines, nicht wahr?"

„Aber natürlich, Inspector. Sie haben ja keine Vorstellung davon, was die Leute hier bei uns alles vergessen, wenn sie abreisen. Erst letzte Woche musste ich einer älteren Frau ihren Lockenstab hinterherschicken. Zurückgelassene Shampoos oder Duschgels versenden wir aber nicht, denn da würden wir gar nicht mehr fertig werden." Die Wirtin wuselte zum Empfangstresen, holte das Verlangte und legte das aufgeschlagene Buch vor ihn auf die Tischplatte.

MacGregor las die Personalien laut vor, wobei er auf die Mobilfunknummern verzichtete: „Damian Nott, wohnhaft in 23 Norwich Avenue, Bournemouth, geboren am 31. Januar 1990 und Edwin Drawer, ebenfalls wohnhaft in 23 Norwich Avenue, Bournemouth, geboren am 12. April 1991."

„Na, dann wohnen die beiden ja jetzt ganz weit weg von zu Hause!", kicherte Mrs MacMillan amüsiert.

Der Inspector zog erstaunt eine Augenbraue nach oben. „Wie meinen Sie das, Ellen?", fragte er verständnislos und dadurch ein wenig brüsk.

Die Angesprochenen hörte augenblicklich auf zu gackern. „Ich bin mir fast sicher, Inspector, dass die beiden aus Yorkshire stammen. Sie haben zwar nicht viel geredet, aber der Dialekt war eigentlich eindeutig zuzuordnen."

MacGregor, dessen Tochter Maeve mit dem Mittleren der MacMillans zur Schule ging, wusste, dass Ellen irgendetwas mit Sprachen studiert hatte, ehe sie gemeinsam mit ihrem Mann den Gasthof übernommen hatte. MacGregor mochte das Wirtsehepaar, auch wenn sie nicht näher bekannt waren. Er wusste, dass sie gesetzestreue und hilfsbereite Bürger waren, die sich ihr Geld nicht eben leicht und auf einer Pobacke verdienten.

„Ich bräuchte von Ihnen und Ihrem Mann eine, wenn möglich übereinstimmende, Personenbeschreibung der beiden Männer, Ellen. Einen Reisepass oder einen Führerschein haben Sie sich wahrscheinlich nicht zeigen lassen, oder?" Die Frau schüttelte bedauernd den Kopf. Das

17

hatte er sich schon gedacht. Warum auch? Schließlich gab es im United Kingdom keine Ausweispflicht. Personalausweise waren vor einigen Jahren nur vorübergehend eingeführt und nach einem Regierungswechsel bald wieder abgeschafft worden. Einen britischen Pass hatten nur die Bürger, die ins Ausland reisten.

„Jacob!", schrie Ellen nun derart unvermittelt und lautstark durch den ansonsten menschenleeren Schankraum, dass die Beamten erschrocken zusammenzuckten.

Keine zehn Sekunden später flog die Tür zum Vorratskeller auf und der Wirt stapfte auf sie zu. MacGregor erklärte sein Ansinnen.

„Der eine war so circa einen Meter achtzig groß und der andere ein paar Zentimeter kleiner. Der größere war etwas kräftiger, aber nicht dick und hatte dunkelbraunes beinahe schulterlanges Haar und eine Brille. Der Kleinere war ziemlich drahtig, dunkelblond und hatte eine Kurzhaarfrisur, die aber nicht so kurz war, dass man seine Locken nicht mehr sehen konnte – und einen Vollbart". Ellen schaute fragend zu ihrem Mann hinüber.

„Hätte es nicht besser beschreiben können", war sein Kommentar.

„Kleidung, als sie zum Angeln aufbrachen?", brummte der Inspector knapp.

„Also sie hatten beide so Outdoor-Hosen an. Die vom Kleinen war schwarz, die andere dunkelgrün. Sie hatten beide keine Jacken an. Ist ja momentan echt warm für Anfang Mai. Sie trugen beide dunkle Sweatshirts und

Wanderstiefel. An die Farben kann ich mich nicht wirklich erinnern. Du Jacob?"

Ihr Gatte schüttelte den Kopf. „Ich habe sie am Vormittag nur kurz im Vorbeilaufen beim Breakfast im Frühstücksraum gesehen. Der Boiler in der Küche machte wieder mal Zicken. Ich hab' nicht sonderlich auf die Gäste geachtet."

MacGregor hatte die Beschreibung akribisch notiert. Das war etwas, das er schon lange nicht mehr selbst gemacht hatte, nun aber tun musste, weil er keinen Sergeant hatte. Harry beauftragte er mit Überprüfung der Daten der Vermissten. Falls sie je einen Reisepass beantragt hatten, mussten zudem gespeicherte Fotos existieren.

Er ließ sich von Jacob die Stellen auf der Angelkarte zeigen, die er den beiden Männern empfohlen hatte und bat Higgs an seine Seite. Derweil war Harry, der hinausgegangen war, um im Salon wegen der Personalien zu telefonieren, wieder in den Schankraum zurückgekehrt. „Die Angaben stimmen mit denen des Wahlkreises Bournemouth West überein, Sir. Die beiden Männer sind dort seit zwei Monaten vermerkt. Vorher haben sie in Leeds gelebt."

In Großbritannien gab es keine Meldepflicht für Bürger und auch keine Einwohnermeldeämter wie in manch anderen europäischen Staaten. Wohnortwechsel musste man nicht anzeigen. Wer aber wählen wollte, ließ sich freiwillig in seinem Wahlkreis registrieren.

Ellen lächelte. Es freute die verhinderte Wissenschaftlerin in ihr, dass sie mit ihrer Theorie richtig gelegen hatte.

„Ich hab' mir auch gleich noch erlaubt, Sir, in der Zentrale anzufragen, ob sie die Handys der beiden orten können. Hätte uns die Sucherei erspart. Aber leider Fehlanzeige!", Harry machte ein enttäuschtes Gesicht.

„Na, die werden sie wohl ausgeschaltet haben. Schließlich will man ja beim Angeln seine Ruhe haben!", kommentierte der ältere Constable die Sachlage.

„Nö, Mr Higgs. Das ist nicht so. Man kann ein Smartphone auch orten, wenn es ausgeschaltet ist. Die GPS-Funktion und die Netzverbindung bleiben auch im ausgeschalteten Zustand aktiv. Das wissen nur die meisten nicht. Aus den beiden Geräten der Vermissten müssen der Akku und zugleich die SIM-Karte entfernt worden sein. Bei den meisten älteren Geräten konnte man den Akku dann irgendwann nicht mehr ausbauen, er war fest montiert. Mittlerweile bieten aber viele Hersteller wieder Modelle an, aus denen man den Akku ganz einfach herausnehmen kann."

MacGregor pfiff anerkennend durch die Zähne. „Gute Arbeit, Harry!" Er musste den Jungen bei Gelegenheit mal beiseite nehmen und ihm ins Gewissen reden. Er sollte die Backen zusammenkneifen und nochmal die Schulbank drücken. Einen derart intelligenten Kerl, der obendrein noch Eigeninitiative zeigte, auf dem Rang eines Constables versauern zu sehen, ging dem fürsorglichen Vater und gleichermaßen guten Ermittler in ihm mächtig gegen den

Strich. Aber das musste warten! Die Tatsache, dass die beiden Handys inaktiv waren, gab ihm zu denken. Es konnte natürlich so sein, wie Harry es erläutert hatte und jemand – wer auch immer – hatte Akkus und Sim-Karten entfernt. Aber was, wenn die Smartphones samt der Besitzer auf dem Grund des Lochs lagen? Viele Geräte waren wasserdicht und bis zu fünf Fuß funktionsfähig, aber der Loch war knappe 200 Yards tief!

„Harry, rufen Sie Verstärkung! Einer der Männer muss aber auf der Wache bleiben! Dann rufen Sie den alten Dexter an. Richten Sie ihm einen schönen Gruß von mir aus und sagen Sie ihm, dass er sich seinen Whisky für abends aufsparen soll! Ich lege ihm noch eine Flasche guten Single Malt drauf! Er soll die Beine in die Hand nehmen und mit seinen besten Spürnasen sofort hierherkommen! Wenn die seinen nichts ausrichten sollten, können wir immer noch die Hundestaffel aus Inverness anfordern! Dann rufen Sie bei den Kollegen in Yorkshire an und lassen Sie diese in Erfahrung bringen, wer die nächsten Angehörigen der Vermissten sind! Wenn Sie damit fertig sind, lassen Sie sich von Mrs MacMillan den Zimmerschlüssel der beiden geben, sehen das Gepäck durch und achten auch sonst auf alles, was Ihnen nicht normal erscheint! Zum Schluss packen Sie die beiden Schlafanzüge in separate Beweismittelbeutel und bringen diese mit runter! Und vergessen Sie ja nicht, vorher Handschuhe anzuziehen!", der Inspector hatte mit seiner Gewehrsalve geendet.

„Jawoll, Sir!" Der junge Constable machte am Absatz kehrt und verschwand eilig im Nebenraum.

MacGregor sog nach seinen geschossartig hervorgebrachten Anweisungen scharf die Luft ein. Danach wandte er sich wieder der Karte zu.

„Ich bin mir sicher, Jacob, dass sie sagten, sie wollten zum Loch! Zeig' den Beamten doch erstmal dort die besten Angelgründe!", schlug Ellen vor und der Inspector signalisierte nickend sein Einverständnis.

„Ich hab' den beiden zunächst ohnehin nur dort zwei Plätze gezeigt. Sie meinten auch, dass ihnen das vorerst genügen würde. Also hier, diese Stelle", er deutete mit einem Bleistift auf ein Planquadrat, wo ein Fluss den Hochlandsee speiste, „habe ich den beiden zuerst ans Herz gelegt."

Higgs kratzte sich am Kinn. „Gute Wahl. Die Uferböschung ist dort flach, da kann eigentlich nicht mal 'nem Städter was passieren. Und wenn er doch ins Wasser rutschen sollte, ist es die ersten zehn Yards maximal kniehoch. Erst dann geht's runter. – Ein Boot haben sich die zwei nicht ausgeliehen, oder?", hakte der ältere Constable nach.

„Nicht dass ich wüsste. Haben mich auch nicht gefragt, wo sie eins mieten könnten", lautete die Replik des Wirts. „Dann hab' ich ihnen nur diese Stelle dort hinten gezeigt. Er tippte mit dem Bleistift auf ein anderes Planquadrat, das in nördlicher Richtung lag.

„Aber die beiden Angler sind ja zu Fuß aufgebrochen und zu der Zeit, als sie weggingen, fuhr kein Linienbus.

Sie werden ihre Ausrüstung doch nicht auf Schusters Rappen bis da hoch geschleppt haben!", wandte Mrs MacMillan ungläubig ein.

Higgs wog nachdenklich sein ergrautes Haupt. „Die Angelruten sind ja heutzutage wie Teleskope konstruiert und nicht mehr so sperrig und schwer wie früher. Mit Kescher, Schlagholz, Messer, Schere, Hakenlöser, Zange, Köder und so weiter kommt aber schon was an Gewicht zusammen. Allerdings weiß ich ja auch nicht, auf welche Art sie angeln wollten. Wollten sie Schlepp- oder Spinnfischen?" Der Uniformierte sah den Wirt fragend an.

„Keine Ahnung! Ich hatte zu tun!", murrte dieser ein wenig aufmüpfig. Der Inspector sah, dass diese Fachsimpelei zu nichts führte und brach die Unterhaltung an dieser Stelle ab. Wenn die Constables und der alte Dexter mit seinen Hunden eintrafen, würden sie sich zu Fuß auf den Weg zum Loch machen und hoffentlich von den Hunden, sobald diese eine Witterung aufgenommen hatten, zur richtigen Stelle geführt werden.

III

Der alte Dexter − jeder kannte ihn nur unter dieser Bezeichnung und kaum einer wusste, ob das sein Vor- oder sein Nachname war und ob er überhaupt je jung gewesen war − kam eine Viertelstunde später mit zwei Vierbeinern an: einem kleinen deutschen Dachshund, einem Hot Dog, wie die Briten den Namensgeber des Fast Foods nannten, und einem großen belgischen Bloodhound, der riesige Schlappohren hatte.

Der schwer zu schätzende alte Haudegen trug einen ungepflegten Zehntagebart, eine speckige Jagdmütze und eine ausgebeulte beige Cordhose unter einem rot-karierten Flanellhemd, dessen Kragen und Hemdsärmel schon ziemlich abgewetzt waren. Darüber hatte er eine Multifunktionsweste angelegt, die als einziges Kleidungsstück noch relativ neu wirkte und damit nicht älter als etwa fünf Jahre zu sein schien.

Dexter bildete Hunde aus und verlieh sie an Jagdurlauber, die in die Highlands kamen und entweder keinen eigenen Hund hatten oder den ihren nicht mitbringen wollten. Er kam damit gerade so über die Runden, zumal sein einziger ideeller und damit mittlerweile − da viele gute und günstig produzierende kleine Destillen in Schottland wegen der Konkurrenz mit den großen aufgeben hatten müssen – eng in Verbindung stehender materieller Anspruch lediglich der Qualität von Malz galt. Er kaute schmatzend Kautabak, während er MacGregor mit Handschlag begrüßte. Den Dackel ließ Harry an dem einen Pyjama riechen, Higgs, den Bluthund, an dem anderen, woraufhin jeder der Constables eine Leine übernahm.

Ellen hatte sich noch erinnern können, dass die beiden Angler auf den Pflastersteinen im Vorhof kurz ihre Rucksäcke abgestellt und etwas ausgepackt hatten. Anscheinend wollten sie sichergehen, dass sie nichts vergessen hatten. Dann hatte die Wirtin jedoch anderes zu tun gehabt und sie nicht weiter beobachtet.

Sie führten die Hunde exakt an die entsprechende Stelle und beide nahmen augenblicklich Witterung auf.

Der Inspector, Dexter und die anderen Constables, die schon vor dem Alten eingetroffen waren, bildeten die Nachhut.

Die Angler hatten glücklicherweise nicht den kürzeren Weg entlang der Landstraße zum Loch eingeschlagen, sondern stattdessen den Wanderweg genommen, auf dem alle motorisierten Fahrzeuge verboten waren. Bäume waren in diesem Teil der Highlands eher rar, der Pfad und die sich dahinter anschließende Landschaft waren geprägt von Moosen, Flechten, Farnen und Heidekraut. Letzteres, das weltweit legendär war, würde aber erst im August in leicht abgestuften Violetttönen erblühen.

Die Hunde verfolgten die Fährte eifrig gute zwanzig

Minuten lang. Auf einem kleinen Parkplatz direkt vor dem Loch blieben beide jedoch abrupt stehen und machten Sitz.

„Nanu!", wunderte sich der alte Dexter. „Was'n los Jungens? Such! … Such hab' ich gesagt!" Doch weder der kleine Dackel noch der große Bluthund rührten sich vom Fleck. Sie blickten ihr Herrchen schwanzwedelnd an und warteten auf ihre Belohnung. Er kratzte sich verwirrt am Kopf. „Sie sin' anscheinend gar nich' angeln gegangen", stellte er verblüfft fest.

MacGregor besah sich den sandigen Boden der Parkfläche. Direkt neben dem Dachshund lagen fünf ausgetretene Zigarettenkippen. Reifenspuren konnte er keine entdecken, da es letzte Nacht geregnet hatte. MacGregor stülpte einen kleinen Beweismittelbeutel um und griff nach den Stumpen. Diesen kleinen Trick hatte er sich bei seiner Frau in der Küche abgeschaut. So sparte er sich die Einmalhandschuhe. Es handelte sich um die Marke Chesterfield. Dann drehte er die Tüte mit der Hand wieder um, sodass die Kippen nun im Inneren der Tüte lagen.

Nachdem er den Beutel Higgs mit der Aufgabe überreicht hatte, ihn im Anschluss im Labor abzuliefern, wollte dieser ungläubig wissen: „Aber wer kann denn zwei junge Männer, die voll im Saft stehen, entführen?"

„Von einer Entführung gehen wir zum gegenwärtigen Zeitpunkt noch nicht aus, Higgs. Es ist zwar eine Option, aber sie könnten auch hier ein Auto geparkt haben und dann auf eigene Faust verschwunden sein. Warum weiß der Himmel!" MacGregor wandte sich an Harry: „Lassen Sie sich die Passfotos mailen und geben Sie die Fahndung raus!" Die Angler hatten sich, wie er inzwischen wusste, beide vor einiger Zeit einen Reisepass ausstellen lassen. „Beschreiben Sie dabei die Lage des Parkplatzes so genau wie möglich und leiten Sie die Information auch an die Lokalpresse weiter!"

Der junge Constable entfernte sich von der Gruppe und zückte sein Smartphone. „Ich muss die Angehörigen informieren und ihnen die ein oder andere Frage stellen", sagte MacGregor mehr zu sich selbst als zu den anderen Beamten.

* * *

„Nein, Schatz, das hat überhaupt nichts mit dem Besuch deiner Mutter zu tun! Ich muss selbst nach Leeds fahren. Ich habe ja schließlich keinen Sergeant mehr! Ich würde auch viel lieber vor deinem köstlichen Shortbread am Kaffeetisch sitzen. Das musst du mir glauben, Schatz!" Nachdem er seine Frau besänftigt hatte, legte MacGregor auf. Wenigstens einen Vorteil hatte die Sperre der Personalabteilung für ihn mit sich gebracht. Er hatte Erin gebeten, ihm eine kleine Reisetasche mit dem Nötigsten für eine Nacht zu packen, die ein Constable binnen kurzem abholen würde.

Die Fahrt nach Leeds dauerte einfach mindestens siebeneinhalb Stunden, und jetzt war es bereits ein Uhr mittags. Er selbst musste sich noch die Adressen der Angehörigen der beiden Vermissten durchgeben lassen und hatte zudem einen Bärenhunger. Aber er konnte es nicht riskieren, selbst nach Hause zu fahren, da seine Schwiegermutter häufig deutlich früher als angekündigt hereinschneite. Er ließ sich von Mrs MacMillan, deren Küche einen sehr guten Ruf genoss, eine Portion Haggis mit Ofenkartoffeln zum Lunch in den Salon bringen. Das schottische Nationalgericht bestand aus einem Schafsmagen, den man mit den Schafsinnereien Herz, Leber und Lunge sowie Nierenfett, Zwiebeln und Hafermehl füllte.

Während er sich das köstliche Mahl schmatzend einverleibte, las er sich die ihm von Harry weitergeleitete Dienstmail der Kollegen aus Leeds auf seinem Smartphone durch. Er machte beim Essen derart laute Geräusche – was für ihn eigentlich untypisch war – dass sich zwei Damen mittleren Alters, die aus Mittelengland angereist waren, um zu wandern und um Fischotter und Seerobben zu beobachten, empört tuschelnd über ihn unterhielten.

MacGregor war so in das Lesen der Mitteilung vertieft, dass er um sich herum nichts wahrnahm.

Ellen schritt amüsiert an den Tisch heran und fragte, ob es ihm mundete.

Der Inspector sah lächelnd zu ihr auf: „Ganz wunderbar, Ellen! Ich war bisher eigentlich mit Erins Haggis ganz zufrieden, aber dieser hier stellt ihn deutlich in den Schatten. Aber verraten Sie ihr um Himmels willen nichts davon!", er zwinkerte der Wirtin verschwörerisch zu.

Die gelobte Köchin meckerte erfreut auf. „Bestimmt nicht, Inspector. Da ist aber nicht viel bei. Meine Schwiegermutter hat mich eingeweiht. Man muss den Brät nicht nur ordentlich pfeffern und salzen, sondern auch frisch geriebene Muskatnuss unterheben. Dabei sollte man auch nicht zu sparsam sein!"

MacGregor machte sich im Geiste eine Notiz. Irgendwie musste er Erin davon überzeugen, künftig ebenfalls diese Zutat zu verwenden. Vielleicht sollte er seine Tochter Maeve, die ja mittlerweile Hauswirtschaft als Wahlfach in der Schule hatte, darauf ansetzen? Er bedankte sich aufrichtig bei der Wirtin und verlangte nach der Rechnung. Es gab anscheinend tatsächlich Menschen, die mit ihrer Schwiegermutter auf gutem Fuße standen.

Er hatte die Liste der möglichen Unterkünfte für Dienstreisen mit Übernachtung im Intranet der Polizei aufgerufen und online eine kleine Privatpension nahe der Autobahn M1 gebucht, deren Bewertungen einwandfrei waren. Die Sparmaßnahmen gingen mittlerweile so weit, dass man Spesen nur noch dann einreichen konnte, wenn man eine der von der Zentrale empfohlenen Pensionen oder B&Bs buchte. Hotels waren von Vorneherein tabu. Aber MacGregors Erfahrung nach stapelten private Anbieter tief. Sie boten meist schöne Gästezimmer für einen absolut fairen Preis an und rechneten damit, dass der Buschfunk innerhalb des Systems ihre Vorzüge anpries. Insgesamt war es für beide Seiten eine Win-win-Situation. Die vermeintlich bescheidenen Pensionswirte konnten mit 100-prozentiger Sicherheit davon ausgehen, dass ihre Rechnungen bezahlt wurden und sie angenehme Gäste beherbergen würden. Die Polizeibeamten nahmen im Gegenzug die kleinen Beeinflussungen wie Mitternachtssnacks, Expresswäsche von Hemden samt Bügeln etc. billigend in Kauf und empfahlen die kleinen Häuser unbedingt, wenn auch chiffriert, an Kollegen weiter.

Danach rief MacGregor den Vater des einen Vermissten an, stellte sich vor sowie den dringlichen Sachverhalt dar und fragte, ob es in Ordnung sei, wenn er ihn um circa neun Uhr abends noch aufsuchen würde. Der Mann war derart überrumpelt, dass er mit gar nichts anderem als Ja antworten konnte.

Sein Gepäck wurde MacGregor kurze Zeit später vorbeigebracht. Er stieg in den Land Rover und schaltete das Navi ein. Während der Fahrt hatte er genügend Zeit, sich zu überlegen, was er Desmond Nott, den Vater von Damian alles fragen wollte. Als er den Motor bereits gestartet hatte, klopfte es ans Fenster. Da er gerade in Gedanken gewesen war, zuckte er erschrocken zusammen und fuhr mit weit aufgerissenen Augen hoch. Erstaunt sah er in das Gesicht der Wirtin, die wedelnd eine braune Papiertüte in der Hand hielt, atmete beruhigt tief aus und kurbelte augenblicklich die Scheibe herunter.

„Ich habe Ihnen einen kleinen Reiseproviant zusammengepackt, Inspector. Gute Fahrt!" Er nahm die Verpflegung erfreut und dankend an, doch Ellen winkte ab, ließ etwas von Seniorennachmittag verlauten, winkte ihm zum Abschied und verschwand wieder im Gasthof.

MacGregor legte die Tüte auf den Beifahrersitz und fuhr los.

Etwa auf halbem Weg der Strecke gönnte er sich eine kurze Pause auf einem Rastplatz. Ellen hatte ihm einige Sandwiches und eine große Flasche Coke eingepackt. Das Koffein konnte er gut gebrauchen! Als er jedoch in das erste Sandwich biss, lief ihm unwillkürlich das Wasser im Mund zusammen. Er schmeckte geräucherte Forelle mit Sahne-Frischkäse-Creme, außerdem ordentlich frischen und bei falscher Atmung scharfen Meerrettich sowie frisch gehackten Dill. Die exzellente Mousse wurde von dünnen gesalzenen und gepfefferten Gurkenscheiben getoppt.

Beim monatlichen Seniorennachmittag im Shepherd's Inn würde er künftig, bis er selbst alt und irgendwann gestorben war, mit Sicherheit Stammgast sein – und sei es nur unter irgendeinem Vorwand …

Die Kollegen in Leeds waren effizient vorgegangen und hatten alles geschickt, was sie auf die Schnelle hatten herausfinden können. Die Mutter des Vermissten Damian Nott war in keinem Wahlkreis registriert, zahlte keine Steuern im United Kingdom und war vom Vater geschieden. Ansonsten hatte der junge Mann keine näheren lebenden Verwandten. Edwin Drawer hatte überhaupt keine. Seine Mutter war bei seiner Geburt gestorben und sein Vater war, als Edwin 15 Jahre alt war, den Folgen eines Arbeitsunfalls in einer Textilfabrik erlegen. Die beiden

Vermissten hatten vor einigen Jahren gemeinsam ein relativ erfolgreiches Consulting gegründet, das Internetfirmen verschiedenster Art beriet. Nott hatte Jura, Drawer Informatik studiert. Den Rest würde MacGregor selbst herausfinden müssen.

IV

Um 20.45 Uhr fuhr der Inspector in die Selby Road am Stadtrand von Leeds, nahe der M1, ein. Desmond Nott bewohnte einen kleinen roten Backstein-Bungalow mit gepflegtem Vorgarten, in den eine Straßenlaterne hineinleuchtete.

Er parkte den Land Rover neben der Einfahrt, stieg aus und öffnete das schmiedeeiserne verschnörkelte Gartentürchen. Dann schritt er bedächtig den von kleinen Buchshecken gesäumten Gartenpfad zur Haustür hinauf, sich jede Frage, die er stellen wollte, nochmals im Geiste wiederholend. Mr Nott hatte keine Klingel, sondern einen schweren metallischen Türklopfer in Form eines Löwenmaules. Kaum hatte er einmal gepocht, wurde die Tür auch schon aufgerissen. Ihm gegenüber stand ein Mann etwa Mitte Sechzig, in einer bequemen Cargo-Hose und einem Poloshirt. Die Füße steckten in altmodischen Filzpantoffeln.

„Sie müssen Inspector MacGregor sein! Kommen Sie doch herein!" Der Hausherr trat zur Seite und ließ den überraschten Ermittler eintreten. So einen überschwänglichen Empfang auf eine kurzfristige telefonische Anfrage hin bekam man selten. Nott deutete linker Hand auf die

Tür zum Wohnzimmer und der Inspector trat in das gemütliche Zimmer ein, das in etwa zwölf Quadratmeter maß. Die Einrichtung war weder spartanisch noch überfüllt. Nott hatte zwei weiche Chintz-Sessel nebst zwei kleinen Beistelltischchen vor dem offenen Kamin stehen. Eine antike Kommode diente als Ablage an einer der Wände, an denen vereinzelt schöne Nachbildungen von mittelalterlichen Kupferstichen hingen, und ein kleines Liegesofa stand als Fensterbank unter der Glasfront zum Vorgarten hinaus. „Nehmen Sie doch Platz, Inspector." Er wies auf einen der Sessel vorm Feuer. „Ich gehe davon aus, dass Sie im Dienst keinen Alkohol trinken dürfen. Das Teewasser ist bereits heiß, aber ich kann Ihnen auch einen Saft oder eine Limonade anbieten." Nott sah MacGregor erwartend an.

„Ein Tee wäre wunderbar, vielen Dank!"

Der Mann nickte und verließ den Raum. Keine zwei Minuten später war er mit einem Tablett zurück, auf dem eine Teekanne, zwei Tassen samt Untertellern und Teelöffeln, ein Milchkännchen, ein kleines Tellerchen mit zwei Zitronenvierteln und eine Zuckerdose standen Der Keksteller stand bereits auf dem anderen Beistelltisch.

MacGregor schenkte sich nach einem fragenden Blick zu seinem Gastgeber hin, selbst ein, nahm sich einen Löffel Zucker und rührte bedächtig in seiner Tasse. Er tat etwas, das bei ihm selten vorkam: Er schmiss seine Taktik komplett um. Auf der Fahrt hatte er sich etliche Fragen überlegt, die er dem Mann stellen wollte und rechnete nach seiner ersten Einschätzung desselben auch mit aufrichtigen Antworten. Doch er erkannte, dass dem Mann etwas schwer auf der Seele lag, was er nicht durch gezielte Fragen ergründen konnte. MacGregor musste improvisieren. Er blickte sich im Zimmer um. Er verharrte beim Kaminsims und erkannte seine Chance.

„Ist das das Tauffoto von Damian?", fragte er in bewusst beiläufigem Ton.

Nott schaute kurz zu ihm hin, nickte steif und starrte dann zu Boden.

Mist, jetzt habe ich es verbockt!, dachte MacGregor. Er überlegte fieberhaft, wie er seinen Fauxpas wieder ausbügeln konnte.

Doch dann setzte sein Gastgeber wider Erwarten doch zu dem vom Ermittler ursprünglich erhofften Monolog an: „Sie müssen wissen, Inspector, ich bin ein einfacher und gottesfürchtiger Mann. Meine Frau verließ meinen Sohn und mich, als dieser noch in den Kindergarten ging. Wir hatten dieses Haus gekauft – ich war Handwerker. Und leider hatten wir uns dabei finanziell übernommen. Deswegen wollte meine Frau einen Beitrag leisten und hat, nachdem ich Feierabend hatte und auf Damian aufpassen konnte, abends in einem Pub gekellnert. Der Job tat unserer Hypothek gut, unserer Ehe allerdings nicht. Wir entfremdeten uns immer mehr, zumal wir uns nur noch die Klinke in die Hand gaben. Und das einzige Bindeglied schien nach einer Weile nur noch unser gemeinsamer Sohn zu sein. Es kam, wie es kommen musste. Sie lernte bei der Arbeit einen anderen, für sie weit interessanteren Mann kennen und verliebte sich in ihn. Ich glaube nicht, dass sie eine schlechte Mutter war – wirklich nicht, aber anscheinend wollte sich ihr neuer Partner nicht mit einer Altlast herumschlagen. Eines Tages war sie verschwunden. Sie hat mir einen Zettel auf dem Küchentisch hinterlassen mit den Worten: *Es tut mir leid, ich kann nicht anders. Kümmere dich gut um Damian!* Ich war nicht einmal sauer. Irgendwie schon enttäuscht, aber auch erleichtert. Ich kann das Gefühl leider nicht besser beschreiben, und es ist ja auch schon 25 Jahre her."

Der Mann nahm einen Schluck Tee und fuhr fort. „Der Junge und ich kamen leidlich gut zurecht. Streit gibt es überall, aber ich wage zu behaupten, dass ich mich für einen alleinerziehenden Vater gar nicht schlecht geschlagen habe. In der Arbeit bekam ich die Stelle eines Vorarbeiters angeboten, die ich natürlich annahm. Ich verdiente gerade so viel mehr, dass wir zu zweit genug zum Leben hatten und ich das Haus alleine abbezahlen konnte. Etwa zwei Jahre später hat meine Frau dann die Scheidung eingereicht. Ich hatte keinerlei Einwände. Das Ganze war eine reine Formsache und ging schnell über die Bühne, zumal sie weder Sorgerechtsansprüche noch sonstige finanzielle Forderungen anmeldete. Ich hörte dann nur noch, dass sie den Mann, wegen dem sie uns verlassen hatte, geheiratet hat und mit ihm nach Südamerika ausgewandert ist. Wohin genau weiß ich nicht. Damian wuchs heran, war gut in der Schule und machte mir Freude. Er hatte allerdings schon immer einen gewissen Hang zur Theatralik und zur Sprunghaftigkeit, was ich persönlich auf das Aufmerksamkeitsdefizit eines Kindes, das nur von einem Elternteil großgezogen wird, zurückführe. Er wollte meiner Meinung nach einfach immer etwas mehr Beachtung, als die, die ich ihm widmen konnte, aber die ihm wohl auch zustand. Ich konnte mich allerdings nicht zerreißen und musste neben dem Vaterdasein auch noch Geld verdienen. Großeltern gab es keine mehr.

Damian machte einen recht guten Schulabschluss und studierte Jura. Er bekam auch ein Studiendarlehen, welches er zwar nach seinem Abschluss zur Hälfte wieder abstottern musste, aber es war trotzdem eine sehr große Hilfe. Ich glaube nicht, dass ich die Studiengebühren und ein Zimmer hätte bezahlen können. Mit 20 Jahren kam er ein wenig geknickt in den Trimesterferien vom College nach Hause. Ich dachte anfangs, er hätte nur eine Prüfung verhauen, doch es steckte mehr dahinter. Ich wollte ihn nicht drängen und wartete darauf, dass er von selbst mit der Sprache herausrückte. So hat das bei uns beiden eigentlich immer ganz gut funktioniert. Wir respektierten und vertrauten einander – er mir, wie ich ihm. Nach drei Tagen setzte er sich genau in den Sessel, in dem Sie jetzt sitzen, Inspector."

Nott nippte erneut an seinem Tee. „Er sagte es mir gerade auf den Kopf zu: *Es tut mir leid, Dad, aber ich bin schwul.* Um ehrlich zu sein, war ich im ersten Moment schon ein wenig schockiert. Ich bin altmodisch erzogen worden und kann mir als Mann ehrlich gesagt nicht …“, er brach beschämt ab. „Sie wissen schon, was ich meine.“ MacGregor nickte. „Ich war nicht wütend und schrie meinen Sohn auch nicht an. Ich wusste ehrlich gesagt nicht, wie ich darauf reagieren sollte. Ich ließ ihn erstmal sitzen und ging zu Bett. Nachdem ich eine Nacht darüber geschlafen und mich innerlich einigermaßen beruhigt hatte, sagte ich ihm, dass es mir egal sei, ob er Männer oder Frauen liebte und ich ihn nur glücklich wissen wollte. Er umarmte mich stürmisch und von da an war wieder alles beim Alten.

Zwei Jahre später dann lernte Damian seinen festen Freund Edwin Drawer kennen, mit dem er nun schon über acht Jahre zusammen ist und mit dem er sich nach dem College selbständig gemacht hat. Ihre Beratungsfirma warf schon zu Anfang gut was ab und ich musste ihm von da an nicht mehr finanziell unter die Arme greifen. Mittlerweile verdienen die beiden richtig gut und können sich auch ordentlich was leisten.“ Nott war sichtlich stolz auf den beruflichen Erfolg seines Sohnes. „Vor der ersten Begegnung mit meinem ‚Schwiegersohn‘ hatte ich zugegebenermaßen schon ein wenig Bammel, aber es wird ja bekanntlich nichts so heiß gegessen wie es gekocht wird. Er war mir sympathisch, nein mehr, ich mochte Edwin wirklich gerne und vor etwa drei Jahren haben sich die beiden in der Innenstadt von Leeds gemeinsam eine Eigentumswohnung gekauft und sind zusammengezogen.“

Es folgte erneut eine kurze Pause, in der sich der Vater

dieses Mal allerdings sichtlich neu sortieren musste. Fahrig rang er die Hände.

„Vor etwa drei Monaten, Damian und Edwin hatten sich zusammen bei mir zum Tee angekündigt, eröffnete Damian mir, dass er eigentlich nicht schwul, sondern eine Frau gefangen im Körper eines Mannes sei. Edwin sprang ihm bei und versuchte seinen Standpunkt zu erhärten. Damian wollte eine Hormontherapie beginnen und sich dann nach acht Monaten einer Geschlechtsumwandlung unterziehen. Er war mittlerweile über dreißig Jahre alt und ich hatte schon lange kein Veto mehr. Aber ich war diesmal vollkommen perplex und sah rot. Das überstieg definitiv meinen Horizont! Ich sagte ihm, dass er sich das genau überlegen solle. Schließlich konnte man das ja schwerlich rückgängig machen. Außerdem wollte mir nicht in den Kopf, wie sich der homosexuelle Edwin dann einfach umorientieren und mit einer Frau zusammenleben wollte. Ich kann mich nicht mehr an meine genauen Worte erinnern, aber ich war ziemlich aufgebracht. Damian und ich stritten so laut und heftig wie nie zuvor. Edwin hielt sich, was ich ihm im Nachhinein hoch anrechne, aus dem Wortgefecht heraus. Wir fanden natürlich keinen gemeinsamen Nenner und Damian stürmte wutentbrannt aus dem Haus. An jenem Tag habe ich ihn das letzte Mal gesehen", geknickt blickte der Vater zu den Bildern seines Sohnes, die auf dem Kaminsims standen.

MacGregor verstand den Mann nur zu gut. In der Klasse seiner Tochter war ein Mädchen, das sich im letzten Schuljahr dazu bekannt hatte, ein Junge sein zu wollen. Die Mitschülerinnen und Mitschüler gingen mit dieser Transgendersache ganz entspannt um. Dann war Josephine eben jetzt Joseph oder Joe – auch okay. Aber er wüsste als Vater ebenso wie Nott nicht recht, wie er darauf reagieren und wie er damit umgehen sollte, wenn sein kleines Mädchen – das war sie zwar de facto nicht mehr, würde es für ihn in seinem Innersten aber immer bleiben – auf einmal sein kleiner Junge sein wollte.

„Vor ein paar Wochen lag eine Notiz von Damian im Briefkasten, dass er mit Edwin nach Bournemouth gezogen war. Keine Anrede, kein Gruß, lediglich diese kurze Information", meinte der Mann traurig.

„Warum gerade Bournemouth?", wollte der Inspector, der erkannt hatte, dass Nott mit seinen Ausführungen am Ende angelangt war, wissen. „Damian liebte schon immer das Meer und ich denke, sie konnten es sich leisten, dort eine Immobilie zu erwerben."

„Aber ihr Sohn scheint nicht nur etwas fürs Meer, sondern auch für schottische Lochs übrig zu haben."

MacGregor hatte diese Ansicht ohne Hintergedanken geäußert, es war eher ein Smalltalk-Element gewesen.

„Wieso Lochs?", fragte Nott verständnislos.

„Na, er war ja mit seinem Partner zum Angeln in unserem Teil der Highlands unterwegs", erläuterte der Inspector.

„Damian und Angelurlaub? Das geht sich ja überhaupt nicht zusammen! Er war als Kind ein paar Mal mit mir unterwegs. Er hatte keine Geduld dafür, ihm war immer stinklangweilig und er verdarb auch mir dadurch die Freude daran. Als er alt genug war, ließ ich ihn dann entweder zu Hause oder bei einem Freund, wenn ich an den Fluss ging. Und dass Edwin ein Angler ist, ist mir auch neu!" Er starrte den Polizisten ratlos an.

MacGregor musste diese Auskunft erst einmal verarbeiten und sagte nichts.

„Wenn ich meinen Sohn tatsächlich nicht wieder sehen sollte und mit ihm im Bösen auseinandergegangen bin, werde ich mir das wohl niemals verzeihen! Ich muss mich dafür vor meinem Schöpfer verantworten!"

Die Alarmglocken des Beamten, der seinen eigenen Gedanken nachgehangen und zu Boden geschaut hatte, schrillten. Sein Kopf schnellte nach oben und er musterte sein Gegenüber augenblicklich äußerst eingehend. Nein, er hatte sich geirrt! Die Körpersprache des Mannes und seine Mimik offenbarten ein anderes Bild. Der Mann war nicht suizidgefährdet. Er war einfach nur ein gläubiger Christ und zugleich ein bemitleidenswerter, untröstlicher Vater.

* * *

Die Übernachtung in einer Bed & Breakfast-Pension hatte eindeutig Vorzüge. Er hatte um kurz vor elf Uhr in der kleinen Privatpension eingecheckt und war von einer freundlichen, alten, kleinen und rundlichen Dame, namens Mrs Pennyfeather empfangen worden, die sogar noch eine dieser altmodischen geblümten Hemdschürzen trug. Sie bot ihm einen Platz im Salon vor dem Kamin an, nachdem sie sich vergewissert hatte, dass der Herr Polizist doch bestimmt noch etwas Warmes zu sich nehmen wollte, ehe er sich zur Ruhe begab. Nein, das mache natürlich überhaupt keine Umstände, sie habe ihm den Eintopf extra warmgehalten. Ob er einen Schlummertrunk wolle? Natürlich habe sie einen Whisky für den Genuss. Und für den Durst vielleicht ein Stout oder doch lieber ein Ale?

MacGregor räkelte sich im bequemen Polstersessel, streckte seine Füße gemütlich dem Kaminfeuer entgegen und trank genüsslich seinen Whisky. Es war zwar ein Blend – er persönlich favorisierte Single Malt – doch seine Aromen aus Karamell, Vanille und Birne gepaart mit leichtem Rauch harmonierten ausgezeichnet.

Der Zustand der Glückseligkeit hielt nicht lange an. Irgendetwas arbeitete in MacGregors Unterbewusstsein. Ein ungutes Gefühl beschlich ihn und er wusste nicht warum. Er sah sich um. Er überlegte angestrengt. Doch in seiner unmittelbaren Umgebung konnte er keine Gefahr wahrnehmen. Er schlich sogar zum Fenster, das zur Straße hinausging, und schob den spitzenbesetzten Vorhang beiseite. Nichts, absolut nichts war zu sehen! Weder Fuchs noch Hase, die sich „Gute Nacht!" sagten.

Er setzte sich wieder auf den bequemen Sessel und versuchte sich zu entspannen. Hier war alles in bester Ordnung. Wo kam nur dieses seltsame Gefühl her? Dann, als er zum Bücherregal blickte, dämmerte es ihm. Fuchs und Hase? Tiere? Ein ausgestopfter Dackel? Er hatte sich unwillkürlich an eine Szene aus einer Erzählung von Roald Dahl erinnert. In dieser spielte eine ebensolche ältliche und auf den ersten Blick liebenswerte Hauswirtin die Hauptrolle.

Er sah sich leicht beklommen im Zimmer um. Nein, hier war nirgendwo ein ausgestopftes Tier zu sehen. Es stand einiges an Nippes auf den Regalen herum, es gab sogar Hummelfiguren und die Möbel waren samt und sonders Chippendale. Nicht unbedingt sein Stil, aber er konnte sich wieder entspannen. Seltsam, was für kleine Streiche einem das Unterbewusstsein bisweilen spielte!

Kurze Zeit später brachte ihm die nette alte Dame eine gut gefüllte Terrine mit Lancashire Hotpot und Scheiben selbstgebackenen Brotes in einem Korb. Wer buk denn heutzutage noch selbst Brot? Und dann auch noch so gutes? Der Eintopf aus Lamm, Kartoffeln und Karotten war ebenfalls köstlich.

Nachdem MacGregor auch noch die letzte Scheibe Brot verdrückt und mit seinem dunklen Bier hinuntergespült hatte, zog er sich auf das gemütliche Zimmer im Erdgeschoss zurück, das natürlich nach hinten hinausging, damit die Nachtruhe des Herrn Polizisten nicht vom Straßenlärm gestört werden würde. Vorher hatte er – wie zu Hause in der Diele – seine Straßenschuhe neben der Zimmertür abgestellt.

* * *

Der Inspector hatte wunderbar geschlafen und nachdem
der Wecker seines Handys um sieben Uhr geklingelt hatte,
hatte er seine Morgentoilette gemacht und wollte eben
zum Frühstücken aufbrechen. Doch seine Schuhe waren
verschwunden! Konnte das wahr sein? Wer zum Teufel
klaute denn einen ausgelatschten Derby-Schuh mittlerer
Preisklasse in einer Pension, die maximal fünf Zimmer
hatte und regelmäßig von Polizisten frequentiert wurde?
Da würde ja der Täter sofort entlarvt werden! Fassungslos
und leicht grantig – wie immer vor dem ersten Kaffee –
stapfte der Inspector auf Strümpfen zum lichtdurchflute-
ten Frühstücksraum, in dem er die Wirtin vermutete, die
nicht hinter dem Empfangstresen gestanden hatte.

„Ach, entschuldigen Sie bitte, Herr Polizist! Ich habe
vergessen, Ihnen Ihre Schuhe wieder vor die Tür zu stellen!", sie hatte seine unbeschuhten Füße sofort bemerkt.
„Bitte setzen Sie sich doch!". Sie deutete auf einen der vier
Tische, auf dem je eine kleine Vase mit späten Frühlings-
blühern stand, „Ich bringe Ihnen Ihre Halbschuhe sofort!"
Sie wuselte hinaus, um die Schuhe, die sie vor den Kamin
des Salons gestellt und mit Zeitungspapier ausgestopft
hatte, zu holen.

MacGregor war zunächst sprachlos, als sie die warmen
und getrockneten Lederschuhe vor ihm auf den karierten
Teppich stellte. Das hatte das letzte Mal seine Mutter für
ihn gemacht, als er zehn Jahre alt gewesen war. Er be-

dankte sich überschwänglich und schlüpfte dankbar ins wohlig warme Schuhwerk. Diese Frau war Gold wert! Er musste unbedingt daran denken, ihr im Intranet eine ausgezeichnete Bewertung zu schreiben.

V

Der Inspector war um kurz nach acht Uhr aufgebrochen. Nachdem er sein Gepäck verstaut und das Navi einge-schaltet hatte, hängte er sein Handy in die Halterung der Freisprechanlage und rief die Nummer der MacMillans auf. Es hatte keinen Sinn zu überprüfen, ob die beiden vermissten Angler einen staatlichen Angelschein hatten, da man in Schottland sowohl für die See als auch für die Binnengewässer außer in den Borders keinen benötigte. Der Loch war einer der wenigen in ganz Schottland, der nicht zum Besitz eines Landlords zählte. Deswegen hatten die Vermissten auch vor Ort keine Lizenz erwerben müs-sen.

Nachdem er zunächst auf die M1 aufgefahren war, tippte er mit dem Finger auf den grünen Hörer des Touchscreens. Nach dem vierten Klingeln hob Simon, das Mädchen für alles, ab. MacGregor sagte ihm, dass er sei-nen Chef an den Apparat holen solle. Der Gehilfe, der den Wirt kannte und wusste, dass dieser ungern von einer Arbeit fortgeholt wurde, ging deshalb mit dem schnurlosen Telefon in den Innenhof, in dem Mr MacMillan gerade die Außentheke für den Sommer aufbaute. „Die Polizei", sagte er knapp, als er dem Wirt den Hörer reichte. Dieser legte den Akkuschrauber beiseite und nahm das Telefon entgegen. Simon verschwand wieder im Inneren des Gasthauses. „MacMillan", brummte er.

„MacGregor hier. Sagen Sie, Sie zeigen doch den Touristen doch nicht nur die besten Angelgründe, Sie sind doch selbst Angler, oder nicht?"

„Ja, ich hab' aber keine Zeit mehr dafür. Und im Winter, wenn das Geschäft ruhiger ist, kann man nicht angeln", erwiderte der Wirt etwas säuerlich.

Der Inspector nahm den Unterton durchaus wahr, ging aber nicht darauf ein. Wie man sich bettet, so liegt man eben, war seine Devise. „Hatten Sie den Eindruck, dass die beiden Vermissten eine Ahnung vom Angeln hatten? Ich meine nicht unbedingt, dass sie Profis waren, aber haben sie Ihrer Meinung nach schon öfter gefischt?"

MacMillan dachte nach. Er überlegte so lange, dass MacGregor sich schon vergewissern wollte, ob er ihn überhaupt noch in der Leitung hatte. Doch dann meinte der Wirt: „Ich glaub' mich erinnern zu können, dass der eine was von Bienenmaden, die sie noch besorgen wollten, gesagt hat. Sie hatten noch welche, aber nicht mehr viele. Ich hab' mir noch gedacht, dass das auch meine erste Wahl wäre, wenn ich auf Forellen ginge. So 'ne richtige Made aufzuspießen, ist ja auch nicht jedermanns Sache. Diejenigen, die keine Ahnung haben, kommen hier meist mit einem Sortiment an künstlichen Ködern an, die sie im Paket im Internet bestellt haben, um dann feststellen zu müssen, dass sie nichts taugen."

„Danke, Jacob! Mehr wollte ich gar nicht wissen. Vielleicht versuchen Sie es mal mit Eisangeln. Ich habe einen Kollegen, der das in Norwegen mal versucht hat. Soll wirklich Spaß machen!" Er legte auf und MacMillan starrte verblüfft auf den Hörer in seiner Hand. Er wusste nicht, ob der andere das eben ernst gemeint hatte oder ihn hatte veräppeln wollen. „Mmpf!" Der gängige schottische Laut machte deutlich, was er vom Tipp des Inspectors hielt.

MacGregor war sich sicher, dass Nott die Wahrheit gesagt hatte beziehungsweise überzeugt davon war, dies getan zu haben. Warum fuhr jemand, der das Meer liebte und eben erst dorthin gezogen war, zum Angeln in die schottischen Highlands, obwohl er weder angeln konnte noch wollte? Und wo kam auf einmal das Fachwissen her? Und wieso waren die beiden Männer gar nicht angeln gegangen, sondern wahrscheinlich auf dem Parkplatz vor dem Loch in ein Auto eingestiegen? Das Ganze war mehr als mysteriös! Wenn er wieder auf der Wache war, würde er sich daran machen, Einsicht in die privaten und geschäftlichen Konten der beiden Unternehmer zu bekommen. Einen richterlichen Beschluss brauchte er nicht. Es war Gefahr im Verzug. Wenn er es sich recht überlegte, sollte er vielleicht doch gleich, bevor die Banken schlossen, Harry auf diese Sache ansetzen. Er rief ihn auf dessen Mobiltelefon an. Der junge Constable war gerade auf Streife, versprach aber, die Sache so schnell wie möglich zu erledigen.

Es dauerte keine zwei Stunden und es machte *Bing*.

Harry hatte ihm die Bankdaten gemailt. Der Junge war wirklich auf Zack! MacGregor konnte den Anhang der Mail nicht im Auto aufmachen und lesen. Es war ohnehin Zeit für den Lunch. Er beschloss bei der nächsten Ortschaft vom Motorway abzufahren und sich einen gemütlichen Pub zu suchen. Mit dem Essen auf Autobahnraststätten hatte er durchweg schlechte Erfahrungen gemacht.

Er verließ die M74 südlich von Glasgow auf Höhe Auchlochan. Er musste jedoch feststellen, dass beinahe der ganze Ort eine Seniorenresidenz war, die sich Garden Village nannte. Nachdem er aber nicht unnötig Zeit vergeuden wollte, entschied er, sich im Bistro der Einrichtung etwas zu essen zu besorgen. Die Aussicht auf den See war idyllisch und sein Lunch durchaus zu empfehlen.

Leider hatte er nicht die Muße, beides entsprechend zu würdigen. Er hatte seinen Laptop ausgepackt, denn er wollte die Bankdaten auf einem größeren Bildschirm als auf dem seines Mobiltelefons lesen. Er brauchte etwa eine halbe Stunde, in der er nebenbei aß, um die zahlreichen Konten oberflächlich zu sichten. Er begnügte sich einstweilen damit, die jeweiligen Guthaben zu überprüfen. Damian Nott und Edwin Drawer waren durchaus vermögend. Sie hatten die Immobilie in Leeds verkauft und hatten für die neue in Bournemouth keinerlei Kredit aufnehmen müssen. Im Gegenteil, die beiden jungen Männer hatten noch immer fünf Mal mehr auf der hohen Kante, als er selbst jemals haben würde.

Er würde Harry noch bei der zentralen britischen Steuerbehörde in London anfragen lassen, aber er war sich beinahe sicher, dass sich die beiden nicht abgesetzt hatten, weil sie etwa Steuergelder veruntreut oder Kundengelder unterschlagen hatten. Er hatte, um sicherzugehen, auch ihre Webseite, die einen absolut seriösen Eindruck machte, aufgerufen und sich unabhängige Bewertungsportale angesehen, die sich auf Firmen im Dienstleistungssektor spezialisiert hatten. Die Klienten stellten dem Consulting ausnahmslos positive Bewertungen aus.

Sollte Higgs am Ende doch Recht behalten und die beiden waren entführt worden? Aber es gab keine Lösegeldforderung! Zwei erwachsene Männer – wie vom Erdboden verschluckt! Er überlegte und überlegte, drehte sich jedoch im Kreis und gab nach einer Weile auf.

Um kurz nach halb fünf Uhr am Nachmittag fuhr der Inspector in den Hof der Wache ein, nachdem er kurz zuvor noch mit seiner Frau telefoniert hatte. Sie hatte wissen wollen, ob es ihm beliebte, zum Dinner nach Hause zu kommen. Duktus und Tonfall ließen ihm keine Wahl, er musste in den sauren Apfel beißen, wollte er es sich nicht die nächsten Tage mit ihr verderben.

Erin war nicht nachtragend, aber sie konnte durchaus eine Zeit lang schmollen und ihn im eigenen Saft schmoren lassen. Daher sprach er brav ein süßliches „Aber natürlich, Schatz! Ich freue mich schon auf Euch!" in den Hörer. So ganz gelogen war es ja nicht, auf Erin und Maeve freute er sich ja tatsächlich.

Irgendetwas stimmte hier ganz und gar nicht! Was

machten denn die vielen Kastenwagen und Lieferautos im Hof? Er hatte seine liebe Not, auf dem sonst so geräumigen Parkplatz eine Lücke für den Land Rover zu finden. Vorsichtig stieg er aus und lief dann die Treppen zum Hintereingang der Wache hinauf. Er kam nicht weiter als bis zum Absatz und musste wieder kehrtmachen, da ihm ein Mann in einem grauen Overall, der einen Flachbildschirm trug, entgegenkam. Der Platz reichte nicht aus für zwei Männer nebeneinander.

MacGregor wollte schon zu einer Frage ansetzen, als er im Hintergrund die Stimme Mrs Hudsons vernahm. Er hatte die gute Seele noch nie schreien hören, nicht einmal als einer seiner Constables nach einer Betriebsfeier versehentlich ein mit Öl getränktes Backblech schräg auf dem Sofa im Aufenthaltsraum platziert hatte. Mrs Hudson hatte die Fettflecken stoisch immer wieder herausgewaschen und gebürstet. Zusätzlich hatte sie über dem Brandfleck an der Sofalehne einen Stofflicken angenäht. Sie meinte nur: Wo gehobelt wird, fallen Späne! Außerdem war es ein schönes Fest! Jetzt aber keifte sie aus ganzer Seele. *Der Himmel steh uns bei!*, betete MacGregor erschrocken.

Er wollte gerade zu einem neuen Versuch ansetzen die Lage zu erkunden, als Higgs mit einem Schreibtischstuhl im Arm die Stufen hinunterkam. „Ach, da sind ja, Sir! Wir hatten einen Wasserrohrbruch! Das ganze Erdgeschoss schwimmt. Die Typen von Gas-Wasser-Sch… meinen, dass wir die nächsten zwei, drei Tage umziehen müssen, bis alles repariert und ausgetrocknet ist! Wir haben ja den Notfallplan bei der letzten Schulung bekommen, deswegen wollten wir Sie nicht belästigen. Hieß ja damals, dass alles nach Vorschrift laufen muss!"

Der Inspector war leicht überfahren. Er hatte diese Schulung ausgesetzt, da er sein Pensum an Fortbildungen für diese Beurteilungsperiode bereits erfüllt hatte. „Und was soll das konkret heißen, Higgs?", wollte er ungeduldig wissen.

„Na ja, haben eben, wie es geheißen hat, beim Katastrophenschutz angerufen und die haben uns die nächstgelegene ausgewiesene Unterkunft zugeteilt!"

MacGregor graute vor dem, was er nun glaubte, hören zu müssen. Er stellte sich eine karge Turnhalle in einer Grundschule oder die triste Kantine einer seit Jahren stillgelegten Fabrik vor. Katastrophenschutz wegen eines Wasserrohrbruchs? Quo vadis, Alba?

Er musste erneut feststellen, dass alles Schlechte auch sein Gutes hatte und rief bei seiner Frau an. „Nein, Schatz! Ich habe mir den Wasserrohrbruch ganz bestimmt nicht ausgedacht oder gar inszeniert, um deiner Mutter aus dem Weg zu gehen! Ruf einen meiner Constables an und frag' ihn, wenn du mir nicht glaubst! ... Ja, wir müssen ins Pfarrheim umziehen und ich kann mich da nicht drücken! Wie sähe das denn aus? Führungsqualitäten gleich Null! ... Nein, Schatz, du brauchst mir das Abendessen nicht warmzuhalten. Ich kann es mir auch selbst in der Mikrowelle anwärmen! ... Danke, Schatz!"

Das Pfarrheim, das ihnen der Katastrophenschutz zugewiesen hatte, war im letzten Jahr frisch renoviert worden. Die sanitären Anlagen und die Anschlüsse waren auf dem modernsten Stand. Zusätzlich hatte es einen großen schönen hellen Saal mit wuchtigen, grob behauenen Deckenbalken, die einen rustikalen Charme versprühten, weswegen er auch häufig für Hochzeitsfeierlichkeiten gebucht wurde. Gleich daneben gab es ein geräumiges Büro, das normalerweise die Pfarramtssekretärin benutzte. Diese würde wohl zwangsläufig umziehen müssen. Schließlich brauchte er unbedingt einen separaten Raum für Zeugenbefragungen – er freute sich schon auf sein schönes neues Büro! Und um die Anweisung des Katastrophenschutzes perfekt zu machen: Das Pfarrheim lag genau gegenüber vom Shepherd's Inn! Es gab einen Gott!

MacGregor wusste ganz genau, dass er sich heute Abend nichts würde aufwärmen müssen! Er nahm sich vor, gleich morgen den Chef der Installationsfirma, die mit der Instandsetzung der Wache betraut war, anzurufen. Er würde dem Mann unmissverständlich klarmachen, dass er seine Wache nur in absolut makellosem Zustand zurückhaben wollte. Er war dahingehend sehr kleinlich, denn er wollte seine Kollegen und sich keinesfalls auf lange Sicht Schimmelsporen ausgesetzt wissen! Das hätte eine Zivilklage zur Folge, da der National Health Service die Behandlungskosten der gesundheitlichen Schäden, die in Folge von Fahrlässigkeit entstanden wären, bestimmt nicht auf sich sitzen lassen würde! Zudem wurden mittlerweile – was tatsächlich stimmte – keine unnötigen Kosten mehr seitens des Staates beglichen. Das stand bestimmt auch in seiner Auftragsbestätigung! Zusatzgebühren für Nachtarbeit oder zusätzliche Überstunden außerhalb des üblichen Tarifs wurden an externe Firmen nicht mehr ausbezahlt. Der Mann sollte seine Arbeit gut, nein *sehr gut* machen und wenn es eben ein paar Tage länger dauerte, dauerte es eben ein paar Tage länger. Er wollte ja schließlich den vollen und wohlverdienten Lohn für seine ehrliche Arbeit erhalten, oder etwa nicht?

Unter dem Motto „Gut Ding will Weile haben" überquerte er die Straße und machte sich die Redensart ein zweites Mal zunutze. Er nahm im Salon des Gasthauses Platz und studierte eingehend die Speisekarte.

Zwei Stunden später öffnete er leise die Tür zum Zimmer seiner Tochter Maeve. Er lauschte ihren regelmäßigen Atemzügen, ehe er sich ihrem Bett näherte und ihr liebevoll über die Wange strich. Sie machte daraufhin immer – wie schon als kleines Mädchen – einen leisen Grunzlaut und drehte sich im Schlaf auf die Seite. Danach ging er ins Bad und versuchte so leise wie möglich zu sein. Er schlüpfte zu Erin, die bereits tief und fest schlief, ins Bett und gab ihr einen Kuss auf die Wange. Wie üblich erfolgte daraufhin keinerlei Reaktion. Er hatte sein Smartphone auf halb sieben und Vibrationsalarm gestellt, ehe er es in der Brusttasche seines Pyjamas versenkte und die Decke über sich hochzog. Er versuchte, seine Frau nicht unnötig früh zu wecken, musste aber unbedingt außer Haus sein, bevor seine Schwiegermutter erwachte und ihre Chance ergriff, ihm die Laune für den ganzen Tag zu verderben. Gottlob schlief sie in der Regel bis mindestens acht Uhr morgens. Das war einer ihrer wenigen Vorzüge oder, wenn er so darüber nachdachte, eigentlich der einzige, den er bisher in den sechzehn Jahren Ehe mit seiner Frau hatte ausfindig machen können.

* * *

Erin war nicht aufgewacht, als er aufgestanden war. Sie und Maeve standen normalerweise erst in einer guten halben Stunde auf. Die Ganztagsschule seiner Tochter begann um acht Uhr fünfundvierzig. Auch von seiner Schwiegermutter fehlte, wie erwartet und Gott sei Dank bestätigt, jede Spur. Er stellte die kleine Vase mit Frühlingsblumen, die er Mrs Pennyfeather, der Pensionswirtin, abgekauft hatte, auf den Esstisch. Er hatte kurzfristig überlegt, ob er Erin auf der Rückfahrt einen überteuerten Blumenstrauß aus einer Gärtnerei, die eine der Tankstellen auf seinem Weg belieferte, mitbringen sollte. Nachdem er jedoch des kleinen aber feinen Sträußchens auf dem Frühstückstisch in der Privatpension ansichtig geworden war, kaufte er der Pensionswirtin diesen edlen und farblich wundervoll abgestimmten Biedermeierstrauß samt zierlichem Porzellanväschen ab. Tatsächlich waren alle Blumen erst am gleichen Morgen eigenhändig von Mrs Pennyfeather in ihrem Vorgarten abgeschnitten worden. Er hatte in seinen Augen gespart, zumal er für einen unansehnlichen, wenngleich etwas größeren Strauß, wohlgemerkt ohne Vase, an einer Tankstelle mindestens das Doppelte bezahlt hätte und freute sich über seine gewinnbringende Ersparnis, wie jeder wahre Schotte es getan hätte.

Mrs Pennyfeather jedoch, die die Vase auf dem Flohmarkt der örtlichen Charity für 50 Pence gekauft hatte und deren Blumenzwiebeln noch jahrelang Blüten hervorbringen würden, war die tatsächliche Gewinnerin des englisch-schottischen Deals gewesen.

VI

MacGregor war gerade am Pfarrheim eingetroffen, als sein Smartphone brummte. Er hatte es noch nicht umgestellt. Erin hatte die Blumen, jetzt sahen sie sogar noch schöner aus, da mehrere Blüten aufgegangen waren, fotografiert und ihm zusätzlich ein digitales Herz geschickt.

Er beauftragte Harry damit, die zentrale Steuerbehörde bezüglich der Consulting-Firma der beiden vermissten Angler zu kontaktieren.

MacGregor hatte es bewusst vermieden, zu Hause zu frühstücken. Vorsicht war besser als Nachsicht! Deshalb überquerte er die Straße und nahm im Frühstücksraum des Shepherd's Inn Platz. Als er gerade den ersten Schluck seines – heute war er zu Experimenten aufgelegt – Latte Macchiatos getrunken hatte, stürmte Higgs in den Raum. „Schon wieder vermisste Angler, Sir! Diesmal gleich drei!"

Keine halbe Stunde später standen MacGregor, Higgs, der junge Harry Craig und noch zwei weitere Constables vor dem Old Inn, das am Marktplatz einer etwa sechs Meilen entfernten Ortschaft lag. Das Gasthaus war weiß gekalkt, hätte aber durchaus einen neuen Anstrich, wenn nicht sogar einen neuen Putz, vertragen. Gedeckt war es mit an sich schönen rustikalen, alten grauen Schieferschindeln, die jedoch zwischendurch von roten Dachziegeln abgelöst wurden. Beim Flicken des Daches hatte man auf Ästhetik anscheinend ebenfalls keinen Wert gelegt. In den Blumenkübeln, die an der Hausfront entlang standen, wucherte das Unkraut und viele der ursprünglich eingepflanzten Hochstammrosen waren bereits eingegangen und nicht entfernt worden. Die Buchskugeln hatten überlebt, wurden aber offensichtlich nicht gestutzt und glichen nun eher wild austreibendem Buschwerk. Als MacGregor allen voran die Vordertreppe hinaufschritt, bemerkte er, dass einige Kacheln locker waren. Er musste sich sogar einmal am Geländer festhalten, um nicht zu stolpern. Der sich anschließende Blick auf seine Handfläche offenbarte ihm einen rostbraunen Fleck. Es hatte das Innere noch nicht gesehen, aber allein schon vom äußeren Eindruck des Gasthofs ausgehend, hätte er hier niemals bezüglich einer Übernachtung angefragt. Die verschwundenen Angler hatten scheinbar nicht sonderlich hohe Ansprüche an eine Unterkunft gestellt.

Die Pensionswirtin, eine ältere, etwas schlampig aussehende Frau mit lautem Organ, rief sie an, ehe sie überhaupt richtig eingetreten waren: „Da sind Sie ja endlich! Das hat ja 'ne Ewigkeit gedauert! Mussten wohl noch fertig frühstücken, die Herren – wie?"

MacGregor, der seinen Milchkaffee, also den ersten Kaffee des Tages, hatte stehen lassen müssen, atmete zwei Mal ganz tief durch, ehe er zu einer Antwort ansetzte: „Sie haben uns angerufen, Mrs Pebmarsh, um drei ihrer Gäste als vermisst zu melden, ist das richtig?" MacGregor hatte nicht vor, sich von dieser … Person provozieren zu lassen. Er wollte keinesfalls etwas sagen, das er nicht mehr zurücknehmen konnte. Aber er sah die Frau scharf und eindringlich an. Sein Ton war eisig gewesen.

Der Wirtin schien dies entgangen zu sein, oder aber sie ließ sich davon nicht beeindrucken. „Hab ich ja alles schon so 'nem Constable am Telefon erzählt! Wollen Se jetzt endlich mal wissen wie die geheißen haben und wann se verschwunden sin' oder was? Schließlich bezahl' ich Se Trödler ja mit meinen Steuergeldern!"

„Die Fragen stelle ich hier, Mrs Pebmarsh! Sie müssen lediglich wahrheitsgemäß antworten! Nicht mehr und nicht weniger! Und wenn Sie mich oder einen meiner Männer noch einmal beleidigen sollten, so wird das richtig teuer für Sie werden!" MacGregor riss sich am Riemen und musste sich in Gedanken selbst gut zureden, um dieser … Person nicht gehörig über ihr unverschämtes Mundwerk zu fahren.

Doch anscheinend hatte er den richtigen Nerv getroffen. Der Zustand des Gasthauses war scheinbar nicht nur der Nachlässigkeit geschuldet, es fehlten wohl auch die finanziellen Mittel.

„Also, wenn Sie mir zunächst bitte Ihr Gästebuch zeigen würden. Ich gehe davon aus, dass Sie eines führen." Der Inspector zog fragend eine Augenbraue nach oben, während er die Frau herausfordernd ansah.

„Hab' ich natürlich, lassen uns immer alles aufschreiben. Nich' wahr, Bert?" Mr Pebmarsh, der ebenfalls einen einigermaßen ungepflegten Eindruck machte, aber ein gutmütiges Gesicht hatte und die Beamten höflich grüßte, gesellte sich schlurfend an ihre Seite. Zur Bestätigung nickte er lediglich.

„Hier, kommen Se mal mit rüber", sie ging voran, zur Empfangstheke, auf der ein aufgeschlagenes einfaches Schulheft lag. Sie deutete auf den letzten Eintrag. MacGregor registrierte wenig erstaunt, dass davor die letzten beiden Gäste, scheinbar ein Ehepaar, Anfang März und nur für eine Nacht hier gewesen waren. Er zückte sein Smartphone und fotografierte die relevanten Daten. Elias, Isaac und Jeremy Blair, alle drei wohnhaft in, *hol mich der Teufel*, dachte MacGregor verblüfft, *Leeds*. „Haben sie Ihnen erzählt, dass sie Brüder sind?", fragte der Inspector die Wirtsleute.

„Ja, das …"

Mr Pebmarsh wurde von seiner Frau unterbrochen, die ihm harsch ins Wort fiel. „Alle drei Jungens war'n Brüder, ja. Ham se mir stolz erzählt. Waren alle drei passierte Angler und machten gerne zusammen Angelurlaube. Jawoll!"

Der Inspector überlegte kurz, ob er die Frau korrigieren sollte, entschloss sich dann aber dagegen, da er ihr künftige Blamagen richtig leidenschaftlich gönnte. Die Vorstellung von pürierten Männern schob er − sich innerlich schüttelnd − schnell beiseite. Wenn die Männer tot waren, dann fanden sie deren Leichen hoffentlich in einem Stück! Die drei Brüder hatten verschiedene Adressen in

Leeds und natürlich auch Geburtsdaten, wobei der jüngste 28, der mittlere 30 und der älteste Bruder 33 Jahre alt war.

„Wann sind sie denn gestern aufgebrochen?" Mr Pebmarsh, der die drei Angler noch zu ihrem Auto begleitet hatte, startete einen neuen Versuch, jedoch vergeblich. „Weggefahren sin' se so gegen, lass'n Se mich mal kurz überlegen ..."

„Sie ham nur ihre Klamotten aufs Zimmer gebracht und sin' dann gleich los. Das Angelzeug ham se gar nich' erst ausgeladen. War so um zehn Uhr. Meinten, se kennen sich hier aus. War'n wohl schon mal in der Gegend."

MacGregor, der für den armen Alten, der anscheinend überhaupt nichts zu sagen hatte, aufrichtiges Mitleid empfand, hakte nach. „Haben sie Ihnen erzählt, wo sie vorher waren? Wenn die drei Geschwister direkt aus Leeds hergefahren sind, hätten sie ja mitten in der Nacht losfahren müssen."

Die Alte blinzelte boshaft. „Ne, das ham se nich'. Das müss'n Se schön selber rausfinden", gackerte sie schadenfroh.

Der Inspector schluckte die Bemerkung, die ihm auf der Zunge lag, hinunter und wandte sich nun explizit Mr Pebmarsh zu, indem er dessen Frau den Rücken kehrte. Die alte Schachtel hatte jetzt erst mal Sendepause! Die beiden waren wirklich der Inbegriff der auf bestimmte Ehepaare gemünzten Redensart „Er ginge ja, aber sie ...!"

Als sie erfahren hatten, dass die drei Vermissten einen dunkelblauen Vauxhall Kombi gefahren hatten – der alte

Pebmarsh konnte sich allerdings nicht an das Kennzeichen erinnern, aber das war reine Formsache, – erhielten die Beamten eine vage Personenbeschreibung.

MacGregor hoffte inständig, dass die Brüder Reisepässe beantragt hatten, dann hätten sie Passfotos und kannten die jeweilige Größe. Bei der Beschreibung der Figur einer gesuchten Person waren die Zeugenaussagen sowieso immer mannigfaltig. Der Inspector konnte sich eines Falles entsinnen, bei dem vier Zeugen ein und dieselbe Frau, die sich nicht einmal verkleidet hatte, als korpulent, sportlich, schlank und eben ganz normal, also weder dick noch dünn, beschrieben hatten. MacGregor beauftragte Harry mit beiden Rechercheaufgaben, trug ihm zusätzlich auf, erneut bei den Beamten in Leeds anzurufen, damit diese die engsten Angehörigen ausfindig machten, und schickte Higgs nach oben, um das Gepäck einzutüten. Currington und Fox, die beiden anderen Constables, sollten ihn bei seiner Fahrt um den Loch begleiten und mit ihm nach dem Auto Ausschau halten.

„Wenn Se fertig sin', kommen Se doch zum Lunch zu uns!“, forderte Mrs Pebmarsh den Inspector auf.

MacGregor tat so, als hätte er nichts gehört und verließ eilends den schmuddeligen Empfangsraum. Eher gefror die Hölle zu! Da hätte er sogar lieber zu Hause in Gesellschaft seiner Schwiegermutter zu Mittag gegessen!

Nachdem sie losgefahren und auf die Uferstraße, die rund um den Loch führte, abgebogen waren, fragte sich der Inspector, warum jemand es auf Angler abgesehen haben sollte. Gab es etwa militante Tierschützer, die sich für die Fische und gegen den Angelsport einsetzten? Er hatte noch nichts davon gehört, aber das sollte nichts heißen. Mittlerweile protestierte ja jeder gegen jeden oder etwas anderes. Er machte sich im Geiste eine Notiz, diesbezüglich Higgs bei ihrer Rückkehr zu fragen.

Die Sonne schien und das Licht glitzerte auf der Oberfläche des Lochs. Es war ein wunderschöner Anblick und ließ MacGregor beinahe, aber nur beinahe, den eigentlichen Zweck ihrer Fahrt vergessen. Die Anmut eines Hochlandsees verzauberte ihn immer wieder aufs Neue, auch wenn er kein Angler war. Er liebte es – falls er die Zeit dafür hatte, was leider selten der Fall war – mit Erin am Wasser spazieren zu gehen und die Wellen mit seinen Augen zu verfolgen, um zu sehen, wie sie sich schließlich sachte am Ufer brachen. Das hatte für ihn etwas äußerst Beruhigendes.

Harry hatte ihnen mittlerweile das Kennzeichen durchgegeben. Sie fuhren mehrere Parkplätze ab, die von der Straße aus nicht einsehbaren waren. Auf manchen standen Autos, andere waren vollkommen verwaist. Die Saison in den Highlands begann zwar schon im April, aber die großen Touristenschwärme würden erst Ende Mai, Anfang Juni eintreffen. Sie fuhren den Loch in südlicher Richtung, also gen neuer Wache, ab. MacGregor hatte da so eine Ahnung, konnte diese aber nicht rational begründen. Aber er sollte Recht behalten.

Als sie in die Parkbucht einfuhren, in der die anderen

beiden Angler verschwunden waren, erblickten sie den dunkelblauen Kombi, der das gesuchte Kennzeichen trug.

„Handschuhe!", verlangte der Inspector knapp und Fox suchte in den Taschen seiner Uniformjacke. Entschuldigend zuckte er mit den Schultern, als er nicht fündig wurde. MacGregor wollte schon zu einem Donnerwetter ansetzen, hielt sich dann aber doch zurück. Schließlich hatte er ja selbst auch keine dabei.

Glücklicherweise war der jüngere Currington weniger vergesslich. Er reichte ihm eine zugeschweißte kleine Verpackung, die ein Paar Einweghandschuhe enthielt. Der Inspector streifte sich diese über und ging gespannt auf das Auto zu. „Rufen Sie die Spurensicherung an, Fox! Ich glaube, hier ist Blut auf dem Sitz!" Er hatte durch die Beifahrerscheibe ins Innere des Fahrzeugs gelugt. Das Handschuhfach stand offen und MacGregor erblickte verblüfft drei Smartphones, die darin lagen. Zudem erspähte er ein Buch, das jemand auf dem Fahrersitz liegengelassen hatte. Irgendein uralter in Leder eingebundener Schinken. MacGregor konnte den Titel nicht entziffern, zumal er im Schriftsatz des Old English auf der bereits rissig gewordenen Oberfläche geschrieben stand. Ansonsten konnte er nichts erkennen. Halt doch! Aber wie konnte das sein? Da lag doch tatsächlich der Schlüssel auf der Mittelkonsole! Seltsam!

MacGregor war vorher nicht darauf gekommen, aber jetzt versuchte er natürlich, die Beifahrertür zu öffnen. Zu Schade! Das Fahrzeug war verschlossen. Tatsächlich hatte er sich selbst schon einmal auf diese Weise aus seinem Privatauto ausgesperrt. Ihm war nicht aufgefallen, dass ihm der Schlüssel, nachdem er ihn vom Zündschloss abgezogen hatte, aus der Jackentasche gerutscht und unter den Sitz gefallen war. Da er sein Auto auf dem Hof der Wache nie absperrte – es würde mit Sicherheit keiner wagen, von da ein Fahrzeug, zumal einen sieben Jahre alten Honda, zu stehlen, hatte er den Verlust erst Stunden später, als er nach Hause fahren wollte, bemerkt. Die Zentralverriegelung hatte sich selbstständig gemacht und er konnte nicht mehr in seinen Wagen hinein. Erin musste ihm den Ersatzschlüssel zur Wache bringen.

„Currington, wir brauchen auch einen von der Technik, der ein Autoschloss knacken kann! Geben Sie doch bitte in der Zentrale Bescheid! Der Mann soll dann gleich mit dem Team von der Spurensicherung mitfahren! Und sagen Sie, dass es eilt!"

Nachdem die drei Polizisten eine knappe Stunde auf dem Parkplatz gewartet hatten, traf endlich das angeforderte Team ein. Der Mann, der das Auto öffnen sollte, war allerdings eine Frau, wie MacGregor leicht beschämt feststellte. Er musste sich endlich von seinen konservativen Rollenbildern befreien! Er war durchaus nicht altmodisch. Erin hatte studiert und war eine selbstständige Webdesignerin, die auf Honorarbasis von zu Hause aus arbeitete. Sie wollte das so, denn dort hatte sie eine Arbeitsumgebung, die ihr gefiel und sparte – ganz Schottin – obendrein noch die Miete für ein Büro. Seine Tochter konnte später mal jeden anständigen Beruf ergreifen, den sie erlernen wollte, oder natürlich auch – sofern sich ihre Noten in Mathematik und Latein massiv verbesserten, nach dem Abitur studieren.

Aber für MacGregor war ein Automechaniker, oder wie es jetzt hieß, *Mechatroniker*, in seiner Vorstellung immer ein Mann, genauso wie ein Pilot oder ein Busfahrer. Ein männlicher Kindergärtner beziehungsweise Erzieher in einem Kinderhort oder auch ein männlicher Raumpfleger waren seinem geistigen Auge fremd. Er musste diese Klischees endlich abschütteln! Er ärgerte sich über sich selbst und schenkte der jungen und sympathischen Frau im Einweganzug ein extra strahlendes Lächeln zur Begrüßung.

Die Spezialistin war sogar ausnehmend hübsch und steckte gerade ihren hohen blonden Pferdeschwanz unter die Haube, die zum Overall gehörte. Ihre Attraktivität war auch Constable Currington nicht entgangen, der sie unverhohlen musterte und dabei unbewusst sein Gewicht von einem Bein aufs andere verlagerte. Die vier Beamten von der Spurensicherung mussten warten, bis die Mechatronikerin das Fahrzeug geöffnet hatte und hielten sich einstweilen im Hintergrund. Die ansehnliche Frau packte gerade ihren Aktenkoffer, der neben einem Laptop noch etliches andere elektronische Equipment enthielt, aus. Die Zeiten von Brechstangen und dergleichen waren schon lange vorbei.

„Der Schlüssel liegt auf der Mittelkonsole, aber die Türen sind zugesperrt", beeilte sich Currington zu erläutern, ehe sein Chef ihm zuvorkam. Der Inspector lächelte in sich hinein. Seinetwegen konnte sich der junge Mann durchaus ein wenig aufspielen – solange er keinen Unsinn erzählte und die Frau von ihrer Arbeit abhielt.

„Ach, na dann ist das ja ein Klacks!", sagte die Frau und erläuterte einen für sie ganz alltäglichen Vorgang, der die Begriffe Funksignal, Sender, Schließanlage, Zentralverriegelung, Übermittlung, Entsperrung, kein Jammer nötig und noch einiges mehr enthielt, während sie sich wie ganz nebenbei eifrig ans Werk machte.

Keine Minute später machte es „Klack", die vorderen Scheinwerfer, die Rückleuchten und die Blinker flammten kurz auf. Das Auto war offen und Currington desillusioniert. Er hatte an ihren Lippen gehangen, jedoch nur äußerst wenig vom ihrerseits geäußerten Inhalt verstanden und war immer unsicherer geworden. Nun klappte ihm der Unterkiefer nach unten.

Die Frau lächelte den durchaus ansehnlichen, großen und breitschultrigen Constable triumphierend, und in einer leicht abwartenden Haltung auch ein wenig herausfordernd, an. Doch der junge Mann sagte nichts mehr. Er zuckte kaum merklich mit den Schultern und tat so, als suche er etwas Unergründliches auf dem Erdboden. Diese Frau war ihm eindeutig eine Nummer zu groß!

Die Spurensicherung konnte nun mit ihrer Arbeit beginnen.

MacGregor, der sich ja bereits von außen mit dem vorderen Fahrzeugteil und dem Fond vertraut gemacht hatte, wollte sehen, ob etwas im Kofferraum lag. Neben dem Angelzeug lag ein Pop-up Zelt für zwei Männer. MacGregor schüttelte resigniert den Kopf: Schon wieder Angler, die nicht geangelt hatten und wie vom Erdboden verschluckt waren!

Die Beamten von der Spurensicherung würden noch einige Zeit brauchen. Was ihn am meisten interessierte, war der Blutfleck. Aber wenn die DNA des Verletzten nicht in ihrer Datenbank abgespeichert war, wäre auch dies eine Fährte ohne Beute. Fünf Männer vermisst und keine Leiche! Es war zum Verrücktwerden! Er zog sein Mobiltelefon aus der Tasche. Wenigstens hatten sie hinsichtlich der Pässe erneut Glück gehabt. Alle drei Brüder waren im Besitz eines Reisepasses, den sie erst in diesem Jahr beantragt hatten.

„Geben Sie bitte die Fahndung raus, Harry, und schicken Sie mir die Übersicht der Angehörigen in Leeds samt Adressen per Mail. Und sagen Sie Higgs, dass ich gleich wieder auf der Wache bin und ihn sprechen muss." Die drei Beamten verabschiedeten sich vom anderen Team, nachdem MacGregor darum gebeten hatte, ihm so schnell wie möglich einen vorläufigen Bericht zu schicken.

Harry ließ nach drei Männern fahnden, hängte deren Fotos an und beschrieb im Anhang erneut die genaue Lage des Parkplatzes, an dem die Angler verschwunden waren:

1. Jeremy Blair, 1,80 cm, 28 Jahre, kurzes, rotbraunes

Haar, schlank, grüne Augen, dunkle, wahrscheinlich schwarze Hose, dunkles Shirt

2. Elias Blair, 1,83 cm, 30 Jahre, kurzes, dunkelbraunes Haar, muskulös, braune Augen, dunkelgrüne Hose, helles Shirt

3. Lucas Blair, 1,78 cm, 33 Jahre, kurzes dunkelblondes Haar, schlank, braune Augen, Bluejeans, dunkler Kapuzenpulli

VII

Als der Inspector zurück zum Pfarrheim kam, saß Higgs an einem der Schreibtische im improvisierten aber zugleich gemütlichen Großraumbüro. Er biss gerade genüsslich in eines seiner zigtausend Hähnchensandwiches, das ihm seine Frau in seiner nunmehr beinahe fünfzigjährigen Dienstzeit belegt hatte. Er ging kurz zu ihm: „Wenn Sie mit ihrem Lunch fertig sind, dann kommen Sie doch bitte mal zu mir ins Büro, Higgs. Ich habe da ein paar Fragen an Sie als Angler."

MacGregor wusste, dass sein ältester Constable immer grantig wurde, wenn er seine Mahlzeiten nicht regelmäßig zu sich nehmen konnte. Und auf die Minute hin oder her kam es jetzt auch nicht mehr an.

Nach fünf Minuten trat Higgs in das geschmackvoll eingerichtete Büro. Die Pfarramtssekretärin hatte Aquarelldrucke von schottischen Küstenlandschaften an den Wänden aufgehängt und hatte ein Faible für Zimmerpflanzen. In einer Blumenampel aus hellem Makramee hing ein schöner großer Farn, in einer anderen ließ eine Grünlilie ihre Blätter über den Rand des mit dunkelbrauner Knüpfkunst umrandeten Topfes hinaushängen. Auf der langen Fensterbank wechselten sich Bromelien, kleinere Elefantenfußbäume und Orchideen ab. Außerdem gab es noch eine hohe Yuccapalme und einen buschigen Benjamin, die in großen, aus Wasserhyazinthen geflochtenen Körben, am Boden standen. Auf dem Schreibtisch stand eine Vase mit roten, orangen und gelben Ranunkeln.

„Setzen Sie sich Higgs", MacGregor bot ihm einen Sitzplatz auf einer kleinen Sitzlounge aus Rattan neben dem Fenster an. Nachdem sich der Uniformierte gesetzt hatte, beschrieb der Inspector sein Anliegen: „Wir haben fünf vermisste Angler. Gibt es mittlerweile militante Tierschützer, die es auf Fischer abgesehen haben?"

Der Constable brauchte nicht lange zu überlegen: „Natürlich, schon seit geraumer Zeit! Und schuld ist so 'ne Wissenschaftlerin aus Liverpool. Biologin, glaub' ich. Hat herausgefunden, dass Fische doch Schmerzen empfinden können. Nicht, dass das für mich einen Unterschied macht. Ich zieh' meinem Fang immer gleich raus und geb' ihm sofort eins über. Erst dann, wenn der Fisch bewusstlos ist, stech' ich ihn ab und nehm' ihn aus. Gibt aber leider auch so Tierquäler, die die Viecher ewig aufgespießt zappeln und ersticken lassen. Oder sie nehmen die Fische bei lebendigem Leib aus. Ist aber verboten, aber das wissen Sie ja selbst! Deswegen gibt es nun auch Tierschutzorganisationen, die sich auf artgerechten Fischfang spezialisiert haben. Manche sprechen die schwarzen Schafe unter den Anglern direkt an und versuchen sie zu bekehren oder zeigen sie an – was ja absolut richtig ist! Manche filmen die

Tierquäler auch, aber ich weiß nicht, ob das dann als Beweismittel vor Gericht zulässig ist", er blickte fragend zu seinem Vorgesetzten, doch der winkte ungeduldig ab. Das war jetzt nicht relevant. Higgs hatte verstanden, er sollte fertig werden: „Tja und dann gibt es natürlich – wie überall – welche, die übers Ziel hinausschießen und die Angler tätlich angreifen. Organisieren mittlerweile sogar Protestausflüge in Regionen, in denen viel geangelt wird und machen gezielt, sozusagen Jagd auf Angler. Gab schon etliche Auseinandersetzungen, die im Krankenhaus geendet haben!"

MacGregor nickte. Das hatte er befürchtet. Das war eine Möglichkeit, die er nicht außer Acht lassen durfte, auch wenn sie sich als Sackgasse entpuppen sollte. „Schnappen Sie sich Harry, Higgs, und machen Sie alle Vorbestraften, die wegen Attacken auf Angler angeklagt waren, im Umkreis von 30 Meilen ausfindig. Danach befragen Sie diese und lassen sich ihre Alibis für die entsprechenden Nachmittage bestätigen. Wenn dabei nichts herauskommt, gleichen Sie die Gästebücher, sofern vorhanden, der Hotels, Pensionen und der B&Bs mit dem entsprechenden Vorstrafenregister ab. Wenn ich Sie recht verstanden habe, dann entsteht da ja gerade ein neuer, wenngleich äußerst bedenklicher, Sektor in der Tourismusbranche."

Nachdem er Higgs entlassen hatte, las er sich die Mail der Kollegen aus Leeds, die ihm Harry weitergeleitet hatte, durch. Zwei der Brüder waren Junggesellen, der mittlere namens Elias war seit sechs Jahren mit einer Valentine, geborene Blunter, verheiratet. Die Eltern der Geschwister lebten nicht mehr und es gab auch keine weiteren Geschwister. Die drei hatten bis zum Herbst gemeinsam ein kleineres Bauunternehmen betrieben, hatten jedoch wegen ausstehender Zahlungen Insolvenz anmelden müssen. Das war eine traurige, jedoch nicht selten vorkommende Geschichte, die der Inspector schon oft gehört hatte, die ihn aber immer wieder zornig machte. Er verstand nicht, wie man etwas in Auftrag geben konnte, das man sich nicht leisten konnte und andere dadurch in den Ruin treiben musste!

Sein Handy klingelte. „Ja, MacGregor! … Ach, Sie sind's! Wirklich? Na das wird ja immer verworrener! … Die gleiche DNA! Interessant! … Mmm! Das haben Sie auch gleich gemacht? Hervorragende Arbeit! Herzlichen Dank Ihnen! Wiederhören!"

Die Spurensicherung hatte unter einem der Sitze einen mit Chloroform getränkten Lappen entdeckt, der allerdings schon beinahe wieder ausgetrocknet gewesen war. Deswegen hatte man den süßlichen Geruch des flüchtigen Narkotikums auch nicht wahrnehmen können, als sie die Autotüren geöffnet hatten. Die DNA des Blutflecks im Kombi konnte als eindeutig weiblich klassifiziert werden und war die gleiche wie die an den Zigaretten am ersten Tatort. Eine Übereinstimmung in der Datenbank hatte es aber, wie MacGregor schon befürchtet hatte, keine gegeben. Die Person war nicht – oder vielmehr bis vor Kurzem noch nicht – bei der Polizei gespeichert. Jedoch hatte einer der Analysten den Weitblick besessen, gleich noch eine Methylierung der DNA zu veranlassen, bei der herausgekommen war, dass die Frau, von der das Blut stammte, in etwa dreißig Jahre plus minus ein paar Monate alt war. Der Inspector konnte sich im Moment noch keinen Reim darauf machen. Was hatte ein Blutfleck einer Frau im Auto von drei verschwundenen Männern zu suchen? Und wer hatte hier wen betäubt?

* * *

„Ja, Schatz, ich muss schon wieder nach Leeds! … Nein Schatz, ich werde wohl erneut über Nacht bleiben müssen! Richte mir doch bitte wieder eine kleine Reisetasche her. … Nein, ich komme diesmal selbst und hole sie ab, aber ich muss wirklich gleich weiter. … Nein, das geht wirklich nicht, Schatz! Gefahr im Verzug!" MacGregor hatte es tatsächlich eilig. Es war schon nach zwei Uhr und er würde wieder mindestens siebeneinhalb Stunden Fahrt vor sich haben. Er stieg ins Auto, steckte sein Smartphone in die Halterung und wählte die Festnetznummer, die bei dem verheirateten Bruder angegeben war. Dann fuhr er los. Schon nach dem zweiten Läuten hob jemand ab. Eine Frauenstimme meldete sich mit „Blair".

„Hier Inspector MacGregor, Police Scotland! Spreche ich mit Mrs Valentine Blair?" Er hörte, wie die Frau am anderen Ende der Leitung scharf die Luft einsog.

„Ja, die bin ich, ist etwas mit Elias?"

„Ihr Mann und seine Brüder werden vermisst. Mehr möchte ich dazu am Telefon nicht sagen, Mrs Blair. Bitte seien Sie vernünftig und machen Sie keine Dummheiten. Ich bin zu Ihnen unterwegs und möchte persönlich mit Ihnen sprechen. Leider dauert die Fahrt bis zu Ihnen runter bis mindestens 10 Uhr nachts. Ich würde dann bei Ihnen zu Hause vorbeikommen."

„Nein … das geht nicht", kam es zögerlich aus dem Hörer und der Inspector dachte schon, sich verhört zu haben, doch dann fuhr die Frau fort: „Da bin ich in der Arbeit. Kommen Sie dorthin. Der Club heißt „The Memory" und ist im City Centre, direkt beim Kirkgate Market. Das können Sie gar nicht verfehlen."

MacGregor bedankte sich, dann legte er auf. Als er zu Hause die Auffahrt seines Reihenendhäuschens hinauffuhr, überlegte er gerade, ob er, wenn er kein Polizist wäre, arbeiten würde, wenn Erin verschwunden wäre. Nach längerem Innehalten kam er zu dem Schluss, dass er das höchstwahrscheinlich nicht getan hätte und stufte deshalb das Verhalten von Mrs Blair als einigermaßen seltsam ein. Er schloss mit dem Schlüssel auf und seine Reisetasche stand bereits gepackt im Flur. Am liebsten hätte er sich diese ohne großes Trara einfach geschnappt und wäre weitergezogen, doch Erin wäre bestimmt eingeschnappt gewesen und das zurecht.

Also rief er: „Erin, Schatz, ich bin da!" Seine Frau eilte vom ersten Stock die Treppe herunter, warf sich in seine

Arme und drückte ihn. Daraufhin küsste er sie zärtlich. „Du hast mir wirklich gefehlt, du Schwiegermuttervermeider!" Sie hatte über diesem Neologismus anscheinend den ganzen Vormittag gebrütet. „Du kannst auch noch reinkommen und einen Kaffee mit mir trinken, Sam! Maeve und Mum sind beim Einkaufen, sie wollen heute gemeinsam einen Kuchen backen. Maeve hatte heute früher aus."

Doch MacGregor, der herzlich gerne auf einen Kaffee bei seiner Frau geblieben wäre, schüttelte bedauernd den Kopf. „Ich muss los, Erin. Es ist verdammt weit und ich muss heute unbedingt noch eine wichtige Zeugin vernehmen." Sie machte einen Schmollmund, doch er erkannte, dass sie ihm nicht wirklich böse war. Er gab ihr einen Abschiedskuss und verließ das Haus mit dem Handgepäck. Seine Frau blieb in der Haustür stehen und winkte ihm zum Abschied zu. Sie hatte vorher gewusst, was es hieß, mit einem Polizisten verheiratet zu sein.

Die zweite Nummer, die der Inspector vom Auto aus wählte, war die von Mrs Pennyfeather. Es gab zwar noch eine Pension auf der Liste im Intranet, die deutlich näher an der Innenstadt lag, doch das war ihm egal. Bei Mrs Pennyfeather wusste er, woran er war und dass er ausgezeichnet essen und schlafen würde.

VIII

„Aaaaaus, Rusty!" Ein Ehepaar um die fünfzig ging gerade mit seinem Cockerspaniel um den Loch herum spazieren. Der Hund, der den beiden vorausgeeilt war, schnüffelte an etwas am Ufer und zerrte daran. Was es war, konnten die beiden aus der Distanz nicht erkennen, zumal dort das hohe Schilfgras ziemlich dicht wuchs. Der Hund, der sehr gut erzogen war, ließ von seinem Fund ab, machte Sitz und bellte wie verrückt.

„Das hat er ja noch nie gemacht!", staunte die Frau, doch ihr Mann war bereits in Richtung Hund losgespurtet. Rusty saß neben einem Mann, der auf dem Rücken lag, seine Angel neben sich. Die Augen waren geschlossen.

„Hhh Gott! ... Hhhimmel! ... Ist er Hhh tot?", wollte die Frau, die ihrem Mann hinterhergerannt war, vollkommen außer Atem wissen, als sie auf den reglosen Körper hinabblickte. Ihr Mann ging neben ihm in die Hocke und versuchte am Handgelenk seinen Puls zu ertasten. Nachdem dies keine Früchte trug, schob er den Hemdkragen des Mannes herunter und versuchte sein Glück an der Halsschlagader. „Nein, Puls hat er noch! Ruf schnell den Notruf! Ich dreh ihn auf die Seite."

Der Notarzt und die Sanitäter waren keine fünf Minuten später vor Ort. Die Polizei brauchte drei Minuten länger, obwohl sie ebenfalls mit Sirene gefahren war. Der Arzt konnte noch nicht viel sagen, es sah nach einer Kopfverletzung aus. Ob eine Fremdeinwirkung vorlag, konnte er nun wirklich nicht sagen! Die Constables gingen dem Mann, der genauso wie sie seine Arbeit tun wollte, ziemlich auf den Geist. Er war ja schließlich kein Polizeiarzt! Und im Übrigen hatte er jetzt auch keine Zeit für ihre Fragen, er musste sich um den Verletzten kümmern! Schließlich lebte der ja noch!

Der Arzt ließ die Sanitäter den Mann wegen etwaiger Verletzungen der Wirbelsäule vorsichtig auf die Trage heben. Nachdem er im Wagen lag, brausten sie los, denn der noch immer bewusstlose Angler brauchte schleunigst ein MRT.

Fox und Currington vernahmen das Ehepaar und fuhren danach ebenfalls ins Hospital. Nachdem sie eine gute Stunde gewartet hatten, erklärte ihnen ein anderer Arzt, dass der Mann kurz bei Bewusstsein gewesen war, aber nichts gesagt hatte. Das MRT hatte eine ernstzunehmende Schwellung der Gehirnmasse gezeigt, deshalb mussten sie den Patienten in ein künstliches Koma versetzen. Er würde mit Sicherheit die nächsten 48 Stunden nicht vernehmungsfähig sein.

Fox, der seinen Chef kannte und wusste, dass dieser bestimmt wütend werden würde, wenn sie in seiner Abwesenheit nicht alle relevanten Fragen gestellt hätten, räusperte sich. „Wie lange schätzen Sie denn, dass er da schon gelegen hat?"

„Diese Frage kann ich Ihnen wirklich nicht mit Sicherheit beantworten. Aber der Patient war definitiv unterkühlt. Für die momentan herrschenden Temperaturen bedeutet das, dass er bestimmt schon ein paar Stunden, wenn nicht sogar über Nacht dort gelegen haben kann. Das Gehirn ist, wie gesagt, sehr stark angeschwollen, das kann manchmal schnell gehen, manchmal aber auch länger dauern und letzte Nacht hatten wir ja höchstens 12 Grad."

Die Constables bedankten sich und wollten noch wissen, von wem sie die Tascheninhalte des Mannes bekommen könnten, ehe sie sich verabschiedeten. Eine Krankenschwester händigte ihnen den Stoffbeutel aus, in den sie die Kleidung, das Smartphone, einen Schlüsselbund und eine Geldbörse gepackt hatte.

Das Angelzeug vor Ort sowie den vermeintlichen Tatort untersuchte gerade die Spurensicherung, die Fox gerufen hatte, nachdem der Notarzt Fremdverschulden nicht hatte ausschließen können.

Der Verletzte war ein 45 Jahre alter Mann aus London. Sie würden die Angehörigen verständigen müssen.

Als MacGregor etwa ein gutes Drittel der Strecke hinter sich gelassen hatte, rief ihn Fox auf dem Mobiltelefon an, um ihn auf den aktuellen Stand zu bringen. Der Inspector fluchte, nachdem er aufgelegt hatte. Und ausgerechnet jetzt war er unterwegs! War es nur Zufall oder hatte der Täter seine Taktik geändert und schlug die Angler nun vor Ort nieder, ohne sie zu entführen?

* * *

„Ich sag' Ihnen doch, ich komm' erst jetzt, weil ich auf'm Kontinent unterwegs war! Ich bin Fernfahrer und wenn hier oben in Schottland Angler vermisst werden, dann kommt das eben nicht in den deutschen oder den polnischen Nachrichten! Und wenn doch, dann würde ich se nicht versteh'n!" Der LKW–Fahrer, der im Pfarrheim erschienen war, um seine Aussage zu machen, hatte mit der Begriffsstutzigkeit Curringtons, der seine Aussage aufnehmen musste, sichtlich zu kämpfen.

Harry, der gerade mit Higgs von der Befragung eines gewalttätigen Tierschützers, der jedoch Alibis vorzuweisen hatte, zurückkam, gesellte sich zu den beiden. „Was haben Sie denn beobachtet, Mr …", Harry schielte schnell auf die Mitschrift seines Kollegen, „Turner?".

„Na ja, ich war am 8. Mai Richtung Süden unterwegs und hab' da, muss so um halb elf gewesen sein, auf dem Parkplatz beim Loch, den Sie ja in der Fahndung beschrieben haben, eine Frau an der Straße gesehen. Sie schien am Boden etwas zu suchen. Da die Straße an der Stelle 'n wenig arg eng is', bin ich so wirklich richtig langsam gefahren. Weiß ja nie, ob nich' so 'n verrückter Touri mit sei'm Mietauto um die nächste Ecke schießt, weil er glaubt, die Straße hat er gleich mitgebucht! Mittendrin vergessen se

80

doch tatsächlich auch, dass man bei uns links fährt! Ehrlich, Mann! Ich hab' da schon Sachen erlebt! Ihnen würden die Haare zu Berge stehen!"

Der junge Constable nickte wissend, wollte jedoch, dass der Mann zum Punkt kam. „Also, Sie sind, wie es sich gehört, defensiv gefahren und haben Ihr Tempo gedrosselt. Dabei haben Sie eine Frau gesehen, die am Straßenrand etwas auf dem Boden suchte", fasste er die bisher relevanten Details prägnant zusammen. „Wie sah die Frau denn aus?"

„Gleich, junger Mann. Bevor ich's vergesse. Deswegen is' mir ja da Ganze so spanisch vorgekommen. Als se meinen Brummi gesehen hat, hat se sich gleich umgedreht und is' zu ihrem Auto zurückgerannt. Ich hatte schon überlegt, anzuhalten und se zu fragen, ob se Hilfe brauch', aber offensichtlich wollt' se keine. Drehte mir die kalte Schulter zu. Und im Auto saßen ohnehin zwei Männer. Wenn se 'ne Panne gehabt hätte, hätten auch die ihr helfen können. Wobei ich aber glaub', dass dem einen davon schlecht war. Hatte seinen Kopf aufs Armaturenbrett gelegt. Den auf der Rückbank konnt' ich nich' so genau sehen. Aber wenn ich's mir jetzt im Nachhinein so recht überlege, schien der auch irgendwie, na ja, kanns nich' anders beschreiben, in den Seilen zu hängen. Saß irgendwie krumm oder eher schief – vielleicht stockbesoffen. Die Kiste, die Nummer hab' ich mir natürlich auf die Schnelle nich' gemerkt, war so n' kleiner weißer Toyota. Yaris heißen die, glaub' ich."

Harry hatte alles gewissenhaft mitstenografiert. Er war ziemlich schreibfaul und deswegen hatte er sich die Kurzschrift, die mittlerweile fast keiner mehr beherrschte, selbst beigebracht. Nachdem er sich noch die Personenbeschreibung der Frau hatte geben lassen, rief er den Inspector an, um ihn ins Bild zu setzen. Zugleich wagte er die Prognose, dass die militanten Tierschützer eine Sackgasse waren. Sie hatten nur zwei in dem vom Inspector angegeben Radius gefunden und überprüft. Diese waren jedoch als Entführer auszuschließen. Der eine hatte ein Alibi für beide Nachmittage und der andere war alt und mittlerweile gebrechlich, er hatte bei der Befragung ein Beatmungsgerät neben sich auf seiner Eckbank in der Küche stehen gehabt.

Morgen würde er mit Higgs noch die Gästebücher für die fraglichen Zeitpunkte durchgehen, hatte aber auch dahingehend wenig Hoffnung.

IX

Inspector MacGregor war bis vorgestern noch nie in Leeds gewesen. Er suchte sich einen Parkplatz, der nahe der historischen Altstadt ausgeschildert war und marschierte mit seinem Smartphone in der Hand, auf dem er einen Stadtplan aufgerufen hatte, los. Leeds selbst hatte drei Millionen Einwohner, in der Innenstadt waren um diese Zeit aber, wie MacGregor feststellte, sehr viele junge Menschen unterwegs, hauptsächlich Studenten. Denn Leeds hatte zwei Universitäten und zahlreiche Colleges.

Die Fußgängerzone war relativ breit und er musste an deren östliches Ende. Das Alter der Industriemetropole spiegelte sich in den zahlreichen imposanten viktorianischen, aber auch neoklassizistischen und barocken Gebäuden wider. Die Textilproduktion hatte die Stadt, die ihren Ursprung bis ins Frühmittelalter zurückdatieren konnte, Ende des 17. Jahrhunderts reich gemacht. Leeds entwickelte sich parallel zur Industriellen Revolution zu einer der wohlhabendsten Städte Nordenglands, Haupterwerbszweige waren der Tuchhandel und der Maschinenbau. Im Moment waren jedoch viele der schönen alten Gebäude eingerüstet, wie MacGregor bedauernd auffiel. Das Stadtzentrum durchlief ein Sanierungsprogramm.

Nachdem er zehn Minuten durch die Altstadt gewandert war, stand er endlich vor dem Kirkgate Market, dem größten überdachten Markt Europas, der im Jahre 1822 eröffnet worden war. Zugleich existierte aber auch ein Outdoor-Markt. Über dem wuchtigen Eingangsportal war „Leeds City Markets" zu lesen. Hier gab es alles, was das Herz begehrte: frischen Fisch und Meeresfrüchte, Fleisch, exotisches Obst, Gemüse, Patisserie, Kaffee, Tee, Schmuck, Kleidung, Haushaltswaren, Nippes, sogar Matratzen. Am Mittwochmorgen gab es einen asiatischen Basar und jeden dritten Sonntag im Monat einen Bauernmarkt. Der Inspector hatte „The Memory" – wie Mrs Blair ihm prophezeit hatte, recht schnell gefunden und trat nun ein.

Der Club hatte seinen ganz eigenen Charme. Er war im Industrial Style gehalten. Die Wände waren mit braunrot-orangen Backsteinen verklinkert. In die Decke waren schwarze Deckenbalken beinahe bis zur Hälfte mit einer wie blanker Beton aussehenden Masse eingeputzt worden. Von der Decke hingen riesige metallisch-grünliche halbrunde Lampen, die aus verwittertem Kupfer bestanden und den Gastraum in ein warmes Licht tauchten. Der Boden war mit stark gebrauchten Holzbohlen ausgelegt. Im Hintergrund war eine bluesige Frauenstimme zu vernehmen.

Die Tischplatten der Stehtische, die im vorderen Teil bei der Eingangstür standen, bestanden aus alten runden Gullydeckeln, die man allerdings sorgfältig aufbereitet hatte. Allein den Rost auf den durchlöcherten Metallringen um die steinerne Mitte hatte man als natürliche Patina bestehen lassen. Als Tischgestell dienten alte Autoreifen, um die man dicke, bereits fasrige Seemannstaue gewickelt hatte. Dahinter standen dann kleinere und größere Tische, die meist ein oder mehrere alte schmiedeeiserne Nähmaschinengestelle als Unterbau hatten, auf denen dann grob behauene massive Holzplatten lagen. Astlöcher und sonstige Einkerbungen waren hier keine Fehler, sondern ein Stilelement. Um die Tische herum stand ein Sammelsurium der verschiedensten Sitzmöbel: antike Holzstühle, moderne Drahtrohrsessel, Hocker aus alten Bierfässern mit rund zugeschnittenen Schaffellen als Sitzfläche, Puffs aus teils abgewetztem Leder, flache Holztruhen mit Eisenbeschlägen und karierten, zusammengefalteten Plaids als Kissen und dergleichen mehr.

Die Bar, die sich über die linke Längsseite des Saals erstreckte, bestand aus aneinandergereihten alten Holzfässern, die durch rostige Metallreifen zusammengehalten wurden. Darüber hatte man kurzerhand eine lange und wuchtige Holzplatte gelegt. Die Spirituosen standen dahinter in an die Wand gedübelten Lattenkisten, teils alte Weinkisten, teils Obststiegen.

MacGregor, der vom Ambiente dieses Lokals sichtlich angetan war, aber keine Zeit hatte, genauer auf Details zu achten, sah sich nach Bedienungen um, auf die die Beschreibung Valentine Blairs, die ihm Harry durchgegeben hatte, passte.

Der junge Constable hatte Turner, den Lkw-Fahrer, zitiert: nicht groß, schlank, mittellanges helles blondes Haar. Mehr konnte er nicht sagen. Die beiden Kellnerinnen, die der Inspector herumlaufen sah, passten nicht auf die Beschreibung. Er wollte schon den Barkeeper nach dem Küchenpersonal fragen, als sein Blick auf die kleine, aus alten Bahnschwellen bestehende Bühne, fiel. Auf einem Barhocker saß eine Frau, die Gitarre spielte und sang. Er kannte den Song nicht, aber das sollte nichts heißen. MacGregor mochte Musik, war aber kein Experte. Die Frau hatte aber in seinen Ohren eine wunderschöne – für ihren zierlichen Körperbau erstaunlich schwere Stimme, die leicht melancholisch und rauchig, aber dennoch kraftvoll klang. Irgendwie erinnerte er sie an die verstorbene Amy Winehouse, aber es war nur eine vage Ähnlichkeit. Die Frau hatte ebenfalls mächtig Soul in der Stimme, sang aber eher etwas, das eine Mischung aus Rock- und Folkelementen war. Was auch immer es war, es harmonierte sehr gut und es machte ihm Freude, ihr zuzuhören.

Er sah sich um, um andere Bewunderer im Publikum zu beobachten. Aber niemand schien so verzaubert zu sein wie er es war. Die Leute unterhielten sich, lachten, tranken, aßen und beachteten die Musik überhaupt nicht. Für sie war es eine zusätzliche Berieselung, die man im Hintergrund billigend in Kauf nahm. MacGregor ertappte sich dabei, dass ihn das richtig ärgerte. Schließlich sang die Frau ja für die Gäste! Als sie geendet hatte, klatschte tatsächlich nur er. Diese Loiners, wie sich die Einwohner von Leeds selbst nannten, waren wirklich Kulturbanausen!

Nach dem Song machte die Frau eine Pause und lehnte ihre Gitarre an die Wand hinter der Bühne. MacGregor schritt auf sie zu und sprach sie an. „Sind Sie Valentine Blair? Ich bin Inspector MacGregor."

Die Frau nickte und streckte ihm die Hand zur Begrüßung hin. Der Inspector ergriff diese und schüttelte sie. Sie hatte für eine so kleine und dünne Frau einen erstaunlich festen Händedruck. Sie setzten sich an einen kleinen Tisch etwas abseits, um sich ungestört unterhalten zu können. Kaum hatten sie sich niedergelassen, kam schon eine Bedienung und fragte, was MacGregor trinken wollte.

Valentine stellte die Frau einen Apfelsaft mit einem „Hier Schätzchen" hin. Anscheinend waren die Getränke während der Arbeitszeit frei. Der Inspector bestellte sich ein Glas Johannisbeersaft. Er musste noch ans andere Ende der Stadt fahren und würde sich Alkohol erst bei Mrs Pennyfeather genehmigen.

Als Valentine einen Schluck von ihrem Getränk nahm, rutschte der Ärmel ihrer Bluse ein wenig nach oben, sodass der Inspector kurz einen leicht blutigen Verband am linken Unterarm sehen konnte. „Oh, haben Sie sich verletzt?"

„Sie sagen es, Inspector, ich habe mich selbst verletzt."

MacGregor stutzte ob der seltsamen Wortwahl, aber die Frau wollte offensichtlich nicht mehr dazu sagen. Überhaupt schien die Frau, deren Mann verschwunden war, erstaunlich gelassen, um nicht zu sagen distanziert und kühl.

Um das Eis zu brechen, sprach er zunächst ihr Talent an, das ihn wahrhaftig beeindruckt hatte. „Ich kannte den Song eben nicht, fand ihn aber wirklich wunderschön. Wie heißt er und von wem ist er?"

Valentine lächelte bescheiden. „Der ist von mir, Inspector. Er heißt *Secrets and Wishes*. Ich kann hier spielen, was ich will. Ich weiß nicht, ob es Ihnen aufgefallen ist, aber mir hört ohnehin keiner zu. Also spiele ich zwischen den bekannten Liedern immer mal wieder ein paar eigene von mir ein. Es honoriert keiner, aber es stört sich auch keiner daran."

„Ja haben Sie denn nicht versucht, Ihre Musik einem Label anzubieten?", hakte MacGregor nach.

„Ach, Inspector, ich möchte Ihnen wirklich nicht zu nahe treten, aber Sie sind naiv! Und vom Business scheinen Sie, mit Verlaub, überhaupt keine Ahnung zu haben. Der Markt ist übersättigt mit Newcomern, die allesamt deutlich hipper sind als eine kleine unscheinbare Blondine aus Leeds. Ich habe ein Video von dem Song eben ohne großen technischen Schnickschnack hochgeladen. Wenn Sie möchten, dann können Sie mir ja auf YouTube einen Like geben, wäre dann einer der wenigen!"

MacGregor verstand die Welt nicht mehr. Er musste an all die furchtbaren Songs denken, die tagtäglich aus den Lautsprechern seines Autoradios dröhnten. Der Song dieser Frau war hingegen sprichwörtlich Musik in seinen

Ohren. Er hörte jedoch schnell auf, sich zu wundern und besann sich auf den wahren Grund seines Besuchs. „Ihr Mann und seine beiden Brüder wurden von ihrer Pensionswirtin heute Vormittag als vermisst gemeldet. Sie haben gestern um circa zehn Uhr morgens bei ihr eingecheckt und sind dann gleich darauf im Auto Ihres Mannes zum Loch gefahren, um zu angeln. Das Auto stand verlassen auf dem Parkplatz, im Handschuhfach befanden sich drei Smartphones, die Ihrem Mann und seinen beiden Brüdern gehören und im Kofferraum lagen ihr Angelzeug und ein Zelt. Der Autoschlüssel war zudem im Inneren des Wagens. Können Sie mir sagen, was die drei Brüder dazu veranlasst haben könnte, ihr Fahrzeug ohne Angelausrüstung zu verlassen und dann zu verschwinden?" Der Inspector erwähnte den Blutfleck, den mit Chloroform getränkten Lappen und die Geschichte mit den anderen beiden verschwundenen Anglern, die mit einer Frau gesehen worden waren – die genauso wie sie aussah – bewusst nicht. Dafür war es zu diesem Zeitpunkt der Befragung noch zu früh.

„Elias und ich hatten einen riesigen Streit. Ich wusste bis zu Ihrem Anruf nicht, wo er hin war und mit wem. Ich bin aus der Wohnung gestürmt, um mich bei einem Spaziergang zu beruhigen und als ich wieder zu Hause war, war er fort. Hatte es anscheinend furchtbar eilig, weg zu sein, bevor ich wiederkomme! Er hat sogar seinen Schlüsselbund vergessen. Ich weiß wirklich nicht, ob ich ihn wieder reinlasse, wenn er zurückkommt!"

„Wann war das?"

„Vorgestern Vormittag. Die Uhrzeit weiß ich nicht mehr genau. Nach neun und vor zehn Uhr."

„Worum ging es in Ihrem Streit?"

Valentine zog eine pikierte Miene und verschränkte die Arme vor der Brust. Offensichtlich gedachte sie, ihm darauf keine Antwort zu geben.

MacGregor seufzte. Er war müde und wollte eigentlich nur noch ins Bett. „Ich möchte Ihnen raten, Mrs Blair, mir wahrheitsgemäß zu antworten. Ich kann auch die örtlichen Kollegen rufen und Sie auf der Polizeiwache in Leeds verhören!"

Die renitente Sängerin lenkte ein. „Okay, okay! Ich kann es mir nicht leisten, auf einer Wache herumzulümmeln! Ich muss in zehn Minuten weiter singen, sonst flieg' ich raus. Ich hab' nur zwei kleine Pausen, fange nachmittags um fünf Uhr an und muss bis mindesten ein Uhr nachts singen. Aber wir brauchen das Geld dringend. Das ist auch der Grund, warum ich mich mit El gezofft habe. Er hatte mit Jem und Luke ein kleines Baugeschäft. Sie waren echt fleißig und hatten ordentlich Aufträge, weil sie immer sauber arbeiten und so was spricht sich ja rum. Allerdings haben dann einige so miese Schweine ihre Rechnungen nicht bezahlt und mein Mann und seine Brüder mussten Insolvenz anmelden. Ist gut, El, hab' ich gesagt, wir schaffen das schon – wie immer eben. Aber mein Mann hat mich belogen, Inspector! Ich habe ihm gesagt, dass er, bevor sie ihr Gewerbe anmeldeten, die

Geschäftsmasse vom Privatvermögen trennen sollten. Ich hab' ihn danach extra nochmal gefragt und er meinte „Ja, ja", habe er. Aber anscheinend war er zu faul und hat gedacht, dass eh alles gut gehen wird, wenn er hart arbeitet. Das hat er ja tatsächlich, aber so 'ne Firma steht und fällt eben nicht nur mit guten und eifrigen Handwerkern, sondern auch mit den Kunden! Ich hätte ihn erwürgen können! Jetzt sitzen wir mächtig in der Bredouille!"

MacGregor hatte Mitleid mit der Frau, doch sie hatte offen gegenüber einem Polizisten geäußert, dass sie ihren Mann „hätte erwürgen können". Es mochte eine gängige Redensart bezüglich jemandem sein, über den man sich arg geärgert hatte, doch der Inspector hatte noch die Aussage des Fernfahrers im Hinterkopf.

„Welches Auto fahren Sie, Mrs Blair?" Sie sah ihm offen in die Augen und sagte nach einer Weile: „Toyota Yaris."

„Farbe?", wollte MacGregor wissen. „Weiß."

„Waren Sie kürzlich in Schottland, Mrs Blair?" Sie zuckte mit den Schultern und sagte nichts mehr dazu.

„Ich frage Sie noch einmal! Waren Sie in den letzten Tagen in Schottland?"

Keine Antwort.

„Wenn das so ist, muss ich Sie bitten, mich nach Schottland zu begleiten. Ich muss eine Gegenüberstellung mit einem Zeugen, der Sie möglicherweise identifizieren kann, veranlassen."

Sie fragte nicht nach und das fand MacGregor nun entschieden seltsam. Sie wollte weder wissen, wer der Zeuge war, noch wo er sie gesehen haben wollte. Sie schaute dem Inspector ganz offen ins Gesicht. Die Frau log nicht, aber sie sagte ihm auch nicht die volle Wahrheit.

Für solche Psychospielchen hatte der Inspector nichts übrig. Er sagte: „Holen Sie bitte Ihre Sachen. Ich kann Sie wie gesagt – wenn Sie sich weigern – auch von den Polizisten vor Ort abführen lassen. Jetzt schien Bewegung in die Frau zu kommen. „Ich verspreche Ihnen hoch und heilig, Inspector, dass ich Sie morgen, wann immer es Ihnen beliebt, nach Schottland begleiten werde! Bitte zwingen Sie mich nicht, Sie heute zu begleiten! Ich brauche diesen Job und wenn ich jetzt einfach abhaue, schmeißt mich mein Chef raus. Er steht ohnehin schon an der Theke und schaut auf die Uhr. Er will, dass ich weitersinge!"

MacGregor drehte sich um und blickte in die von der Musikerin angezeigte Richtung. Tatsächlich, da stand ein bärbeißig aussehender Mann, der gerade ostentativ auf das Zifferblatt seiner Armbanduhr tippte und Valentine mit grimmiger Miene anstarrte.

„Morgen spielt eine Band hier, damit die Gäste ein wenig Abwechslung haben, dann ist das kein Problem. Ich bitte Sie, Inspector!"

MacGregor haderte mit sich. Wenn sie tatsächlich etwas mit der Entführung zu tun hatte und er sie jetzt abführen ließe, würde sie dicht machen. Da war er sich ziemlich sicher. Dann würden sie die Entführten möglicherweise niemals oder vielleicht auch zu spät finden –

wenn sie nicht ohnehin schon tot waren. Konnte er darauf vertrauen, dass sie nicht türmte und er morgen nicht vor ihrer verlassenen Wohnung stünde? Er verließ sich auf seine Menschenkenntnis, die ihn bisher äußerst selten im Stich gelassen hatte. Er erhob sich gemeinsam mit ihr und meinte: „Ich hole Sie morgen um Punkt halb neun Uhr vor Ihrer Wohnung ab. Falls Sie gedenken, sich vorher aus dem Staub zu machen, lassen Sie mich Ihnen vergewissern, dass ich Sie finden würde und Sie mich dann von einer ganz anderen Seite kennenlernen werden!" Er hoffte, dass das genug Säbelrasseln gewesen war und verabschiedete sich von der dankbar lächelnden Sängerin, die ihm zum Abschied auch noch zuwinkte. Hatte man da noch Töne?

Auf der Fahrt zur Privatpension rekapitulierte er das Gespräch. Er fand es äußert merkwürdig, dass die Frau nicht mehr über das Verschwinden ihres Gatten und ihrer Schwager hatte wissen wollen. Er wurde aus dieser Person nicht schlau! Konnte man so sauer auf jemanden sein, den man liebte − oder liebte sie ihren Mann gar nicht mehr? Oder wusste sie genau, wo die drei waren, weil sie sie entführt und möglicherweise sogar getötet hatte? Die Verletzung an ihrem Unterarm konnte mit der Blutspur im Auto übereinstimmen. Er musste Valentine Blair um eine DNA-Probe bitten. Sie war natürlich zum jetzigen Stand der Ermittlungen noch nicht dazu verpflichtet und er konnte sie nicht dazu zwingen, versuchen musste er es aber dennoch. War der Mann am Ende gewalttätig? Häusliche

Gewalt war nicht selten. Hatten die Brüder eventuell davon gewusst und sie wollte sich an den drei Männern rächen? Aber wie passte dann das schwule Pärchen in diese Geschichte hinein? MacGregor machte für diesen Abend Schluss. Er stieg aus seinem Wagen, griff sich sein Handgepäck und beschloss, sich von Mrs Pennyfeather verwöhnen zu lassen.

Sie hatte natürlich auf den Herrn Polizisten, der diesmal erst um halb zwölf Uhr nachts gekommen war, gewartet und ihm ein Steak mit Kidney Pie warmgehalten. Dazu gab es Bohnensalat und ein Stout. Den Whisky trank er heute hinterher. Um halb eins schlurfte er auf sein Zimmer, ein anderes, aber genauso gemütlich eingerichtetes und es ging auch wieder in den hinteren Garten hinaus. Selbstverständlich stellte er seine Schuhe diesmal unter einem bestimmten Vorsatz neben der Tür ab.

* * *

Valentine Blair hatte Wort gehalten. Als MacGregor um zwei nach halb neun vor dem zentrumsnahen Mietshaus vorfuhr, stand sie bereits an der Straße und wartete auf ihn. Sie trug eine leichte rote Jacke über einem weißen Pulli, schwarze Jeans und hatte eine schwarze Handtasche über der Schulter hängen. Sie stieg ein, grüßte MacGregor freundlich, hüllte sich aber nach ihrer ersten Ansage, „Ich hoffe, die Polizei bezahlt mir das Zugticket zurück nach Leeds!", in Schweigen. MacGregor war das ganz recht. Er redete nicht gerne während der Fahrt und außerdem hatte er genügend Stoff zum Nachdenken.

Auf halber Stecke macht er Halt. Valentine musste auf die Toilette und wollte eine Zigarette rauchen. Die rauchige Stimme war anscheinend nicht naturgegeben. MacGregor hatte noch keinen Hunger, er hatte bei Mrs Pennyfeather ein mehr als reichliches englisches Breakfast genossen. Sie stiegen aus und die Frau zündete sich erst eine Zigarette an, die sie aus einem Lederetui, in das die gesamte Schachtel passte, herausholte. Als sie ausgeraucht hatte, warf sie den Stummel auf den Parkplatz und trat die Glut mit der Sohle ihres Sneakers aus. Sie schaute den Polizisten herausfordernd an, doch MacGregor ließ sich nicht darauf ein. Wenn die Frau tatsächlich etwas auf dem Kerbholz hatte, dann war das mehr als nur Umweltverschmutzung und er wollte sie bei Laune halten. Er begleitete sie den kurzen Weg vom Parkplatz zum Toilettenhäuschen. Als sie dort angekommen waren, sagte der Inspector, dass er auf sie warten wolle, bis sie wieder da war. Sie schürzte die Lippen und erwiderte: „Sie können sich sicher sein, Inspector, ich werde bestimmt nicht aus dem Fenster des Häuschens klettern, beim nächsten Fernfahrer in die Kabine springen, mich ihm um Hilfe flehend an den Hals werfen, um mich dann zwischen Exportwaren zu verstecken, bis ich außer Landes bin!" Sie grinste ihn ironisch lächelnd an. Er zuckte jedoch nur mit den Schultern und wies ihr mit dem Arm den Weg in Richtung Eingangstür.

* * *

Zwei Stunden später klingelte MacGregors Diensthandy in seiner Jackentasche. Er hatte es bewusst nicht in die Halterung für die Freisprechanlage gesteckt. Bei einer laufenden Ermittlung eine Zeugin, wenn nicht sogar eine potenzielle Täterin, mithören zu lassen, war alles andere als professionell. Das, was er jetzt machte, war allerdings auch nicht korrekt. Er hob ab und klemmte sich das Smartphone zwischen Schulter und Ohr, sodass er hören und sprechen konnte. „Ja, MacGregor hier", brummte er.

„Ich bin es, Inspector. Ellen MacMillan. Ich bin rüber zur Wache und Constable Currington meinte, ich solle Sie gleich von dort aus selbst anrufen."

MacGregor war sich sicher, dass in diesem Fall der direkte Weg besser war als die Wiedergabe durch Dritte. Er machte sich eine geistige Notiz, dass er dem Constable bei der nächsten anstehenden Beurteilung eine lobende Bemerkung bezüglich seiner Selbsteinschätzung und -reflexion eintragen sollte.

„Was gibt es, Ellen?", fragte er freundlich.

„Es tut mir leid, Jacob hatte es vollkommen vergessen, weil der komplette Pfarrgemeinderat eine Stunde früher als angekündigt zum Dinner kam. Die zwei Angler haben für drei Nächte im Voraus und in bar bezahlt."

MacGregor knurrte ein „Danke, besser spät als nie!" und legte leicht angesäuert auf.

Etwa drei Meilen weiter hielt er erneut an einem Parkplatz. Er hatte ganz bewusst vor einer Tonne gehalten, auf deren Deckel ein Aschenbecher montiert war. „Ich muss kurz telefonieren, Mrs Blair. Sie können gerne einstweilen eine Zigarette rauchen. Aber bitte werfen Sie die Kippe diesmal in den Aschenbecher!" Er deutete ernst auf die Tonne und die Frau nickte belustigt. Sie hatte sich eine angezündet und er entfernte sich mit dem Handy am Ohr soweit, dass sie außer Hörweite war.

Er rief zunächst auf der Wache an und ließ sich die Nummer des Old Inn geben. Dann wählte er die geschickte Nummer und wartete und wartete. Gerade, als er aufgeben und auflegen wollte, meldete sich die laute Stimme von Mrs Pebmarsh. MacGregor fragte, nachdem er ihr gesagt hatte, dass er am Apparat war, ohne Umschweife: „Haben die drei Angler im Voraus und cash bei Ihnen bezahlt? Und wenn ja, für wie viele Nächte?"

Vom anderen Ende der Leitung her war nichts als ein seltsames Rascheln zu vernehmen. MacGregor brüllte beinahe in den Hörer: „Mrs Pebmarsh? Sind Sie noch dran?"

Er konnte sich die alte Hexe leibhaftig vorstellen, als sie erwiderte: „Is' ja gut! Ja, ham se. Und zwar für drei Nächte, aber das Geld geb' ich nich' mehr her!" Eigentlich war der Inspector versucht, sie wegen ihres Versäumnisses scharf zurechtzuweisen, entschied sich aber dann dagegen. Denn zum einen hatte Ellen es ihm ebenfalls erst jetzt, wenngleich freiwillig, erzählt und zum anderen wollte er mit dieser Xanthippe so wenig wie nur möglich zu tun haben.

Keine zwei Sekunden später klingelte sein Telefon erneut. Ein Spezialist von der Spurensicherung war am Apparat. Allerdings nicht aus der Abteilung, die für MacGregors Revier zuständig war. Der Anruf kam direkt aus Edinburgh. Anscheinend war der alte Schinken, der auf dem Beifahrersitz des Vauxhalls gelegen hatte, einem der hiesigen Beamten spanisch vorgekommen und er hatte ihn in eine Spezialabteilung in die schottische Hauptstadt geschickt. Wie sich herausstellte, hatte er gut daran getan, denn das Buch war – gelinde ausgedrückt – skurril. Der Mann hatte sich am Telefon bedeckt gehalten. Der Inspector solle seine Mails lesen und zwar bald.

Er rief das Mailprogramm auf und vertiefte sich in den Inhalt der Nachricht. Unwillkürlich stellten sich ihm die Nackenhaare auf und ihn fröstelte, obwohl angenehme Temperaturen herrschten.

... Im April 2006 wurde im Stadtzentrum von Leeds ein ebensolches in Menschenhaut *gebundenes Buch auf einer Straße im Stadtzentrum aufgefunden. Es wurde nie herausgefunden, woher das Buch stammte, doch die Kollegen nahmen seinerzeit an, dass es bei einem Einbruch entwendet und dann weggeworfen wurde. Der Text war in französischer Sprache verfasst, genauso wie die mir vorliegende Ausgabe, und auf ein Alter von etwa 300 Jahren datiert. Der Schriftsteller, ein Arsène Houssaye, gab ihm den Titel „Des destinées de l'âme", was so viel heißt wie „Das Schicksal der Seele" ... Es ist im 18. und 19. Jahrhundert durchaus keine Seltenheit gewesen, Bücher, wie beispielsweise anatomische Abhandlungen oder Berichte über Mordprozesse, in menschliche Haut zu binden. Häufig wurde dafür*

die Haut von hingerichteten Kriminellen verwendet. … Allerdings nicht nur für Bucheinbände … Tatsächlich ereignete sich der spektakulärste Fall bei uns in Schottland. Im Jahre 1829 wurde William Burke in Edinburgh zu Tode verurteilt. Er hatte zusammen mit seinem Komplizen William Hare siebzehn Menschen getötet und die Leichen dann an Anatomen verkauft. Die Totenmaske Burkes wird im Royal College of Surgeons of Edinburgh gezeigt, neben einer Brieftasche, die aus seiner Haut angefertigt worden ist … Es existieren unzählige Exemplare in Menschenleder gebundener Bücher in Bibliotheken auf der ganzen Welt. Manche Institutionen geben dies offen zu, andere verschweigen es. … Natürlich ist auch nicht abzuschätzen, wie viele Exemplare im Besitz von Privatpersonen sind. Wenn ein solches Buch legitim erworben wurde, besteht ja kein Straftatbestand. Der Besitz ist absolut legal, wenngleich natürlich aus ethischer Sicht äußerst fragwürdig. Wann der Einband hergestellt wurde, lässt sich nicht genau sagen, er wirkt allerdings relativ frisch …

MacGregor ließ sich mit der Weiterfahrt etwas Zeit. Ihm war ein wenig flau im Magen. Diese neue Entwicklung musste er erst einmal verdauen.

Er grübelte die letzte Stunde, die er gemeinsam mit Valentine im Auto verbrachte, über diese neue Information nach. Saß er neben einer fünffachen Mörderin, die ihrem Opfern die Haut abzog, nachdem sie sie getötet hatte und dann mit dem Leder Bücher einband? Geschah dies aus Rache? Hatte der Titel des am Fahrersitz gefundenen Buches etwas damit zu tun? Das Schicksal der Seele? Er warf Valentine Blair einen unauffälligen Seitenblick zu und folgte dann einer plötzlichen Eingebung.

„Ich gehe davon aus, dass Sie eine Berufsausbildung absolviert haben, Mrs Blair. Darf ich fragen welche?"

„Kürschnerin, Inspector, aber davon kann man schlecht leben. Echte Pelze trägt heutzutage fast keiner mehr."

„Waren Sie je im Besitz eines Buches, das in *Menschenhaut* eingebunden war?", fragte er diesmal deutlich schärfer.

Es kam keine Antwort. Die Frau neben ihm lachte und lachte. Es war kein hysterisches, kein gekünsteltes aber auch kein amüsiertes Gelächter. In MacGregors Ohren hallte das Lachen einer wahrscheinlich Geisteskranken wider.

Der Inspector schwieg. Ihm war nun eindeutig mulmig im Magen. Er überlegte kurz, ob er der Frau für den Rest der Fahrt noch Handschellen anlegen sollte, ließ es dann aber bleiben. Wenn sie ihn hätte überwältigen wollen, hätte sie dies bestimmt bereits versucht.

X

Harry hatte Turner, der wenig begeistert war, da er eine neue Fuhre hatte, für vier Uhr nachmittags auf die Übergangswache bestellt. „Sie ham gut reden! Staatsbürgerpflicht hin oder her! Das interessiert meinen Chef nich'! Ich muss so schnell wie möglich nach Dover! Ich muss ja nich' nur fahren, sondern auch immer wieder Pausen einlegen! Da läuft ja der Fahrtenschreiber mit!"

Harry versuchte den Mann zu beschwichtigen und schenkte ihm von seinem guten Tee etwas aus der Thermoskanne in einen Pappbecher. „Trinken Sie das, Mr Turner. Das wird Ihnen guttun. Der Inspector ist bestimmt jeden Moment hier."

Grummelnd nahm der Fernfahrer den Becher entgegen und trank einen Schluck. Erstaunt sah er den jungen Uniformierten an. „Hol mich der Teufel! Das is' der beste Tee, den ich je getrunken hab'! Was zur Hölle is'n das?", wollte er vollkommen perplex und zugleich begeistert wissen.

„Das, Mr Turner, ist meine Spezialmischung. Ich baue selbst Kräuter und Obst an – je nach Jahreszeit auch im Gewächshaus, trockne und schneide diese und vermische sie mit unbehandelten Schwarzen Teeblättern, die mir meine Brieffreundin aus der Grundschulzeit aus Indien schickt. Aber mittlerweile mailen und chatten wir."

Turner klappte der Mund auf. Das hätte er dem Jungspund nun wirklich nicht zugetraut. Gerade, als er ihm ein Kompliment machen wollte, ging die Tür zum Pfarrsaal auf und MacGregor kam mit Valentine Blair herein.

Turner holte binnen einer Minute schon wieder der Teufel. Er starrte die kleine, schlanke Frau entgeistert an. „Das is' se! Hundertpro! Hat sogar die gleichen Klamotten wie damals an!" MacGregor, dem das alles ein wenig zu schnell und zu wenig nach Vorschrift abgelaufen war, um vor Gericht als Zeugenaussage zugelassen zu werden, bat Turner mit Valentine Blair und Harry in sein Büro. Der junge Beamte sollte die Aussage des Fernfahrers aufnehmen. Dessen Wortwahl war diesmal deutlich gemäßigter und etwas gewählter, die Aussage hatte jedoch den gleichen Sinngehalt.

MacGregor bedankte sich bei Turner und überließ diesen der Hölle des Eurotunnels. Er musterte Valentine Blair aufmerksam. Sie zuckte nicht mit der Wimper. Jetzt machte sie wieder einen ganz normalen, also *geistig* normalen Eindruck auf ihn. Es war definitiv an der Zeit, sie über ihre Rechte aufzuklären. Einen Psychologen konnte sie zu gegebener Zeit noch immer hinzuziehen.

Nachdem sie dies stoisch über sich ergehen hatte lassen, fragte er sie ganz schlicht: „Haben Sie mir etwas zu sagen, Mrs Blair?"

Sie schüttelte lediglich leicht den Kopf, hielt aber seinem Blick stand.

„Wollen Sie einen Anwalt? Ich würde Ihnen dringend dazu raten!"

Valentine verneinte erneut nonverbal. Dann, beinahe schon bedauernd, zog der Inspector ein kleines Tütchen aus der Manteltasche und reichte es Harry. „Darin ist der Stumpen einer Zigarette der Marke Chesterfield enthalten, die Mrs Blair in meinem Beisein vor ziemlich genau vier Stunden geraucht hat, Harry. Lassen Sie diesen bitte augenblicklich mit der DNA auf den anderen Kippen und dem Blutfleck auf dem Beifahrersitz von Mr Elias Blairs Wagen vergleichen! Außerdem möchte ich wissen, wie alt der Blutfleck im Auto ist! Und sagen Sie Higgs, dass er sich Currington wegen der Überprüfung der Gästebücher schnappen soll! Ich brauche Sie hier!"

MacGregor wusste mit ziemlicher Sicherheit, als Ehemann und Vater einer Tochter, dass Frauen meist mindestens dreißig Sekunden länger brauchten, um ein kleines Geschäft zu verrichten – natürlich ohne eine Nachbesserung des Make-ups, denn da brauchten sie eine halbe Ewigkeit. Er war auf dem ersten Parkplatz allerdings um sein Leben gerannt, denn die Frau, die ihm gegenübersaß, war alles andere als normal!

„Kennen Sie einen Damian Nott oder einen Edwin Drawer?", fragte er beinahe zusammenhanglos. Doch die Verdächtige schwieg beharrlich. Dann erklärte er ihr den Zusammenhang, also, dass sie mit den beiden vermissten

Männern auf dem Parkplatz gesehen worden war, diese in ihrem Wagen gesessen hatten und so weiter, doch sie hatte scheinbar keinerlei Interesse an seinen Ausführungen.

MacGregor ging hinaus, um zwei Kaffee zu holen und bedeutete Fox mit einer Geste, die Tür zu seinem Büro nicht aus den Augen zu lassen. Der Constable erhob sich pflichtschuldig und postierte sich neben der Tür. Das Fensterbrett war derart mit Pflanzen vollgestellt, dass er nicht mit einem Fluchtversuch aus dem Parterrefenster rechnete. Bis Valentine Blair alle Pflanzen leise beiseitegeschafft haben würde, wäre er längst wieder im Zimmer gewesen. Und wenn sie diese einfach weggefegt hätte, hätte Fox sie mit Sicherheit gehört.

MacGregor brauchte tatsächlich einen Koffeinschub, zugleich aber auch etwas Zeit, um sich neu aufzustellen. Mit dieser glatten, oder vielmehr für die Polizei günstigen, Entwicklung hatte er absolut nicht gerechnet! Nachdenklich schenkte er zwei Henkeltassen mit der üblichen üblen Brühe voll. Er würde sich später bei den MacMillans einen anständigen Kaffee gönnen. Da er vergessen hatte zu fragen, wie Valentine Blair ihren Kaffee trank, nahm er das Milchkännchen und die Zuckerdose samt zwei Teelöffeln mit in sein schönes neues Büro. In seinem nächsten Leben würde er Pfarramtssekretärin werden!

„Haben Sie jemals Chloroform besessen, Mrs Blair?“, wollte der Inspector wissen, nachdem er das Getränk vor ihr abgestellt hatte und sich selbst wieder, mit der eigenen

Tasse in der Hand, gesetzt hatte. Sie schaute ihn mit zusammengepressten Lippen an, was verursachte, dass sich Grübchen auf ihren Wangen bildeten.

Das auch noch!, fluchte MacGregor innerlich. Er hatte eine Schwäche für Frauen mit Grübchen. Nicht, dass er die zehn Jahre jüngere Frau sexuell anziehend fand, ihm genügten die Reize Erins vollauf. Aber sie weckte seinen Beschützerinstinkt – wenn auch wider Willen. Seine Tochter Maeve hatte ebenfalls Grübchen und wenn sie wieder einmal, was momentan in der Pubertät häufig der Fall war, bockte und eine unerbittliche Miene aufsetzen wollte, zeichneten sich die kleinen Vertiefungen auf ihren Backen ab und er konnte ihr nicht mehr böse sein.

MacGregor trank schweigend und überlegte sich seinen nächsten Schachzug. „Haben Sie jemals in einem Labor oder einem Industriebetrieb gearbeitet, in dem ganz legal Chloroform verwendet wurde?"

Valentine zuckte erneut, mittlerweile beinahe teilnahmslos die Schultern.

MacGregor griff zum Hörer und drückte auf die 1. Er wurde zum Empfang der Wache durchgestellt. „Harry, lassen Sie sich die Sozialversicherungsnummer unserer Verdächtigen geben und finden Sie anhand dieser bei der staatlichen Rentenversicherung heraus, wo sie in den letzten … sagen wir fünf Jahren beschäftigt, und hoffentlich auch angemeldet, war! Danke, Junge!"

Harry trat eine Viertelstunde später mit einem Ausdruck ein und flüsterte seinem Vorgesetzten etwas ins Ohr.

MacGregor nickte betrübt und bat den Constable auf seinem Platz zu bleiben, während er sich draußen in Ruhe die Übersicht ansehen wollte. Tatsächlich hatte Valentine Blair vor drei Monaten für etwa zwei Wochen tagsüber in einem Chemielabor gearbeitet. Er suchte im Internet nach der Nummer der Firma und rief dort an. Von der Sekretärin ließ er sich mit der Firmenleitung verbinden.

Der Inspector hätte sich in diesem Fall nun schon ein zweites Mal ohrfeigen können. Bei der Führung eines Chemielabors war er – ohne mal wieder zu reflektieren – von einem Mann ausgegangen. Nun hatte er jedoch eine Frau an der Strippe, eine Mrs Enderby, um genau zu sein. Nachdem er sich vorgestellt und sein Anliegen geäußert hatte, meinte die Frau: „Wir arbeiten hier mit ganz vielen Stoffen, die unter das Betäubungsmittelgesetz fallen, Inspector. Ich kann Ihnen versichern, dass unsere Sicherheitsstandards den Vorschriften entsprechen! Wir haben bisher keinen Diebstahl verzeichnet. Die Entwendung einer größeren Menge Chloroforms hätten wir natürlich umgehend angezeigt."

MacGregor legte frustriert auf. Die Aussage Mrs Enderbys war nutzlos. Valentine Blair war bestimmt nicht so dumm gewesen, so viel Chloroform zu klauen, dass es auffiel. Wahrscheinlich hatte sie sich zwei bis drei Mal unbemerkt eine kleinere Menge abgefüllt. Aber das würde schwer zu beweisen sein.

Der Inspector seufzte, dann ging er zu seinem Büro zurück und bat Harry auf ein Wort vor die Tür. „Überprüfen Sie bitte alle sozialen Kanäle und Messenger-Dienste, die unsere Verdächtige benutzt. Achten Sie bei der Durchsicht insbesondere auf Kontakte zu Edwin Drawer oder Damian Nott."

Harry eilte an seinen Schreibtisch zurück. MacGregor trat in sein Büro und setzt sich hinter den Schreibtisch.

„Mrs Blair, es sieht nicht gut für Sie aus! Es war Ihre DNA auf den Zigarettenkippen, die am ersten Tatort gefunden wurden. Ein Zeuge hat Sie eindeutig identifiziert. Außerdem stammt der Blutfleck, den wir am zweiten Tatort entdeckten, ebenfalls von Ihnen. Haben Sie mir etwas zu sagen, Mrs Blair?", fragte sie MacGregor zum zweiten Mal. Valentine sah zu Boden und schwieg.

MacGregor, der eine Analyse des Alters des Blutflecks verlangt hatte, hatte feststellen müssen, dass dies aus labortechnischer Sicht nicht möglich war. Der Rechtsmediziner hatte ihm diesbezüglich eine kurze E-Mail geschrieben, die er nun auf seinem Dienstgerät überflog. Die Verdächtige saß ihm gegenüber, konnte also nichts sehen und war ohnehin mittlerweile apathisch.

Das Polster des Autositzes hatte die Blutspur bereits stark absorbiert. Bei der Untersuchung des Alters einer Blutspur sind wir bis dato noch auf den Augenschein angewiesen. – Dieser kann unter Umständen auch vor Gericht als Beweis gelten. – Dabei spielt der Wassergehalt eine wesentliche Rolle, wobei wir es hier aber nicht mit einer glatten, wasserabweisenden Oberfläche zu tun haben. Normalerweise ist eine Blutspur zu Beginn feucht, hellrot und glänzt etwas. Je älter sie wird, desto dunkler wird sie, da sich der Wassergehalt verringert und die Spur austrocknet. Manchmal bildet sich auch eine Kruste, was aber hier noch nicht der Fall war. Außerdem konnten wir aufgrund des absorbierenden Untergrundes keinen Einschluss von Luftbläschen feststellen. Hinzu kommt, dass wir nicht wissen, welche weiteren Faktoren die Trocknung beeinflusst haben könnten; Beispielweise, ob die Heizung oder die Lüftung im Wagen nach der Entstehung der Spur eingeschaltet war.

Der Inspector war nicht sonderlich enttäuscht. Er hatte bisher genug andere Indizien gesammelt und er war sich sicher, dass es noch mehr werden würden. Er schrieb Harry, der keine zehn Meter von ihm entfernt am Schreibtisch saß, eine Mail. Er wollte Valentine im Moment nicht alleine lassen. Irgendwie schien sich ihr Gesamtzustand verändert zu haben. Sie sah ihn nicht mehr schelmisch oder leicht spöttisch an, sondern schien immer mehr in sich zusammenzusinken – so, als habe sie aufgegeben. Gesprochen hatte sie seit der Gegenüberstellung nicht mehr. Er wollte jedoch noch eine Weile warten, ehe er sie erneut um ein Geständnis bat. Sie noch ein wenig schmoren zu lassen, würde bestimmt nicht schaden.

Harry hatte ihm zunächst eine Kopie aus einem WhatsApp-Chat geschickt. Valentine Blair hatte Damian Nott vor zwei Wochen angeschrieben und ihn um ein Treffen gebeten. Nott schien sich über ihre Nachricht gefreut zu haben und die beiden vereinbarten im weiteren Chatverlauf, demnächst zu telefonieren. Harry hatte ihm ebenfalls einen Nachweis der Telefongesellschaft angehängt. Die Verdächtige hatte Damian Nott am vergangenen Freitag von ihrem Festnetz in Leeds aus in Bournemouth angerufen.

MacGregor war ein wenig erstaunt, dass die beiden über Festnetz miteinander gesprochen hatten, dachte sich dann aber, dass das vielleicht in Verbindung mit einer Flatrate billiger war und die im Handyvertrag festgelegten kostenfreien Minuten eventuell begrenzt waren. Er überlegte, ob er die Frau gleich mit diesem weiteren belastenden Moment konfrontieren sollte, entschied sich aber dann dagegen. Er wollte noch auf das Tüpfelchen auf dem ‚i' warten, mit dessen Bestätigung er eben Harry per Mail beauftragt hatte.

Eine Viertelstunde später hatte der Inspector die gewünschte Auskunft auf seinem Schreibtisch vor sich.

Harry hatte im Club, in dem Valentine Blair sang, angerufen und bei ihrem Chef um eine Auskunft gebeten. Die Verdächtige war seinen Aussagen zu Folge am 8. und am 10. Mai, also an den beiden Tagen, an denen die Männer verschwunden waren, eine gute Stunde zu spät zur Arbeit erschienen. Sie hatte sich herausreden wollen, aber der Arbeitgeber hatte ihr unmissverständlich zu verstehen gegeben, dass er sie beim nächsten Versäumnis vor die Tür setzen würde.

MacGregor überlegte. Wenn man schnell fuhr, keine Pausen machte und nicht in einen Stau kam, konnte man die Strecke nach Leeds in minimal siebeneinhalb Stunden zurücklegen. Am 8. Mai wurde sie um circa 10.30 Uhr von Turner auf dem Parkplatz gesehen und ihre Schicht begann um 17 Uhr. Sie konnte also frühestens um 18 Uhr zurück in Leeds gewesen sein. Das passte!

Die Angler, die im Old Inn eingecheckt hatten, hatten das Gasthaus um etwa zehn Uhr verlassen und waren dann zum Parkplatz gefahren. Es handelte sich also beinahe um die gleiche Zeitstruktur, plus minus 15 Minuten.

MacGregor räusperte sich vernehmlich, sodass die Verdächtige, die ihren eigenen Gedanken nachgehangen hatte, hochschreckte. „Sie pflegten Chatkontakt zu einem der ersten vermissten Angler, einem Mann namens Damian Nott. Sie haben auch mit ihm telefoniert. Haben Sie mir etwas zu sagen, Mrs Blair?", fragte der Inspector ein drittes Mal. Sie starrte wieder zu Boden und schüttelte leicht den Kopf.

MacGregor war dieser Sinneswandel nicht geheuer, doch er musste weitermachen: „Warum sind Sie am 8. und 10. Mai jeweils eine gute Stunde zu spät zur Arbeit erschienen?" Ein Achselzucken, ohne dass sie ihn angesehen hätte, war die Antwort auf seine Frage. „Waren Sie an diesen beiden Tagen in Schottland, Mrs Blair?" Wieder kein Muh und kein Mäh, nicht einmal eine Geste machte sie mehr. „Ich frage Sie, Mrs Blair: Haben Sie Edwin Drawer, Damian Nott, Ihren Mann Elias Blair sowie dessen Brüder Jeremy und Lucas entführt?"

Nachdem die Frau nichts erwiderte und weiter regungslos zu Boden starrte, formulierte MacGregor die letzte Frage, die er ihr für heute zu stellen gedachte: „Haben Sie Edwin Drawer, Damian Nott, Ihren Mann

Elias Blair sowie dessen Brüder Jeremy und Lucas getötet?" Valentine Blair berührte wie in Trance mit der rechten Hand ihr Gesicht und verdeckte dann ihre Augen. Ein Geständnis legte sie jedoch nicht ab.

MacGregor rief Fox und Harry herein. Sie sollten der Verdächtigen Handschellen anlegen und sie dem Untersuchungsgefängnis überstellen.

XI

Es war spät geworden, stellte MacGregor fest, als er auf die Uhr schaute, die kurz vor neun Uhr abends anzeigte. Er verzichtete besser auf den Kaffee, den er noch im Shepherd's Inn hatte trinken wollen. Wenn er zu spät Kaffee trank, konnte er nicht mehr schlafen. Außerdem hatte er keine Lust mehr, Fremde um sich zu haben. Er wollte zu seiner Frau und zu seinem Kind, auch wenn dies bedeutete, seiner Schwiegermutter begegnen zu müssen.

Als er zu Hause ankam und ins Wohnzimmer ging, saßen Erin und Maeve vor dem Fernseher und schauten sich eine Quizshow an. Er sagte *Hallo* und blickte sich dann suchend im Zimmer um, das an den Wintergarten angrenzte und einen offenen Durchgang zur Küche und zum Esszimmer hatte. Er vermittelte den Eindruck, als erwartete er, dass der Leibhaftige hinter einer der Ecken hervorsprang.

Erin, die ihn belustigt beobachtet hatte, sagte: „Mutter hatte starke Kopfschmerzen. Sie ist schon zu Bett gegangen."

MacGregor hatte Mühe, seine Gesichtszüge in Zaum zu halten, zumal sein Gehirn nicht nur „Entwarnung!" sondern auch „Gott sei Dank!" schrie. Er wollte nicht heucheln, deswegen sagte er nur „Ach so" und um seine Erleichterung zu verbergen, quetschte er sich zwischen seine beiden Mädels aufs gemütliche Sofa und schloss eines links und eines rechts in seine Arme.

Maeve kuschelte sich an seine Schulter und murmelte ein „Hast mir gefehlt, Daddy!" In der Öffentlichkeit hätte sie es niemals zugelassen, sich von ihrem Vater in den Arm nehmen zu lassen. Das war ja furchtbar peinlich und ging überhaupt nicht, aber zu Hause war sie ab und zu – natürlich auch nicht mehr so häufig, aber dennoch – sein kleines Mädchen. Erin küsste ihn auf die Wange und sie schauten sich die Sendung nun zu dritt an.

* * *

Der Inspector hatte seinen Handywecker wieder so zeitig gestellt, dass die Gefahr eines Zusammentreffens mit der Schwiegermutter gebannt war. Er fuhr zum Gasthaus der MacMillans und bestellte sich ein anständiges schottisches Frühstück mit einem italienischen Kaffee. Das schottische Frühstück enthielt im Wesentlichen die gleichen gängigen Komponenten wie das englische, doch hatte das Full Scottish Breakfast zusätzlich zum landesüblichen Porridge vier kulinarische Highlights zu bieten: White Pudding, Tattie Scones, Scotts Eggs und Lorne Sausage.

Tattie Scones bestanden aus warmen gestampften Kartoffeln, Butter, etwas Mehl und einer guten Prise Salz. Der Teig wurde ausgerollt, mit einer Form ausgestochen und dann in der Pfanne von beiden Seiten schön goldbraun in Butter angebraten. Die Lorne-Wurst bestand traditionell aus purem Rinderhackfleisch, das mit Zwieback und frischen Gartenkräutern vermengt wurde. Die Masse packte man in eine Kastenform und schob diese in den Ofen. Dann schnitt man quadratische oder rechteckige Scheiben herunter, die man in der gefetteten Pfanne wendete, sodass sie eine schöne hellbraue Farbe bekamen. Scotts Eggs waren mit Hack ummantelte gekochte und geschälte Eier, die man zusätzlich noch panierte, ehe man sie frittierte. Das Brät wurde mit Senf, Paprikapulver, Salz und Pfeffer gewürzt. Der blutlose White Pudding war nicht so bekannt wie sein schwarzer Bruder, hatte jedoch in Schottland viele Verehrer. Talg oder Fett wurde mit Haferflocken oder Gerste sowie Semmelbröseln vermengt. Dann hob man kleine Stücke Schweinefleisch und Schweineleber unter und füllte die Masse in eine Wurstpelle. Nachdem der White Pudding gekocht war, wurde er in Scheiben geschnitten und angebraten oder gegrillt.

MacGregor hatte eben zu Ende gespeist und beschlossen, den Lunch für heute ausfallen zu lassen, da er pappsatt war. Er wollte sich gerade noch einen Verdauungsespresso gönnen, als Higgs in den Frühstücksraum stapfte und ihm eine Zeitung vor die Nase legte.

„Morgen, Inspector. Meine Frau liest dieses Schundblatt. Ich dachte, dass Sie das interessieren würde."

MacGregor griff erstaunt zur Zeitung. Auf der Titelseite war ein Bild von Valentine Blair zu sehen, wie sie in ihrem Club auf der Gitarre spielte und dazu sang. Der Titel des Artikels, der darunter abgedruckt war, lautete:

Singende Häuterin gefasst

Gestern Abend wurde einer vertraulichen Quelle zu Folge die Sängerin Valentine B. aus Leeds in Untersuchungshaft genommen. Der Frau wird vorgeworfen, am 8. Mai zwei erwachsene Männer und am 10. Mai drei erwachsene Männer, die in kleinen, etwa zehn Meilen auseinanderliegenden Ortschaften in den Highlands zum Angeln waren, entführt und dann ermordet zu haben. Von den Leichen fehlt bisher jede Spur. Ein Augenzeuge, der die Frau eindeutig identifizieren konnte, sagte einem unserer Mitarbeiter gegenüber aus, dass die Frau irgendwie irre und richtig fies ausgesehen habe.

Die Frau hat in ihrer Jugend eine Lehre als Kürschnerin absolviert und auf dem Fahrersitz des Wagens eines der vermissten Opfer stellte die Polizei tatsächlich ein in Menschenhaut gebundenes Buch sicher! Welch makaberer Zufall! Oder handelt es sich dabei gar nicht um eine Koinzidenz? Was für ein Mensch muss das sein, der Bücher in menschliches Leder einfasst?

Normalerweise stellen Kürschner aus Fellen und Leder Kleidungsstücke her. Doch die scheinbar geistesgestörte Frau hatte offensichtlich anderes im Sinn!

Mit Sicherheit spielen persönliche Motive eine Rolle, denn hinsichtlich der zweiten Tat kann mit Sicherheit ein persönlicher Zusammenhang hergestellt werden. Bei den drei verschwun-

denen Männern handelte es sich um den Ehemann der Häu-
terin und dessen beide Brüder. Einer unserer besten Reporter
hat es jedoch in der Kürze der gegebenen Zeit bewerkstelligt,
auch noch eine zweite Parallele aufzudecken. Einer der ersten
beiden Vermissten war ein Schulfreund des Gatten der mut-
maßlichen Psychopatin.

Wo sind die Männer? Leben sie noch? Die Polizei tappt wie
so oft im Dunkeln! Bislang hat sie es noch nicht für nötig
befunden, den Grund des Lochs mithilfe von Tauchern abzu-
suchen. Möglicherweise wurden die Leichen zerstückelt, nach-
dem man ihnen die Haut abgezogen hat, und mit Steinen
beschwert ins Wasser geworfen. Die Statur der zierlichen
Blondine lässt darauf schließen, dass sie die Männer unmög-
lich im Ganzen in den Hochlandsee hätte werfen können.

Sie als aufmerksamer Leser werden sich jetzt sicher fragen,
wie es die kleine Frau überhaupt fertiggebracht haben soll, die
Männer zu überwältigen. Betrachtet man das Foto der Täte-
rin, so wird man einer durchaus attraktiven Frau ansichtig.
Wahrscheinlich hat sie die Männer bezirzt, nachdem sie eine
Autopanne vorgetäuscht hatte. Fakt ist in jedem Fall, dass die
Spurensicherung im Wagen des vermissten Gatten einen mit
Chloroform getränkten Lappen sicherstellen konnte. Außerdem
können wir davon ausgehen, dass sich zumindest einer der
Männer tatkräftig, jedoch wohl leider vergeblich, gewehrt hat.
Auf dem Sitz des Autos wurde ein großer Blutfleck entdeckt,
dessen DNA mit der von Valentine B. übereinstimmt.
Wir fühlen mit den Angehörigen der Vermissten!

MacGregor fluchte derart laut, dass Ellen MacMillan angelaufen kam, um zu sehen, ob er sich mit dem Espresso verbrüht hatte. Nachdem er jedoch unwirsch abgewunken hatte, verschwand sie wieder in der Küche.

Der Inspector griff nach der Zeitung und machte dabei ein Gesicht als handelte es sich um eine volle Babywindel. Er legte ein paar Pfund auf den Tisch und ging mit Higgs, der sich im Moment nichts zu sagen traute, hinüber zur Wache. Reporter gaben Quellen grundsätzlich nicht preis. Er würde die undichte Stelle wohl nie finden! Konnte einer seiner Männer bestechlich sein oder hatte jemand aus dem Untersuchungsgefängnis ein illegitimes Zubrot? MacGregor wusste nicht recht, wie er damit umgehen sollte, hätte er tatsächlich einen Maulwurf in den eigenen Reihen. Er beschloss, zunächst einmal abzuwarten, vielleicht verriet sich ja jemand. Und wenn nicht, dann musste er wohl oder übel versuchen, dem Klatschmaul eine Falle zu stellen. Daran, dass es noch eine weitere Möglichkeit gab, dachte MacGregor in seiner Rage gar nicht.

Er ließ Fox sämtliche Morgenzeitungen besorgen, die er auftreiben konnte, ging in sein Büro, war versucht, die Tür zuzuknallen, unterließ es aber dann doch, er hatte ja schließlich eine Vorbildfunktion inne, und rief die Nummer von Damian Notts Vater an. Der Mann hob nach dem vierten Klingeln ab. Ja, Damian und Elias Blair waren seit der Grundschule befreundet. Elias war aber nicht auf eine weiterführende Schule gegangen und hatte nicht studiert. Die beiden hielten dennoch Kontakt, aber hatten sich natürlich nicht mehr so häufig wie zu Kindertagen gesehen. Die Frage, ob er diesbezüglich schon einmal von jemand anderem befragt worden sei, verneinte Nott prompt und zugleich ein wenig verwundert. Anscheinend hatte er heute noch nicht Zeitung gelesen. Er wollte am Ende des Telefonats noch wissen, ob der Inspector etwas Neues über den Verbleib seines Sohnes herausgefunden hatte. Doch das musste nun MacGregor verneinen – was er aufrichtig bedauerte.

Der Inspector überlegte hin und her. Sollte er wirklich den Grund des Lochs absuchen lassen? Ihm widerstrebte es zutiefst, sich von der Presse provozieren zu lassen. Und die Hunde hatten eindeutig in weiter Entfernung zum Ufer hin die Fährte der ersten beiden Vermissten verloren. Zudem hatte das Angelzeug der drei Brüder noch im Kofferraum gelegen. Der Inspector entschied sich gegen die Großaktion und hoffte aus tiefstem Herzen, dass er damit Recht behalten sollte. Was er brauchte, war ein Hubschrauber, aber damit wollte er aus verschiedenen Gründen noch bis morgen warten.

MacGregor rief nun bei der Spurensicherung in Leeds an. Er bat die Kollegen, Valentines Toyota Yaris auf DNA-Spuren hin zu untersuchen. Danach kontaktierte er die Kollegen in Bournemouth und bat sie, in der Immobilie von Damian Nott und Edwin Drawer DNA-Spuren zu sichern. Beide Dienststellen bat er auch, die Proben zum Vergleich an sein Labor zu schicken. Er traute den Kollegen in Yorkshire und denen in Dorset durchaus zu, die

Spuren selbst zu vergleichen, aber hier ging es um das leidige Stundendeputat. Die beiden Grafschaften hätten dann zahlreiche und aufwendige Erstattungsanträge stellen müssen, und das wollte er den zuständigen Inspectors nun wirklich nicht zumuten. Und außerdem hatten die Gerichtsmediziner mit seinen beiden Aufträgen schon genug zu tun.

Eine halbe Stunde später trat Fox ein und reichte dem Inspector die angeforderten Zeitungen. Die gemäßigteren und renommierten Blätter hatten den Sachverhalt etwas treffender und weniger suggestiv dargestellt, schrieben aber unterm Strich das Gleiche. Die anonyme Quelle musste alle Blätter gleichzeitig mit den Informationen versorgt haben. Am liebsten hätte er sämtliche E-Mail-Eingänge der Journalisten überprüfen lassen, aber das ging ja nicht! Er hatte an sich nichts gegen die Pressefreiheit, aber in einer laufenden Ermittlung Interna in der Zeitung lesen zu müssen, machte ihn wütend, extrem wütend.

Currington klopfte, ehe er eintrat. „Was gibt's, Constable?", fragte MacGregor und zwang sich zu einem freundlichen Tonfall. Der Mann konnte ja nichts dafür, so hoffte er zumindest. Eigentlich konnte er sich überhaupt keinen seiner Männer in der Rolle eines Verräters vorstellen. Zum Teufel, es musste ein Beamter aus dem Untersuchungsgefängnis sein! Oder ... war das möglich? MacGregor hatte einen Geistesblitz. Konnte das sein? Und wenn ja, was sollte das für einen Sinn haben?

Der Constable hatte bereits zum Rapport angesetzt,

doch MacGregor unterbrach ihn mit einer ungeduldigen Geste, um seinen Gedankengang zu Ende zu bringen. Der Uniformierte wartete artig, bis er erneut aufgefordert wurde zu sprechen. Nun war es so weit. „Higgs und ich haben alle Pensionen, Hotels und B&Bs abgeklappert, Sir. Keiner der Namen auf der Liste von vorbestraften Tierschützern stimmte mit den Eintragungen überein."

Der Inspector bedankte sich und entließ Currington. So etwas hatte er sich schon gedacht. Jetzt blieb nur noch abzuklären, was es mit dem gestürzten Angler aus London auf sich hatte. Er rief im Hospital an und erkundigte sich nach dessen Gesundheitszustand. Der Mann war so weit stabil und man würde ihn heute Nachmittag aus dem künstlichen Koma aufwecken. Er schickte Fox und Currington nach Inverness ins Krankenhaus. Bis sie dort eintreffen würden, war er vielleicht schon ansprechbar.

Ein Kollegen aus London hatten schon gestern die Aussage der Ehefrau des Verunglückten geschickt. Der Mann war alleine in die Highlands gefahren und hatte noch nie zuvor geangelt. Er wollte das unbedingt einmal ausprobieren, so seine Frau. Aber ein Teil seiner Freunde bekam nicht frei und dann gab es andere, die sich nichts Langweiligeres vorstellen konnten, als auf einem unbequemen Hocker am Wasser zu sitzen, um darauf zu warten, dass ein Fisch anbiss. Im Stillen gab MacGregor der letzten Partei recht.

* * *

Die Constables hatten den gestürzten Angler, an dessen Bett nun seine aus London angereiste Frau wachte, vernehmen können. Sie waren aber vom behandelnden Arzt darum gebeten worden, ihn nicht aufzuregen und die Befragung möglichst kurz zu halten.

„Ich hatte einen richtig großen Fisch an der Angel!", hatte er zu Protokoll gegeben. „Ich habe mich so gefreut! Schließlich war es ja das erste Mal in meinem Leben, das ich gefischt habe! Ich wollte die Schnur einholen, vorher musste ich aber noch richtig anschlagen, damit der Fisch auch richtig gehakt wurde. In meinem Ratgeber stand, dass viele Angler den Anschlag am Anfang zu lasch machten und die Beute sich dann losreißen konnte. Deswegen hab' ich die Rute ganz heftig zurückgezogen und bin dabei unwillkürlich einen Schritt zurückgegangen. Das war ein Fehler! Ich rutschte aus und fiel nach hinten. An mehr kann ich mich nicht erinnern."

Seine Frau tätschelte seinen Arm und meinte behutsam, jedoch bestimmt: „Das war auch der letzte Fisch, den du an der Angel hattest, mein Lieber!"

XII

Um seine Recherchen voranzubringen, hatte MacGregor in seinem Büro die Startseite von YouTube auf seinem Rechner aufgerufen und gab nun „Valentine Blair" in die Suchleiste ein. Es gab zwei konkrete Übereinstimmungen. Den einen Song, *Secrets and Wishes*, kannte er bereits. Valentine hatte das Video anscheinend mit einer einfachen Handykamera aufgenommen oder aufnehmen lassen. Sie saß in einer Küche, höchstwahrscheinlich ihrer eigenen, auf einem Stuhl, spielte Gitarre und sang dazu. MacGregor war wider Willen erneut von dieser Stimme verzaubert. Diesmal hörte er allerdings genauer auf den Text.

Es ging um einen Jungen, dessen Eltern ziemliche Spießer waren und ihn dazu zwangen, Jura zu studieren, anstatt sich seinen Herzenswunsch zu erfüllen, nämlich Musiker zu werden. Der Junge gab jedoch klein bei, studierte Rechtswissenschaften und trat in eine erfolgreiche Anwaltskanzlei ein. Er machte seinen Job gut, aber ohne Herzblut. Jeden zweiten Abend nach Dienstschluss verkleidete er sich als armer Straßenmusikant und spielte auf seiner Geige in der Fußgängerzone. Er hatte während des Studiums weit weg von zu Hause heimlich Unterricht genommen. Den Hut, der jeden Abend ordentlich mit Münzen, manchmal auch zusätzlich mit ein paar Scheinen, gefüllt war, hatte er eigentlich nur der Tarnung halber aufgestellt. Er wollte und brauchte das Geld nicht. Was er wollte und auch bekam, war die Anerkennung seines Publikums. Seine Gage spendete er wohltätigen Organisationen. Das Lied endete damit, dass seine Eltern zufällig an einem Abend zur gleichen Zeit in der Fußgängerzone waren, die Mutter ihren Sohn erkannte und danach in Ohnmacht fiel.

Der Text war interessant, aber nicht sonderlich aufschlussreich – auf den ersten Blick zumindest. MacGregor fühlte sich vage an eine Story von Sir Arthur Conan Doyle erinnert und dachte nach. Valentine hatte gesagt, dass das Video kaum geliked wurde, doch nun sah er, dass sie entweder gelogen oder sich ihr Talent inzwischen doch herumgesprochen hatte. Es war natürlich ein fragwürdiger Erfolg. Die Lorbeeren konnte sie, wenn sie in fünf Mordfällen zu lebenslanger Haft verurteilt werden würde, nicht mehr ernten. Es sei denn, es genügte ihr, den Ruhm von der anderen Seite des Gitters aus zu genießen.

MacGregor klickte den anderen Song namens *Stolen Self-Esteem* an. Auch dieser gefiel ihm. Er war anders als der erste – ruhiger, schwermütiger, aber dennoch wunderschön. Dieser war eine Art Ballade, die in der Vergangenheit spielte. Sie handelte von einer jungen Frau, die früh und unehelich von einem gleichaltrigen Mann geschwängert worden war. Dieser stand jedoch nicht zu der Frau.

Ihre Eltern, liebevolle und rechtschaffene Bürger, wollten ihrer Tochter, aber auch sich selbst, die gesellschaftliche Schmach ersparen. Sie kratzten ihr letztes Geld für eine ansehnliche Mitgift zusammen und verheirateten ihre Tochter mit einem älteren Mann, der ihnen das Blaue vom Himmel herunterversprach. Das Kind, ein Sohn, wurde geboren, lag jedoch noch als Säugling eines Morgens tot in seinem Bettchen. Die Todesursache erfuhr der Zuhörer nicht. Die Frau war tieftraurig und brachte keine weiteren Kinder zur Welt. Ihr Mann begann sie zu schlagen und zu missbrauchen. Die Frau konnte sich selbst nicht zur Wehr setzen und ihre Eltern waren mittlerweile ebenfalls verstorben. Sie ging ins Wasser und ertrank.

MacGregor schluckte, dann drückte er auf die 1 des Telefonapparates und bestellte Harry zu sich. „Harry, Sie müssen für mich herausfinden, wann dieser Song", er zeigte auf *Stolen Self-Esteem*, „hochgeladen wurde und beobachten Sie bitte die Entwicklung zu den beiden Songs. Also ich meine die Likes und die Kommentare der Zuhörer. Und beachten Sie bitte auch, wie oft die Videos geteilt wurden."

Harry nickte und deutete fragend auf den Laptop seines Vorgesetzten. Der Inspector ließ ihn verwundert gewähren und stand auf. Harry klickte ein paar Mal und hatte die erste gewünschte Information. Der zweite Song war in der Nacht des 12. Mai, also nach seiner ersten Befragung Valentines, hochgeladen worden. Harry ging hinaus, um den Rest seines Auftrags zu erledigen.

MacGregor setzte sich erneut auf seinen Stuhl, legte die Fingerspitzen aneinander und sagte: „So, so."

Die Kreativität Valentines hatte er schon auf dem Rastplatz bewundert, als er vorgegeben hatte, sie vor dem Toilettenhäuschen zu überwachen. Er rief sich ihre spontanen Worte ins Gedächtnis: „Sie können sich sicher sein, Inspector, ich werde bestimmt nicht aus dem Fenster des Häuschens klettern, beim nächsten Fernfahrer in die Kabine springen, mich ihm um Hilfe flehend an den Hals werfen, um mich dann zwischen Exportwaren zu verstecken, bis ich außer Landes bin!"

Fox klopfte an und trat nach einem „Herein!" zu ihm an den Schreibtisch. Dort legte er einen kleinen Packen Zeitungen ab. „Die Abendblätter, Sir!"

Der Inspector machte ein erstauntes Gesicht. Fox schien ebenfalls Eigeninitiative zu entwickeln, er hatte lediglich um die Morgenausgaben gebeten. Er bedankte sich aufrichtig und entließ den Constable mit einem Lob. Er konnte sich wirklich auf seine Mannschaft verlassen! Die Abwesenheit eines Sergeants beflügelte einige von ihnen allem Anschein nach, sich selbst Gedanken über den Fall zu machen und nicht nur stur Befehle auszuführen.

Er blätterte das Sammelsurium durch. Im Wesentlichen schrieben die Blätter das Gleiche wie am Morgen, allerdings hatten einige Reporter dieselbe Idee wie er gehabt. In vielen Artikeln wurden die Songs von Valentine Blair auf YouTube erwähnt. Einige von ihnen ließen sich sogar zu Kritiken hinreißen. Der Tenor war eindeutig:

Man war erstaunt, dass eine kaltblütige Mörderin derart schön singen konnte und die selbstkomponierten Melodien und selbst verfassten Songtexte berührten einen, ob man es wollte oder nicht.

Harry, der ihm eine halbe Stunde später, kurz bevor er Feierabend machte, noch einen Zwischenbericht bezüglich der digitalen Resonanz abliefern wollte, wagte die Prognose, dass ihre Verdächtige wahrscheinlich über Nacht zum Star werden würde.

In MacGregors Unterbewusstsein rumorte etwas. Er brauchte Zeit und etwas Abwechslung. Er wusste genau, dass es deutlich länger dauern würde, dies herauszufinden, wenn er permanent darüber nachgrübelte. Nachdem er den Lunch hatte ausfallen lassen, begab er sich zu einem frühen Dinner ins Shepherd's Inn. Er hatte keine Ahnung, dass sein Unterbewusstsein ihn an genau den richtigen Ort gelotst hatte.

Er hatte sich in den Salon gesetzt, der zu dieser Zeit noch verwaist war, da sich die meisten Gäste nach ihren Tagesausflügen auf ihren Zimmern noch frisch machten.

Tatsächlich hatte ihre Gegend für jeden etwas zu bieten. Diejenigen, die an mittelalterlicher Geschichte interessiert waren, konnten zahlreiche Burgruinen und keltische Friedhöfe oder katholische Abbeys besichtigen. Für diejenigen, die sich der Erforschung der schottischen Unabhängigkeit verschrieben hatten, bildete das Schlachtfeld von Culloden einen idealen Ausgangspunkt, da dort im Moor ein Museum die zahlreichen Aufstände und

Schlachten akribisch aufbereitet hatte. Es wurden sogar Vorführungen zu den jeweiligen Kampftechniken gehalten.

Die Touristen, die etwas mehr über die Tradition der Spirits erfahren wollten, bekamen ansprechende Führungen in weltweit bekannten Destillerien und durften am Ende von den hochprozentigen Produkten kosten. Außerdem gab es noch etliche Hügelgräber für diejenigen unter ihnen, die eher an der Frühgeschichte Gefallen fanden.

Die Naturbegeisterten unter den Highlandurlaubern kamen neben ausgedehnten Trekkingtouren, Angelausflügen – aber das war momentan ein heikles Thema – und anspruchsvollen Radtouren, auch in puncto Fauna auf ihre Kosten. Die Tierwelt des schottischen Hochlands hatte vieles zu bieten, was den Wenigsten bekannt war. Wenn man Glück hatte, konnte man bei der Brücke, die in die Altstadt von Inverness führte, auf einer Kiesbank im River Ness Kegelrobben beobachten. Sollte man hier Pech haben, so fuhren täglich Kutter zur See, die einem die Robben und Seehunde, die faul auf Sandbänken lagen, direkt vor die Linse führten.

Außerdem gab es in diesem Teil Schottlands seit einiger Zeit wieder sehr viele Wildkatzen. Man musste allerdings sehr leise und in den Abendstunden unterwegs sein, um sie zu Gesicht zu bekommen. Im Highland Wildlife Park in Kingussie konnte man diese einheimischen Tiere, neben vielen Exoten wie in jedem anderen Zoo, in relativ großen Gehegen, durch die man mit dem Auto fahren durfte, bestaunen. Wenn man zur richtigen Jahreszeit nach Schottland kam, konnte man im Moray Firth auch Große Tümmler erblicken. Ganz abgesehen davon gab es für Ornithologen noch die Möglichkeit das seltene Birkhuhn und das Schottische Moorschneehuhn zu beobachten.

MacGregor hatte sich bei Ellen einen Caesar Salad bestellt. Als er sich in den weichen Loungesessel gesetzt und sich vorgebeugt hatte, um nach der Speisekarte zu greifen, hatte er bemerkt, dass sein Hosenbund bedenklich spannte. Das Essen von Mrs Pennyfeather und den MacMillans war einfach zu gut! Er hatte deshalb beschlossen, nicht zu verzichten, sondern seine Ernährung – zumindest so lange, bis seine Hose ihm wieder genug Atem ließ – umzustellen. Der Salat, der neben dem Grünzeug aus gekochter und kurz angebratener Hühnerbrust, gehobeltem Parmesan und Sardellen bestand, schmeckte ihm vorzüglich.

Er brauchte nach dem Mahl nicht einmal ein schlechtes Gewissen zu haben, da er ganz auf der gegenwärtigen, mittlerweile aber bedenklich lang anhaltenden, Low-Carb-Welle geschwommen war und die Croutons im Salat beiseitegeschoben und das wirklich gut duftende, frisch aufgebackene Weißbrot, das in einem Körbchen neben seinem Teller lag, nicht angerührt hatte. Das gut gewürzte, aber leider auch extrem fetthaltige und dadurch außerordentlich schmackhafte Dressing, mit dem der Salat angemacht war und von dem ihm durch Ellen noch ein zusätzliches Schälchen kredenzt worden war, hatte MacGregor natürlich, ohne sich einer Schuld bewusst zu sein, gänzlich konsumiert.

Er blickte ob seiner Selbstdisziplin und des dennoch einsetzenden Sättigungsgefühls glückselig auf und überlegte gerade, dass ein kleiner Verdauungsschnaps, vielleicht ein italienischer Grappa anstelle eines Espressos, durchaus im Rahmen des Möglichen lag. Er wollte schon aufstehen, um Ellen um ein Schlückchen zu bitten, als diese mit einem eng umschlungenen Paar, bestehend aus zwei Frauen, sie mochten um die vierzig sein, in den Salon trat, um ihnen einen Tisch anzubieten. In MacGregors Gehirn ratterte es fieberhaft.

Als die Wirtin den beiden Frauen ihre Cocktails gebracht hatte – der Inspector war sich beinahe sicher, dass es sich um Gin Basil handelte, da das Grünzeug, das in den Gläsern schwamm, genauso aussah wie das Kraut, das Erin seit ein paar Jahren immer in die Tomatensauce für die Hackfleischbällchen gab – winkte er sie zu sich.

„Ich habe eine Frage zum Fall, Ellen, und möchte, dass Sie sich Ihre Antwort gut überlegen, ehe Sie sie mir geben! Sie können mich auch erst morgen auf der Wache anrufen! Ich meine das sehr ernst, mir ist Ihre Einschätzung sehr wichtig! Und ich gehe davon aus, dass Sie mir uneingeschränkt antworten, Ellen!"

Die Wirtin, deren Vornamen er bewusst zwei Mal erwähnt hatte, schluckte hörbar und starrte MacGregor angsterfüllt an. Dieser hatte in der Eile einen wichtigen Zusatz, den er jetzt nachholte, vergessen: „Das Ganze hat natürlich nichts mit Ihnen beziehungsweise mit Ihrer Familie zu tun. Es geht, wie gesagt, nur um den Fall." Der Inspector glaubte den Stein, der Ellen vom Herzen fiel, tatsächlich zu hören. Nachdem er ihr eine kurze Verschnaufpause gegönnt hatte, setzte er an: „Hatten Sie den Eindruck, dass die beiden verschwundenen Angler schwul waren?"

XIII

Ellen hatte sich ihm gegenüber in einen Loungesessel gesetzt. MacGregor stellte selbstkritisch und leicht grantig fest, dass sie das deutlich graziler als er gemacht hatte. Ellen sagte fünf Minuten lang nichts. Sie schien das Telefon am Empfangstresen, das in der Zwischenzeit drei Mal geläutet hatte, bewusst zu ignorieren. Sie nahm seine Bitte offensichtlich sehr ernst.

Gerade in dem Moment, als ihr Mann in den Salon stürzte und sie beinahe anschrie, wo zur Hölle sie denn bleibe, hatte sie zu einer Antwort angesetzt.

MacGregor warf Jacob einen Blick zu, der keine Widerrede zuließ und winkte ihn zugleich heran. „Ich habe Ellen eine äußerst wichtige Frage bezüglich des Falls gestellt und habe sie gebeten, in sich zu gehen und sich mit der Antwort Zeit zu lassen. Wenn Sie Ihre Antwort und vorher meine Frage, die ich extra für Sie wiederholen würde, hören wollen, dann setzen Sie sich bitte. Wenn nicht, dann möchte ich Sie inständig bitten, die Ermittlungsarbeit nicht weiter zu behindern und den Raum zu verlassen!"

„Mmpf!", war Jacobs Kommentar und er setzte sich, ohne weiter zu überlegen, neben seine Frau. „Ich habe

Ellen gefragt, ob sie der Meinung ist, dass die beiden Angler ein Paar waren."

MacMillan blies die Backen auf und ließ ein geatmetes „Ich habe keine Ahnung." entweichen.

MacGregor nickte ungeduldig. Er hatte nichts anderes erwartet, war aber gespannt auf die Einschätzung Ellens.

„Ich bin mir fast hundertprozentig sicher, dass sie *kein* Paar waren, Inspector!"

MacGregor nickte, erwiderte nichts, sah sie jedoch auffordernd an. Ellen sollte weitermachen, was sie nach einer kurzen Pause auch tat. „Die beiden waren sehr vertraut miteinander, allerdings nicht auf der zwischenmenschlichen Schiene, wie es Paare beziehungsweise", sie erröte leicht und stockte, woraufhin MacGregor ungeduldig blaffte, „heraus damit!" – „ich meine – Sexualpartner es sind. Sie waren eher wie", Ellen überlegte erneut, doch diesmal ließ ihr der Inspector Zeit. Die Unterbrechung ihres Gedankengangs hatte seiner Meinung nach nichts mit altmodischen Schamgefühlen zu tun. Er sah förmlich, wie es in Ellens Gehirn arbeitete. „Nun ja, man könnte es mit ganz alten Freunden oder mit innig verbundenen Geschwistern vergleichen."

MacGregor war zufrieden. Er bedankte sich und verlangte von Ellen die Rechnung. Ihr Mann war wie der Leibhaftige aufgesprungen. Ihm war gerade wieder eingefallen, dass er das neue Bierfass hinter der Bar noch anzapfen musste.

Als Ellen mit dem Beleg zurückkam, fragte der Inspector blauäugig: „Das Zimmer, das die beiden Angler bewohnt haben, war das in der Zwischenzeit schon wieder vermietet?"

„Aber Inspector, ich bitte Sie! Wir sind ein renommierter Landgasthof! In dem Zimmer schlafen mittlerweile schon die dritten Gäste. Das sind die beiden Frauen dort drüben. Sie deutete unauffällig zu dem Pärchen, dem MacGregor seinen Geistesblitz zu verdanken hatte, hinüber.

MacGregor beschloss für heute Feierabend zu machen. Die Spurensicherung würde im Zimmer der ersten beiden Vermissten ohnehin keine brauchbaren Fingerabdrücke mehr finden. Er brauchte sie gar nicht erst anzufordern. Zu schade! Das hätte seine These erhärtet! Warum nur hatten die beiden nicht im Old Inn bei Mrs Pebmarsh eingecheckt! Da wäre ihm sein Versäumnis bestimmt nicht zum Verhängnis geworden!

Der Inspector hatte eigentlich noch vorgehabt, kurz auf der Wache vorbeizuschauen, doch er sah durchs Fenster, dass die Constables der Nachtschicht eine Runde Darts spielten. Anscheinend war nichts los und sie hatten die Scheibe in Eigenregie an der Wand des Pfarrsaals aufgehängt. Er hoffte auf ihre Treffsicherheit, um nicht die Haftpflicht der Behörde zwecks etwaiger Löcher im Putz bemühen zu müssen, entschloss sich aber dazu, den Männern ihren Spaß zu lassen und sie nicht mehr zu stören.

Er stieg ins Auto und fuhr nach Hause. Dort traf er Erin und seine Schwiegermutter im Esszimmer an. Maeve war wohl schon auf ihrem Zimmer, dass sie im Bett lag, bezweifelte er jedoch.

Seine Schwiegermutter begrüßte ihn kühl und stürzte das Glas Rotwein – Erin und sie hatten beide eines vor sich stehen – in einem Zug hinunter. Sie wünschte ihrer Tochter eine gute Nacht und nickte MacGregor im Vorbeigehen kurz und kühl zu. Dann ging sie in Richtung Treppe und ließ ihn dabei wie einen begossenen Pudel stehen.

Erin sah ihn weder vorwurfsvoll noch bedauernd an. Sie zuckte lediglich mit den Schultern und sagte: „Es ist so, wie es ist: Wer den Gegenwind scheut, wird Flauten ertragen müssen."

* * *

MacGregor hatte seinen Wecker wie üblich auf halb sieben Uhr gestellt und war aufgestanden, ohne seine Frau zu wecken. Diesmal verließ er allerdings nach seiner Morgentoilette nicht fluchtartig sein eigenes Haus, sondern begab sich in die Küche. Er setzte Kaffee auf, kochte Eier, briet Schinken in der Pfanne, erhitzte Baked Beans aus der Dose und machte Rühreier. Danach röstete er Toast und holte Butter und Marmeladengläser aus dem Kühlschrank. Er stellte alles, das nicht warmgehalten werden musste, sofort auf den Esszimmertisch. Dann suchte er nach Stövchen und Teelichtern, was ihn einiges an Zeit kostete, da er keine Ahnung hatte, wo Erin diese aufbewahrte. Letzten Endes wurde er doch fündig und stellte die entsprechenden Speisen auf die Wärmequellen auf dem Tisch. Dann suchte er Geschirr und Besteck zusammen und deckte ein.

Als er auf der enervierenden Suche nach Servietten war und diese schon beinahe aufgeben wollte, sah er Erin belustigt im Türbogen, der von der Diele ins Esszimmer führte, stehen. „Kann ich dir helfen, Sam?"

Kurz darauf kam Maeve herunter und rief begeistert „Wow! Habt ihr Hochzeitstag oder sowas?" Ihre Mutter musste prusten, doch ihr Vater stellte eine Gegenfrage: „Wo ist denn deine Großmutter?"

„Och, die schläft doch immer länger", sie schaute auf ihre Armbanduhr, „Aber heute schläft sie tatsächlich noch länger als sonst. Ist ja schon zehn nach acht!" MacGregor schnaubte entsetzt, sprang auf, rief seinen beiden Lieblingen ein „Herrje, muss los!" zu und stürmte aus dem Haus.

Gleich nachdem die Tür ins Schloss gefallen war, kam seine Schwiegermutter mit einem schelmischen Lächeln auf den Lippen die Treppe herunter: „Oh, das Frühstück duftet heute aber besonders gut. Ist mein lieber Schwiegersohn schon fort?" Ohne die Antwort ihrer Tochter oder Enkelin abzuwarten, sprach sie, nachdem sie absichtlich lange auf die Uhr über dem Esstisch gestarrt hatte, weiter, „Herrje, ist es etwa schon so spät?"

* * *

„Ah, Inspector, gut, dass Sie da sind!" Harry schien anscheinend schon auf ihn gewartet zu haben. „Valentine Blairs Videos sind die am meisten aufgerufenen im ganzen Land. Säße sie nicht in U-Haft, würde sie jetzt wahrscheinlich schon bei einem großen Label unter Vertrag stehen. Die Fans überschlagen sich und loben sie in den Himmel – scheint ihnen egal zu sein, dass sie wahrscheinlich fünf Männer abgemurkst hat. Ich finde die Songs eigentlich auch nicht schlecht. Ist zwar nicht unbedingt meine Musikrichtung, aber die Frau hat echt 'ne Stimme, die einem unter die Haut geht!"

MacGregor nickte, er wusste, was der junge Constable meinte.

Nachdem MacGregor sich in seinem Büro an den Schreibtisch gesetzt hatte, rief er seine Mails auf. Die Kollegen in Bournemouth und Leeds hatten Wort gehalten und die Spuren gestern noch in ihr Labor geschickt. Dessen Bericht lag ihm nun vor. In Valentine Blairs Yaris war reichlich DNA von Hautschuppen, Haaren mit Wurzel und so weiter, aber es hatte keine Übereinstimmung gegeben. Im Auto war nicht ein Fitzelchen DNA von Nott oder Drawer gefunden worden.

Der Inspector überlegte und lehnte sich dabei in seinem Schreibtischstuhl zurück. Konnte das wirklich sein? Er schnappte sich seinen Laptop und eilte über die Straße zum Shepherd's Inn hinüber. Ellen tippte hinterm Empfangstresen gerade etwas in die Registrierkasse ein. Er grüßte sie und sagte ihr, dass er nochmals ihre Hilfe brauchte.

Sie setzten sich an einen Tisch im Schankraum, der zu dieser frühen Stunde noch leer war. MacGregor klappte seinen Rechner auf und öffnete die Passfotos von Damian Nott und Edwin Drawer. Nott trug eine Brille und sein dunkelbraunes Haar war beinahe schulterlang, Drawer trug einen Vollbart und hatte dunkelblondes kurzes Haar, das jedoch Locken erkennen ließ.

Ellen schaute sich die Bilder lange und aufmerksam an. Dann zuckte sie bedauernd mit den Schultern. „Ich kann Ihnen nicht mit Sicherheit sagen, dass sie es sind, aber auch nicht, dass sie es nicht sind. Die Frisuren, der Bart und die Brille passen. Aber bei uns kommen und gehen die Gäste. Wir haben ja zusätzlich noch das Restaurant, in das auch viele Tagesgäste kommen. Und ich habe auch kein gutes Gedächtnis für Gesichter, ich höre eher auf die Sprache. Das ist so mein Tick. Aber ich hole Ihnen schnell Simon und Jacob. Vielleicht können die Ihnen besser helfen."

Doch auch die beiden Männer konnten nicht mit Sicherheit sagen, dass es sich bei den beiden vermissten Anglern tatsächlich um Damian Nott und Edwin Drawer handelte.

Der Inspector ging zurück und ließ sich von Harry das Gepäck der drei Brüder, das sie im Old Inn sichergestellt hatten, bringen. Nachdem die drei kleinen Reisetaschen auf seinem Schreibtisch standen, bat er den jungen Constable diese auszupacken. MacGregor suchte nach etwas Bestimmtem beziehungsweise nach etwas, von dem er hoffte, es nicht zu finden. Harry sollte ihm helfen, vielleicht konnte er ihm erneut seinen Scharfsinn beweisen.

„Jeder hatte einen Pulli und eine Hose dabei, davon zwei Paar Jeans und eine Trekkinghose. Sonst nichts. Seltsam!"

„Was ist seltsam, Constable?", wollte der Inspector wissen, war aber schon glücklich. Seine Vermutung hatte sich bestätigt und Harry hatte die richtigen Schlüsse gezogen. „Na ja, keine Unterhosen und Socken, kein Waschzeug, nicht mal 'ne Zahnbürste!"

„Und, was meinen Sie? Waren die Brüder so schmuddelige Gesellen, die sich drei Tage nicht umzogen und wuschen?"

Harry schüttelte nachdenklich den Kopf. Es dauerte eine Weile, bis er antwortete: „Die haben das Zeug zum Angeln mitgenommen, aber warum nur?"

MacGregor lächelte zufrieden. Der Junge musste unbedingt mehr aus sich machen! „Das werden wir schon noch herausfinden! Jetzt möchte ich Sie aber bitten, mit mir erneut die Kontobewegungen der Geschäfts- und Privatkonten von Nott und Drawer durchzusehen. Beim ersten Mal haben wir nur überprüft, ob sie liquide waren. Nun möchte ich etwas finden, das in den letzten, sagen wir, drei Wochen geschehen ist und sich von den bisherigen Bewegungen abhebt. Ich weiß nicht genau, was es ist, aber ich denke, dass wir einfach auf etwas achten sollten, das aus dem Rahmen fällt." Harry nickte, er hatte verstanden. „Gehen Sie bitte die Geschäftskonten durch, ich werde mich mit den Privatkonten beschäftigen." Der Constable ging zurück an seinen Schreibtisch und machte sich sofort an die Arbeit.

Die beiden Unternehmensberater hatten viele Konten und privat hatten sie obendrein auch noch getrennte. MacGregor hatte sich in Zahlen vergraben, blätterte vor und zurück, um nachzuprüfen, ob diese oder jene Überweisung schon in den Vormonaten getätigt worden war und verlor zusehends den Biss.

Gerade als er aufstehen wollte, um sich einen Kaffee zu holen, fiel sein Blick auf eine außergewöhnlich hohe Bargeldabhebung von Drawer. Er hatte sich am 6. Mai in einer Filiale 3000 Pfund Sterling in Bar ausbezahlen lassen. MacGregor runzelte die Stirn. So viel Geld für einen Angelurlaub in den Highlands abzuheben, erschien ihm deutlich übertrieben. Außerdem gab es in Schottland ebenfalls Geldautomaten des entsprechenden Instituts, sodass keine zusätzlichen Gebühren angefallen wären. Er schaute sich nun die Konten Notts für den 6. Mai an. Und tatsächlich, auch dieser hatte bei seiner Bank viel Bargeld, sogar 4000 Pfund abgehoben. Was machte ein Pärchen mit 7000 Pfund Sterling?

Der Inspector dachte eine Weile nach. Nach einer Minute legte ein guter Geist in seinem Kopf den Schalter um. Natürlich! MacGregor schlug sich mit der Hand vor die Stirn. Er riss seine Bürotür auf und rief: „Harry, kommen Sie, Sie müssen etwas für mich recherchieren!"

XIV

MacGregor saß im kargen Verhörraum des Untersuchungsgefängnisses an einer Seite eines schäbigen Metalltisches. Eine Justizvollzugsbeamtin führte Valentine Blair herein und wies ihr den Stuhl gegenüber dem Inspector zu.

„Sie können ihr die Handschellen abnehmen. Ich übernehme die Verantwortung!"

Nachdem die Wärterin dies erledigt hatte, verließ sie den Raum, schloss ihn von außen ab und postierte sich neben der Tür.

MacGregor musterte die Gefangene. Sie starrte unbeteiligt zu Boden, hatte ihn auch nicht gegrüßt. „Haben Sie mir heute etwas zu sagen, Mrs Blair?"

Valentine schwieg und zeigte keinerlei Reaktion.

„Nein?", er legte eine rhetorische Pause ein. „Aber ich! Ich habe Sie nämlich durchschaut, Valentine!" Sie hob erstaunt den Kopf und blickte ihm ins Gesicht. Dann huschte ein kurzes und kleines Lächeln über ihr Gesicht. Offenbar hatte er jetzt ihre volle Aufmerksamkeit.

„Ich habe nachgerechnet und mir außerdem von den Kollegen in Leeds die Liste der Einbrüche und Diebstähle vom April 2006 schicken lassen. Sie haben zu der Zeit eine

Lehre bei einem Kürschner absolviert, der zur Anzeige gebracht hat, dass ihm drei wertvolle Bücher aus seiner Vitrine im Verkaufsraum gestohlen worden sind. Was haben Sie mit dem dritten Exemplar gemacht? Steht es nun bei Ihnen zu Hause in einer Vitrine?"

Valentine schaute ihn mit leicht geöffnetem Mund, allerdings absolut nicht empört an.

„Haben Sie wirklich einen derart perversen Geschmack? Was hat es mit dem Titel auf sich?"

Sie grinste und schwieg.

„Warum haben Sie das eine in der Fußgängerzone zurückgelassen?"

Valentine lächelte ihn erneut amüsiert an, sagte jedoch wieder nichts.

„Sie haben das alles von langer Hand geplant! Natürlich noch nicht seit Ihrer Jugend. Ich denke jedoch, dass Sie sich irgendwann einmal „Das Schweigen der Lämmer" angesehen haben. In diesem Film näht sich ein geistesgestörter Transvestit ein Kleid aus den Häuten der von ihm ermordeten Frauen. Sie haben die Bücher seinerzeit deshalb mitgehen lassen. Ist es nicht so?"

MacGregor erntete ein leichtes Kopfnicken, mehr nicht.

„Ich könnte mir vorstellen, dass Sie mit den eigentlichen Vorbereitungen kurz nach der Insolvenz ihres Mannes und dessen Brüdern begonnen haben. Wie perfide muss man sein, um auf einen derartigen Plan zu verfallen? Oder ist perfide das falsche Wort? Waren Sie wirklich derart verzweifelt?"

Die von Presse als Psychopatin titulierte Frau presste die Lippen aufeinander und warf ihm einen äußerst garstigen Blick zu.

„Ich gehe davon aus, dass Ihnen der Schulfreund Ihres Mannes, Damian Nott, Geld oder wahrscheinlich eher einen zinslosen Kredit angeboten hat, aber Sie waren zu stolz, diesen anzunehmen. Ich glaube überhaupt, dass Sie eine sehr stolze Frau sind, Mrs Blair. Gefährlich stolz! Vielleicht zu stolz!"

Sie lächelte ihn überheblich an, verzichtete jedoch erneut auf eine Replik.

„Normalerweise kommt Hochmut vor dem Fall. Aber Sie haben die ganze Sache derart geschickt eingefädelt, dass Sie einige Stufen auf einmal, und zwar nach oben, gestolpert sind! Haben Sie sich das alles ganz alleine zurechtgelegt oder hatten Sie Hilfe?"

Valentine kniff die Augen zusammen und legte dann die flache Hand auf ihre Brust.

„Also alleine. Das dachte ich mir schon. Offensichtlich sind Sie da auch mächtig stolz darauf!" MacGregor warf ihr einen vernichtenden Blick zu.

„Sie haben sich ein Chemielabor ausgesucht, das es mit den Sicherheitsvorkehrungen nicht so genau nahm und haben dort zu arbeiten begonnen. Nachdem Sie die gewünschte Menge Chloroform − möglicherweise peu à peu − gestohlen hatten, haben Sie dort gekündigt. Wo haben Sie es in der Zwischenzeit aufbewahrt?"

Keine Antwort.

„Ich habe meinen Constable recherchieren lassen. Sie und Ihr Mann haben beide kurz nach der Eheschließung Lebensversicherungen abgeschlossen, wobei der jeweilige überlebende Part die nicht unerhebliche Summe von 35.000 Pfund Sterling bekommen würde. Waren das keine Versuchung?"

Die Frau fauchte empört auf.

„Ist ja schon gut, Mrs Blair. Ich wollte nur sichergehen, dass ich mit meiner Einschätzung Ihres Charakters richtig lag." der Inspector grinste die vermeintliche Häuterin leicht sarkastisch an.

„Jetzt war es an der Zeit, den Plan, der so lange in Ihrem klugen Kopf gereift war, in die Tat umzusetzen. Sie sagten Ihrem Mann Elias, dass er sich sein Haar wachsen sollte und seinen Bruder Lucas überredeten Sie dazu, sich einen Vollbart sprießen zu lassen. Mussten Sie diesbezüglich viel Überredungskünste aufwenden oder befolgten die beiden Männer willenlos Ihre Anweisungen?"

Valentine ließ sich nicht zu einer Antwort auf diese Stichelei seitens MacGregors herab.

„Sie haben mit Damian Nott angeblichen Erstkontakt per WhatsApp aufgenommen, weil Sie wussten, dass man diesen leicht nachverfolgen konnte. Das Gespräch, in dem Sie ihm die Einzelheiten Ihres Plans erläuterten, fand jedoch übers Festnetz statt. Haben Sie ihm etwas vorenthalten oder ihm die ganze Wahrheit gesagt?"

Erneut keine Antwort.

„Nott wollte helfen und wenn er genau das machte, was

Sie ihm sagten, würde ihm und seinem Freund nichts nachzuweisen sein. Das hatte er als Jurist bestimmt vorher abgeklärt."

MacGregor unterbrach sich kurz, um sich zu räuspern. Valentine Blair lächelte ihn auf einmal süffisant an, schwieg jedoch weiterhin still.

„Die beiden befinden sich derzeit auf Hochzeitsreise auf Bali. Es ist eines der wenigen muslimischen Länder, in denen Homosexuelle willkommen sind. Sie haben auf die Schnelle einen Bali-Urlaub gebucht und durch Bareinzahlung auf das Konto des Reiseveranstalters cash bezahlt. Sie sind am 7. Mai von Heathrow aus geflogen und hatten natürlich ihre Pässe dabei. Sie mussten verhindern, dass man ihre Handys dort ortete und haben die beiden deshalb darum gebeten, diese zu entsorgen. Sie wussten, dass das Abschalten alleine nicht genügte. Ich habe eben – wegen der Zeitverschiebung – mit einem Kollegen der Nachtschicht in Denpasar telefoniert. Er hat für mich in ihrem System nachgesehen. Die beiden Männer hatten tatsächlich kurz nach ihrer Ankunft einen Rucksack, in dem sie angeblich ihre beiden Smartphones verstaut hatten, als gestohlen gemeldet. Ich wage es jedoch zu behaupten, dass die Mobiltelefone auf dem Grund des Indischen Ozeans liegen. Dass sie in Schottland als vermisst galten, haben sie ebenfalls nicht erfahren können, zumal Nott keinen Kontakt mehr zu seinem Vater und Drawer überhaupt keine Verwandten hat. Etwaigen Freunden war bestimmt gesagt worden, dass sie ihren Honeymoon alleine genießen und deshalb auf digitale Konversation jedweder Art verzichten wollten. Möglicherweise haben sie dafür auch den Slogan des von ihnen favorisierten Reiseunternehmens bemüht: „Spiritueller Geist zwischen Strand und Tempelanlagen".

„Ebenfalls am 7. Mai sind Ihr Mann und seine Brüder nach Schottland gefahren. Lucas haben Sie wahrscheinlich selbst, oder auch ein Friseur, eine leichte Dauerwelle verpasst, damit er die gleichen lockigen Haare wie Edwin Drawer hatte. Sie haben sich vor deren Abfahrt noch über den Beifahrersitz des Vauxhalls gebeugt und sich vorsätzlich verletzt, wahrscheinlich mit einem Messer, sodass Ihr Blut auf den Sitz tropfte. Bei unserem ersten Gespräch betonten Sie ja sogar, dass Sie sich selbst verletzt hätten. Sie haben mit ziemlicher Sicherheit vorher recherchiert und wussten, dass das Alter eines Blutflecks auf einem Polster nicht nachweisbar sein würde. Nachdem die drei Brüder in Schottland angekommen waren, behielt der älteste Bruder Jeremy, der rot-braunes Haar hat und sein Äußeres nicht verändern musste, das Auto und versteckte sich mit diesem in der Wildnis. Er verbrachte die Nacht wahrscheinlich in dem Pop-up Zelt, das wir neben den Angelsachen im Kofferraum des Kobis gefunden hatten. Elias und Lucas checkten als Damian Nott und Edwin Drawer im Shepherd's Inn ein und gaben vor, mit dem Bus angereist zu sein. Ihr Mann trug dabei eine Brille, die der von Nott aufs Haar glich und hatte ebenso schulterlanges Haar wie er. Lucas hatte mittlerweile den gleichen

Vollbart wie Drawer und zugleich auch noch kurze Locken." Er schaute Valentine fragend an und diese signalisierte ihm mit einem Augenzwinkern, dass er mit seiner Annahme richtig lag. „Elias und Lucas haben im Voraus für drei Nächte bezahlt, um ihre Entführung glaubhafter zu machen. Gleiches galt dann auch für den Aufenthalt im Old Inn. So viel hatten Sie anscheinend noch auf der hohen Kante. Vielleicht wollten Sie die Gastwirte auch für die Unannehmlichkeiten entschädigen. Außerdem haben Sie dafür gesorgt, dass wir schöne Fahndungsfotos hatten, indem Sie Ihren Mann und seine Brüder zu Anfang des Jahres dazu veranlasst haben, sich Reisepässe ausstellen zu lassen. Sie sangen wie üblich im „The Memory" und fuhren gleich im Anschluss an ihre Schicht nach Schottland. Auf dem Parkplatz beim Loch warteten Sie auf Ihren Mann und den einen Schwager. Dabei rauchten Sie einige Zigaretten, deren Stumpen Sie mit Vorsatz neben ihrem Auto liegenließen. Nachdem die Männer bei Ihnen waren, setzte sich einer auf den Beifahrersitz des Yaris, der andere nahm auf der Rückbank Platz. Sie gingen zur Straße und warteten auf einen Zeugen. Als Sie den LKW hörten, gaben sie den Männern im Auto ein Zeichen. Einer von beiden legte den Kopf aufs Armaturenbrett, der andere brachte sich hinten in Schieflage und lehnte seinen Kopf ans Seitenfenster. Sie gaben vor, etwas am Straßenrand zu suchen, hoben aber, als der LKW in Sichtweite war, den Kopf, damit der Fahrer auch ja Ihr Gesicht sah. Dann jedoch drehten Sie sich schnell weg, denn dass er anhielt, war das Letzte, das Sie wollten. Sie warteten kurz und fuhren dann alleine zurück nach Leeds. Sie kamen zu spät zur Arbeit, aber das hatten Sie als zusätzliches Belastungsmoment ohnehin einkalkuliert. Ihr Mann und Lucas wurden von Jeremy abgeholt und vertrieben sich den Nachmittag mit Gott weiß was, aber mit Sicherheit außerhalb der Sichtweite jeder Menschenseele. Die beiden Nächte vom 8. auf den 10. Mai verbrachten die drei Männer entweder im Zelt oder in einer Mountain Bothie." Dies waren unverschlossene Selbstversorgerhütten mitten im Nirgendwo, die jeder Wanderer kostenfrei nutzen konnte. „Ich gehe mal eher von der Hütte aus, da sich die Elias noch die Haare schneiden und Lucas noch rasieren musste. Die Brille wird Elias wohl nicht mehr bei sich haben, oder? Sie haben ihm in Ihrem Weitblick bestimmt gesagt, dass er sie zerbrechen und in einem Mülleimer entsorgen soll."

Valentine zwinkerte erneut belustigt.

„Am 10. Mai checkten die Brüder zu dritt als die, die sie waren, im Old Inn ein. Sie brachten ihr Gepäck, das lediglich je aus einer Hose und einem Pullover bestand, auf die Zimmer. Die Wechselwäsche und die Kulturbeutel hatten sie entweder im Kofferraum des Autos oder in der Hütte gelassen. Ich tippe auf Letzteres und gehe auch davon aus, dass sie dort reichlich Proviant gebunkert hatten. Sie parkten den Kombi auf dem Parkplatz und wanderten ungesehen zu ihrer Hütte. Das Angelzeug und das Zelt ließen sie im Kofferraum zurück. Die Smartphones beließen sie im Handschuhfach, damit sie nicht geortet werden konnten. Ich kann nur vermuten, warum die Männer den Autoschlüssel im Wagen ließen, aber ich gehe davon aus, dass Ihr Mann es unseren Technikern so leicht wie möglich machen wollte. Vielleicht hatte er Angst, dass wir das Auto sonst aufbrechen würden. Den Schlüssel unterm Wagen oder in der Nähe zu deponieren, hätte bedeutet, dass er gestohlen hätte werden können. Ich sah bei unserer ersten Begegnung am 11. Mai im Club tatsächlich ein wenig Panik in Ihren Augen aufflackern. Sie wollten es wirklich vermeiden, hinausgeworfen zu werden. Sie und Ihr Mann bauten wahrscheinlich vor, für den Fall, dass Ihr Plan fehlschlug und Sie nicht berühmt werden würden. Dann hätte er sein Auto unversehrt zurück und Sie hätten noch Ihren Job. Am Abend des 10. Mai mussten Sie aber vorsätzlich noch einmal eine Stunde zu spät zur Arbeit kommen, um vorzuschützen, dass Sie am Vormittag in Schottland waren und wegen der langen Rückfahrt nicht rechtzeitig erscheinen konnten. Ich nehme an, Sie blieben den ganzen Tag in der Wohnung, um ja nicht von jemandem gesehen zu werden und Ihr Auto haben Sie vorher bestimmt weit weg von Ihrer Wohnung geparkt."

Valentine presste anerkennend die Lippen aufeinander, sodass sich auf ihren Wangen wieder Grübchen bildeten. MacGregor konnte nicht anders, ihm war diese Frau einfach sympathisch. Sie hatte ihn und seine Mannschaft zum Narren gehalten und er hätte wirklich sauer sein müssen, doch er bewunderte stattdessen ihren Scharfsinn und ihre Raffinesse. Sie und ihre Familie waren unverschuldet in Not geraten und sie hatten versucht, sich selbst zu helfen. Und tatsächlich war ja auch niemand zu Schaden gekommen – vom Steuerzahler, dessen Gelder verschwendet worden waren, einmal abgesehen.

„Sie haben bis jetzt zu den Vorwürfen geschwiegen, was an sich kein Verbrechen ist, und Sie haben mich auch nicht belogen, abgesehen von dem einen Mal bei der ersten Vernehmung, als Sie behaupteten, am 9. Mai mit Ihrem Mann gestritten zu haben. Allerdings war jener zu dieser Zeit schon den zweiten Tag in Schottland. Sie hatten – wie schon erwähnt – wirklich Angst, gekündigt zu werden, falls Ihr Plan nicht aufging, aber Sie wollten in den frühen Morgenstunden noch einen zweiten Ihrer Songs hochladen, was Sie dann ja auch getan haben. Ich gehe davon aus, dass Sie Ihr Talent unter Beweis stellen wollten, beziehungsweise Spekulationen hinsichtlich eines One-Hit-Wonders vorbeugen wollten. Sie waren zu ambitioniert, um als Eintagsfliege zu gelten. Nachdem ich Sie dann am 12. Mai für die Gegenüberstellung mit zu uns auf die Wache nahm, haben Sie bewusst das Gleiche getragen wie am 8. Mai. Damit wollten Sie sicherstellen, dass Sie der Fernfahrer einwandfrei identifizierte. Derzeit kreist ein Polizeihubschrauber über dem Gebiet hinterm Loch und der Co-Pilot, einer meiner Beamten, soll dabei besonders auf die Selbstversorgerhütten achten. Wahrscheinlich werde ich von den drei Brüdern eine Back-tothe-Roots-Geschichte aufgetischt bekommen, von wegen, dass sie sich neu orientieren wollten, in Ruhe beratschlagen wollten, wie es mit der beruflichen Zukunft weitergehen sollte und so weiter. Jeder sollte in sich gehen und dann würden sie gemeinsam die Vorschläge diskutieren – natürlich ganz ohne Handys, denn man wollte dabei keinesfalls gestört werden und die Dinger gehen in der Wildnis ja meistens ohnehin nicht." Der Inspector fuhr sich müde über die Augen. So ein Monolog war anstrengend.

„Ich werde Ihre Haftentlassung beantragen, Sie kommen heute noch frei. Sie haben den Staat genug gekostet! Wahrscheinlich holt Sie die gute Freundin oder der gute Freund ab, der die Zeitungen auf Ihre Anweisung hin mit den Informationen versorgt hat, während Sie hier inhaftiert waren. Aber keine Sorge, ich habe Besseres zu tun, als mich vor dem Untersuchungsgefängnis auf die Lauer zu legen! Ich wünsche Ihnen viel Erfolg in der Musikbranche, mir gefallen Ihre Songs richtig gut. Aber bitte tun Sie mir einen Gefallen: bleiben Sie beim Singen und suchen Sie nie mehr die Konfrontation mit dem Gesetz!"

Valentine hatte ihre Stimme wiedergefunden und antwortete aufrichtig: „Ich danke Ihnen, Inspector und verspreche es Ihnen hoch und heilig!" Sie hatte dabei Tränen in den Augen.

MacGregor verließ das Gefängnis und hoffte inständig, dass es Valentine Blair niemals einfallen würde, richtig zu morden! Und wenn, dann hoffentlich in Leeds oder sonst wo, Hauptsache nicht in seinem Revier!

Er würde bald feststellen müssen, dass sich sein Herzenswunsch erfüllte, allerdings auf eine ganz andere als von ihm vermutete Art und Weise.

* * *

Die drei Blair-Brüder wurden verhört und stritten, wie zu erwarten gewesen war, sämtliche Vorwürfe, mit denen er sie konfrontierte, ab. Er musste sie wohl oder übel in die Freiheit entlassen. Er hatte keinerlei Beweise und die ganze Farce war unterm Strich kein Vergehen. Mehr noch, der Inspector konnte die Irreführung der Justiz nicht einmal ansatzweise belegen. Er fuhr erschöpft nach Hause. Die Aufklärung des Falls hatte ihren Tribut gefordert.

Er trat ins Wohnzimmer und fand Erin und Maeve erneut auf dem Sofa vor dem Fernseher vor. „Wo ist deine Mutter?", fragte er nach einer knappen Begrüßung.

„Sie ist heute mit dem Zug abgereist. Ihre Nachbarin hat angerufen und gesagt, dass sie ins Krankenhaus müsse. Ist nichts Ernstes, aber Mum passt immer auf ihre Katze auf, wenn sie nicht da ist. Sie hat dir etwas hiergelassen", seine Frau deutete auf den Esszimmertisch. „Sie wollte es dir schon nach ihrer Ankunft geben, fand aber – oh Wunder – keine Gelegenheit dazu." Sie grinste ihn kurz schief an, wandte sich dann aber wieder dem Bildschirm zu. Es lief ein Krimi, bei dem sie nichts verpassen wollte.

Auf dem Tisch stand genau das, was MacGregor jetzt wirklich dringend gebrauchen konnte: eine gute Flasche zwölf Jahre alten Singlemalts. Zum Gefühl der Erschöpfung gesellte sich das des schlechten Gewissens.

* * *

Zwei Monate später

„Sieh mal, die Sängerin, die dich kürzlich so an der Nase herumgeführt hat, hat sich jetzt bei uns ein Wochenendhaus am Loch gekauft. Wo genau steht nicht dabei. Hat wohl Angst, dass ihr die Fans die Bude einrennen! Sie sagt, dass sie die Gegend hier inspiriere. Ist das nicht nett?" MacGregor warf einen Blick auf das Lokalblättchen, das seine Frau aufgeschlagen hatte. Er hätte die kleine, unscheinbare Blondine aus Leeds, wie sie sich selbst ihm gegenüber beschrieben hatte, beinahe nicht wiedererkannt. Sie sah jetzt anscheinend so hip aus, wie es die Fans von ihr erwarteten.

Er konnte sich noch gut an Susan Boyle erinnern. Erin liebte Talentshows und er hatte minder interessiert neben ihr auf dem Sofa gesessen und sein Stout getrunken. Die optische Verwandlung, die die damals 47-jährige Frau, die deutlich älter und auch irgendwie altbacken ausgesehen hatte, binnen kürzester Zeit durchlaufen hatte, war erstaunlich gewesen.

Valentine Blair schaute nicht alt aus, sie war von Natur aus eben nur der eher unscheinbare Typ Frau gewesen. Jetzt war sie eine paradoxe Mischung aus Vamp und Girlie, ein Hybrid aus der jungen Cindy Lauper, einem gemäßigten Marylin Manson und einer strahlenden Britney Spears.

MacGregor war nicht in der Lage, diesen seltsamen, wenngleich anscheinend öffentlichkeitswirksamen Stilmix anders zu beschreiben.

XV

Etwa drei Wochen später hatte MacGregor eine Einladungskarte in seinem Postkasten. Er war mit seiner Frau für kommenden Samstag zur Einweihungsparty des Wochenendhauses von Valentine Blair eingeladen worden. Die Karte war ein Vordruck, aber die Sängerin hatte noch handschriftlich einige Zeilen ergänzt:

Lieber Inspector MacGregor,
ich würde mich wirklich sehr freuen, Sie wieder einmal zu sehen und hoffe, Sie sind mir nicht mehr böse!
Es tut mir leid, dass ich Sie so kurzfristig überfalle, aber ich wusste nicht, ob die Handwerker rechtzeitig mit der Renovierung fertig sein würden und nächste Woche starte ich eine Europa—Tournee.
Herzliche Grüße,
Ihre Valentine Blair

Wirklich böse war er ihr eigentlich nie gewesen und die Einladung der nunmehr weithin berühmten Interpretin schmeichelte ihm auch ein wenig. Er würde Erin fragen, was sie dazu sagte. Alleine wollte er sich auf keinen Fall unter eine Horde extrovertierter Künstler begeben. Aber er konnte sich schon denken, was seine Frau dazu sagen würde, wenn sie vom Einkaufen zurückkam.

Erin war natürlich Feuer und Flamme und Maeve stinksauer, weil sie nicht mit eingeladen war. Ihr gefiel die Musik von Valentine zwar ohnehin nicht, sie stand momentan auf Techno, aber sie hätte die populäre Sängerin schon einmal ganz gerne aus der Nähe gesehen.

Die Party war in genau einer Woche und der Inspector verfluchte diese scheinbar relativ neue Option „Erst probieren, dann bezahlen" einiger Internetanbieter, denn seine Frau führte ihm jeden Tag nach Feierabend mindestens fünf verschiedene Outfits vor.

Maeve war ihm keine Hilfe, sie schmollte und ging jeden Abend früh auf ihr Zimmer.

„Keine Sorge, Sam. Ich kann alles kostenlos zurückschicken!", flötete Erin an jedem einzelnen verdammten Abend, an dem er zur Modenschau verdonnert war. Das Schlimme daran war, dass sich seine Frau zum einen nicht entscheiden konnte und zum anderen, dass er sich nicht traute, seine ehrliche Meinung zu den etwaigen Kleidern, Jumpsuits, Kostümen und anderen Schöpfungen der Modedesigner, deren Bezeichnungen er nicht einmal kannte, zu äußern. Denn er wusste nach sechzehn Jahren Ehe ganz genau, dass das böse ausgehen konnte.

In manchen Kleidungsstücken kam ihr Hintern, der ihm an sich sehr gut gefiel – MacGregor mochte keine zu dürren Frauen – etwas zu sehr zur Geltung. Für andere Outfits war sie in seinen Augen einfach schon zu alt. Er war hilflos überfordert und entschied sich daher immer für ein „Aber das ist doch wirklich hübsch, Schatz!" oder ein „Na, das gefällt mir aber!" oder ein „Gewagt, aber du kannst es tragen, meine Liebe!".

Natürlich wechselte er bei den Phrasen ab, sodass Erin ihm nicht Gleichgültigkeit vorwerfen konnte. Denn das – das wusste er ebenfalls erfahrungsgemäß – konnte auch übel enden. Vor diesem Wardrobe-Unsinn hätte sie ihn an einem Abend in ein Einkaufszentrum geschleift, in dem sie dann mindestens fünf Geschäfte abgeklappert hätten, aber danach wäre einfach Ruhe gewesen! Jetzt saß er jeden Abend am vermaledeiten Catwalk. Er hätte Valentine Blair am liebsten umgebracht!

* * *

Am Donnerstagabend war dann noch ein zusätzliches Problem aufgetaucht, das man als Ehepaar unbedingt gemeinsam bewältigen musste. „Was sollen wir denn, also ich meine dich und mich als ganz einfache Leute, einer Berühmtheit zum Einzug schenken?", fragte Erin sichtlich nervös. Sie hatte in ihrem Kleiderwahn ganz auf das Gastgeschenk vergessen.

MacGregor schnaubte empört auf. „Bis vor ein paar Wochen war sie eine Sängerin in einem Club und ihr Mann ein bankrotter Bauunternehmer!"

„Das hilft uns jetzt aber kein bisschen weiter, Sam!", erwiderte Erin leicht verzweifelt. „Blumen, Salz und Brot und so weiter sind zu einfach, es muss etwas Besonderes sein, das aber natürlich auch nicht zu teuer ist!"

Beim „Nicht-zu-teuer-Teil" war MacGregor natürlich gleich dabei und die Argumentation hatte durchaus etwas für sich. „Ich gehe davon aus, dass die anderen Gäste aus Leeds und von sonst woher kommen. Wir sind die einzigen Einheimischen. Wie wäre es denn mit etwas Regionalem oder für unsere Gegend Typischem?"

In Erins Augen glänzte es. „Aber natürlich! Was bin ich froh, mit einem derart pragmatischen Mann verheiratet zu sein!" Sie hatte das Lob absolut ernst gemeint und gab ihm einen flüchtigen Kuss auf die Wange, ehe sie zur Garderobe stürzte und sich ihren Trenchcoat vom Haken griff. „Ich bin bald wieder da!", rief sie im Hinauseilen. MacGregor sah ihr verwundert hinterher. Was soll's, dachte er bei sich, vielleicht bliebe er ja dadurch heute von der Modenschau verschont. Natürlich hoffte er vergebens. Bezüglich ihres Zeitmanagements war Erin als selbstständige Unternehmerin durchaus flexibel.

Nach etwa eineinhalb Stunden klingelte es an der Tür. MacGregor öffnete und seine Frau drückte sich mit einem schönen Weidenkorb, in dem sich leere Einmachgläser stapelten, an ihm vorbei. „Räum' doch bitte den Kofferraum aus, Schatz! Sei so gut!", trällerte sie im Vorbeigehen.

Der gehorsame Gatte gehorchte geflissentlich und hob sich mit der riesigen Einkaufstüte, die er aus dem Wagen wuchtete, beinahe einen Bruch. Er schleppte sie in die Küche, in der Erin bereits mehrere Kochbücher aus dem

Regal gezogen hatte und nun ungeduldig durchblätterte. „Ach, da ist es ja!", frohlockte sie.

„Was?", brummte ihr Mann mit schmerzverzerrtem Gesicht und rieb sich dabei mit seiner rechten Hand über seine Lendenwirbel. Erin hatte weder seinen Ton bemerkt, noch auf seine Körpersprache geachtet. „Na, das Rezept für Cullen Skink! Ich will Mrs Blair, wie du vorgeschlagen hast, etwas Regionales schenken und eben nicht nur etwas Gekauftes! Ich koche ein schottisches Drei-Gänge-Menü in mehrere Einmachgläser ein, sodass sie und ihr Mann und eventuell auch Gäste mehr davon haben. Ein selbstgemachtes Geschenk ist doch allemal besser als so ein lieblos gekaufter Geschenkkorb, den ein Angestellter der Feinkostabteilung zusammengestellt hat!"

MacGregor musste ihr uneingeschränkt recht geben, zumal Erins Idee ihr Budget wahrscheinlich um mindestens zwei Drittel weniger belastete. „Tolle Idee! Und was werden der zweite und dritte Gang?"

Sie freute sich über seine Anerkennung und erwiderte: „Haggis natürlich, was sonst! Und als Nachspeise dachte ich, alleine schon wegen der Haltbarkeit, an Tablet." Ihr Mann nickte, das klang stimmig. „Von den Zutaten zum Haggis habe ich gleich mehr gekauft, den gibt es morgen Abend auch bei uns!"

MacGregor überlegte kurz, beschloss aber zu schweigen. „Kann ich dir hier helfen, Schatz?", fragte er der Form halber, ohne jedoch wirklich Lust dazu zu haben.

„Nein, ich komme hier schon zurecht, vielen Dank!

Aber wenn du dich nützlich machen willst, dann kannst du den Karton, der im Schlafzimmer steht, öffnen und die Kleider, die ich dir heute Abend vorführen will, schon einmal auspacken."

Zähneknirschend, sich selbst für seine geheuchelte Hilfsbereitschaft verfluchend und mit schmerzendem Rücken stieg MacGregor ins erste Stockwerk hinauf.

Erin bereitete derweil die schmackhafte Suppe namens Cullen Skink zu. Diese bestand aus geräuchertem Schellfisch – sie hatte Glück gehabt, der örtliche Fischhändler hatte ihn noch vorrätig, da er ihn erst gestern frisch geräuchert hatte – und in Butter angedünstetem Lauch, leicht angerösteten Zwiebeln und gekochten Kartoffeln, die mit Milch und Sahne aufgegossen wurden. Gewürzt wurde die Vorspeise mit Salz, Pfeffer, Schnittlauch und Lorbeerblättern. Erin kippte in Eigenregie noch etwas trockenen Weißwein und einen Schuss Fischfond dazu und ließ das Ganze weitere fünf Minuten köcheln.

Als MacGregor wieder herunterkam, duftete es ganz wunderbar in der Küche. Seine Frau war gerade dabei, die Suppe in Gläser abzufüllen und diese nach dem Verschließen zu stülpen. Es blieb sogar noch ein Teller für ihn übrig. Er setzte sich an den Esszimmertisch und löffelte selig die Suppe aus. „Das war köstlich, Erin! Du hast dich selbst übertroffen!", lobte er sie aufrichtig. Sie lächelte zufrieden und suchte sich dann die Zutaten für den Haggis zusammen.

Nachdem er aufgegessen hatte, verstaute MacGregor

seinen Suppenteller und den Löffel brav in der Geschirr-spülmaschine und beäugte im Vorbeigehen so unauffällig wie möglich die Zutaten, die sich seine Frau bereitgestellt hatte. Die, nach der er Ausschau gehalten hatte, war nicht dabei. Dann schaute er sich fieberhaft in der Küche um. Er brauchte ein Ablenkungsmanöver. Sein Blick fiel auf den Packen Etiketten, den Erin gemeinsam mit den Einmachgläsern erstanden hatte. Er lächelte in sich hinein. Es eilte nicht, aber nun hatte er einen Plan.

Er holte sich ein Bier aus dem Kühlschrank und setzte sich damit in den Lesesessel im Wohnzimmer. Diesmal war er nicht mehr so dumm, höflichkeitshalber seine Hilfe anzubieten. Er schnappte sich den zurecht hochgelobten historischen Roman vom Beistelltischchen, den er vorige Woche zu lesen begonnen hatte und der ihn, wenn er denn Zeit dafür hatte, richtiggehend fesselte. Das Buch war schon sehr lange auf dem Markt, aber MacGregor hatte es erst kürzlich in der städtischen Leihbücherei entdeckt. Die Handlung drehte sich um einen Dombau im Mittelalter.

Nach etwa zwei Stunden hatte Erin, die sich beim Kochen gerne etwas Zeit ließ, die Masse für die Füllung des Schafsmagens fertig. Letzterer musste eigentlich über Nacht in kaltem Salzwasser eingeweicht werden, doch das hatte bereits der Fleischer erledigt.

MacGregor legte die ausgetrunkene Bierflasche in die Tüte für Leergut, die auf der obersten Stufe der Kellertreppe stand und holte sich eine volle aus dem Kühlschrank. Danach nahm er, den Gedankenverlorenen spielend, die Etiketten in die Hand und starrte so lange darauf, bis sich Erin, die darauf wartete, dass er vom Kühlschrank zurückkommend hinter ihr vorbei und zurück ins Wohnzimmer ging, verwundert umdrehte. „Ist etwas, Sam?", fragte sie ein wenig besorgt, da MacGregor ein für ihn untypisches dümmliches Gesicht machte.

„Nein, nein. Es ist nur … Ach vergiss es … Ist nicht wichtig."

Erin sah ihren Gatten scharf an: „Sofort heraus mit der Sprache! Was hast du?"

„Ich? Ich … habe gar nichts … Ich habe nur kurz gedacht, dass du dein Licht wirklich nicht derart unter den Scheffel stellen solltest."

Erin verstand nur Bahnhof und hakte nach, woraufhin ihr Mann vorgab, sich zu einer Antwort durchringen zu müssen: „Na ja, Erin. Gekaufte Etiketten? Du als renommierte Webdesignerin? Du stellst dich hier stundenlang in die Küche und zauberst ein Menü und dann willst du diese vorgefertigten langweiligen Etiketten einfach ausdrucken oder per Hand beschriften?"

Erin schnappte nach Luft und MacGregor befürchtete schon, sich zu weit aus dem Fenster gelehnt zu haben, doch Erins Antwort beschwichtigte ihn augenblicklich: „Himmel Donnerwetter, dass ich da nicht selbst draufgekommen bin! Das ist natürlich das Tüpfelchen auf dem ‚i'! Ich danke dir, Schatz." Sie gab ihm einen kurzen aber heftigen Kuss auf den Mund, ehe sie ihn bat: „Fülle doch du bitte die Masse in den Magen und erhitze das Wasser in dem Topf da!" Sie deutete auf den Herd. „Ich bin in spätestens einer halben Stunde wieder da. Zunähen werde ich den Haggis lieber selbst." Sie lief enthusiastisch in ihr Arbeitszimmer.

Erin war tatsächlich gut in ihrem Job. Sie hatte viele Stammkunden, keine großen Firmen, aber mittelständische Betriebe. Sie könnte durchaus mehr und größere Aufträge an Land ziehen, doch ihr Verdienst war ordentlich und ihr war ihre Freizeit und vor allem auch die Zeit, die sie für Maeve hatte, wichtiger als Geld.

MacGregor war das eigentlich auch sehr recht so. So buken sie eben kleinere Brötchen, wenngleich seine Frau wahrscheinlich bei voller Arbeitszeit das Doppelte seines Gehalts verdienen würde. Außerdem war er in seinem Innersten – auch wenn er das nie offen zugegeben hätte – froh, der Hauptverdiener der Familie zu sein.

Nun sollte sich seine häusliche Abwesenheit allerdings erneut rächen. Er hatte die beiden Gewürzschübe akribisch – wie er es von der Pike auf in der Ausbildung gelernt hatte – durchsucht und konnte nirgends Muskatnüsse entdecken – weder gemahlen, noch als Ganzes! Es war zum Mäusemelken! Er durchsuchte den gesamten Vorratsschrank.

Bei den Backzutaten wurde er endlich fündig. Das Glas mit gemahlener Muskatnuss stand zwischen einem Fläschchen mit Rumaroma und einer Packung Schokoladenstreuseln. Schnell, denn seine Suche hatte schon einige

Zeit in Anspruch genommen, würzte er das Brät mit reichlich gemahlener Muskatnuss und rührte das Gewürz ordentlich unter. Dann schaufelte er die Masse in den glibberigen Schafsmagen. Den Löffel, den auch Erin benutzt hatte, legte er wieder genauso auf den Teller, der neben der Schüssel stand und danach stellte er das Gewürzglas schnell wieder zurück. Er lief zum Sessel, nahm einen tüchtigen Schluck Stout, den hatte er sich wahrlich verdient, und griff wieder zum Roman.

Als Erin kurze Zeit später in die Küche trat, hörte er sie gar nicht. Er hatte sein Möglichstes getan, war heruntergefahren und nun wirklich in die Handlung des Romans vertieft. Seine Frau wollte ihn nicht stören, die selbst entworfenen Etiketten konnte sie ihm auch später noch zeigen. Sie drückte die überschüssige Luft aus dem tierischen Ballon, nähte den Schafsmagen zu, der zu zwei Drittel voll war – sie hatte die Menge der Füllung relativ gut abschätzen können – und stach dann mit einer Gabel Löcher in die Haut, damit er im Wasserbad, in das sie ihn nun legte, nicht platzte. Das Ganze musste nun drei Stunden lang köcheln. Jetzt zog sie das Rezeptbuch mit den Süßspeisen heran und bereitete das Tablet, das schottische Karamell, zu. Als kleine Extravaganz gab sie geriebene Bioorangenschalen und einen Schuss jamaikanischen Rum hinzu.

Eine halbe Stunde später, als sie die süßen Karos zum Auskühlen in den Keller getragen hatte, zeigte sie ihrem Mann die Etiketten für die drei verschiedenen Gänge. MacGregor war, wie ausnahmslos immer, von ihrer professionellen Kreativität begeistert. Der Sticker für die Fischsuppe war das Aquarell eines Schellfischs, dessen drei imposante Rückenflossen mit Bleistiftskizzen von Lauchscheiben, Zwiebelwürfeln und ganzen Kartoffeln samt Schale angefüllt waren. Er schwamm in einem weißen Meer aus Milch und Sahne, dessen Grund mit Wasserpflanzen in Form von Schnittlauchbüscheln und kleinen Lorbeerbäumchen durchsetzt war. Das Etikett für den Haggis hätte Vegetariern bestimmt nicht gefallen, aber es war originell. Es war ein süß aussehendes schwarzes Schaf, das rittlings auf einem dreibeinigen einfachen hölzernen Melkschemel saß und sich genüsslich mit einer Klaue den Bauch rieb. Die Illustration des Tablets war etwas subtiler. Man sah ein Schachbrett ohne Figuren. Die weißen Felder waren karamellfarben und zum Teil waren sie herausgebrochen worden, sodass man des blanken Bodens des Schachtisches ansichtig wurde. Die schwarzen Figuren lagen unversehrt neben dem Brett auf einem Haufen. Die karamellfarbenen, eigentlich weißen, Figuren standen fein säuberlich aufgereiht neben dem Brett, allerdings hatte man ihnen die Köpfe abgebissen.

Der Haggis musste noch eine Weile köcheln und Erin bat ihren Mann ins Schlafzimmer. MacGregor war schon lange genug mit ihr verheiratet, um zu wissen, dass es nun anders kommen würde, als er geplant hatte. Er hatte die Wardrobe-Lieferung nicht heruntergetragen, in der Hoffnung, dass seine Frau diese bis zum Schlafengehen vergessen hätte und es dann für heute gut sein ließ. In Gedanken schalt er sich einen Narren. Ihm hätte klar sein müssen, dass Erin ihr Ziel niemals aus den Augen lassen würde. Sie war ein bescheidener Mensch und steckte sich deswegen nicht allzu viele. Die Outfits waren allesamt eine Katastrophe, aber das sagte er ihr natürlich nicht. Er genoss jedoch den Anblick seiner sich umkleidenden Frau in vollen Zügen. Gerade als sie das letzte Outfit ausgezogen hatte und er sich schon gewisse Hoffnungen machte, bimmelte die Küchenuhr. Erin warf sich ihren Morgenmantel über und eilte hinunter, um den Haggis aus dem Wasserbad zu nehmen.

XVI

„Hmm, Mummy, der Haggis schmeckt ja heute viel besser als sonst! Hast du ein neues Rezept?"

Erin, die eben noch einen Schluck Wasser getrunken hatte, hatte noch nicht probiert. Ihr Mann aß schweigend weiter und tat so, als hätte er nichts bemerkt. „Tatsächlich, irgendwie schmeckt er heute anders. Komisch, ich habe ihn genauso zubereitet wie sonst auch."

„Na, vielleicht hat ja der Metzger die Innereien schon vorgewürzt", mutmaßte MacGregor scheinheilig.

„Ich war wie immer beim gleichen Fleischer. Warum sollte der alte O'Riordan jetzt noch damit beginnen?"

„Keine Ahnung! Vielleicht hat er einen neuen Gesellen." Der Inspector überlegte, ob er noch eine Vermutung bezüglich des Gewürzes äußern sollte, entschied sich dann aber dagegen. Wenn er auf einmal anfing, Muskatnuss aus einem Gericht herauszuschmecken, würde Erin den Braten riechen und der Schuss würde nach hinten losgehen. Er musste seinen ursprünglichen Plan umsetzen und Maeve, die den Haggis wie nie zuvor in ihrem Leben in sich hineinschaufelte, einweihen.

* * *

Da die Party bereits um fünf Uhr nachmittags beginnen sollte, hatte sich Erin endlich für ein Cocktailkleid entschieden. Die Abendkleider, Hosenanzüge und so weiter waren also ausgemustert worden. Drei knielange Kleider im Stil der 50er-Jahre standen in der engeren Auswahl: ein flaschengrünes, ein burgunderfarbenes und ein Kleid, dessen Farbe MacGregor als altrosa beschrieben hätte. Der Schnitt war bei allen ähnlich, oben waren sie enganliegend, hatten aber keinen nennenswerten Ausschnitt und unten gingen sie so weit auseinander wie ein Petticoat. Eines hatte breite Träger, ein anderes schloss mit den Achseln ab und das letzte hatte kurze Ärmel, die oberhalb des Ellenbogens endeten. Rückenfrei war keines. Alle waren aus glänzendem Satin und die Röcke waren mit Tüll unterfüttert.

Der Inspector fand alle ganz adrett. Erin hatte ein Einsehen gehabt und letztendlich doch Kleidungsstücke gewählt, die ihrer Figur schmeichelten und zugleich ihrem Alter entsprachen. Maeve, die sich nun doch noch in die Modeberatung eingeklinkt hatte, plädierte für das Burgunderfarbene. MacGregor selbst gefiel das Flaschengrüne am besten, doch er wollte abwarten, zu welchem Erin selbst tendierte. Das roséfarbene Kleid gefiel ihm am wenigsten.

* * *

Valentine Blair öffnete ihnen persönlich die Tür und begrüßte das Ehepaar mit herzlichen Worten. Sie trug eine Bluejeans und eine Hemdbluse aus Leinen. Sie sah ganz genauso aus, wie er sie in Erinnerung hatte. Anscheinend waren der hippe Look und das aufwendige Styling nur bei öffentlichen Auftritten ein Muss, um den Fans zu gefallen. MacGregor hätte vor Lachen schreien mögen. Aus den Augenwinkeln sah er jedoch, dass seiner Frau in Altrosa, die sich absolut overdressed vorkam, das Gesicht entgleiste. Er selbst hatte sich geweigert, wie von ihr vorgeschlagen, einen Smoking zu tragen. Er trug eine modische Chinohose, ein Hemd und ein lässiges Sakko, ebenfalls aus Leinen und fühlte sich darin wie immer – aber jetzt noch mehr – pudelwohl.

Das Wochenendhaus der Blairs war ein großer Bungalow aus hellem Naturstein, der von einem weitläufigen gepflegten Garten mit viel Rasenfläche, einigen zu Spiralen, Kugeln und Kegeln gestutzten Buchsbaumhecken und schön angelegten Blumenrabatten umgeben wurde. In den Beeten blühten im Moment Gladiolen, Dahlien und Rittersporn um die Wette.

Zusätzlich gab es noch etliche Rankgestelle, an denen Kletterrosen und Clematis emporwuchsen. Hinter dem einstöckigen Haus gab es einen eigenen direkten Zugang zum Loch. Am Ende eines hölzernen Steges war auf der einen Seite ein kleines Motorboot vertäut. Auf der anderen bewegte sich ein Kahn sacht auf den Wellen auf und ab.

Valentine nahm den Geschenkkorb äußerst erfreut entgegen. „Das ist ja lieb von Ihnen, Mrs MacGregor! Da haben Sie sich aber eine Mordsarbeit für uns gemacht! Wo haben Sie denn diese schönen Etiketten gekauft?"

Das Dresscode-Debakel war vergessen, wobei die Ursache eigentlich nie existiert hatte. Erin strahlte übers ganze Gesicht. „Ach, die? Ja, nun ja, die habe ich selbst entworfen. Ich bin Webdesignerin."

„Na, das ist ja mal 'n Ding! Selbst gekocht und dann auch noch so originelle Cover! Sie hätten nicht zufällig Lust, an meinem nächsten Album mitzuarbeiten? Mein Designer macht mich nämlich ganz wahnsinnig. Ist zwar ein Mann, aber dennoch eine richtige Zicke! Und wir haben einfach nicht die gleiche Wellenlänge!" Valentine und Erin unterhielten sich sofort angeregt und MacGregor dackelte hinterdrein, während sie in den großen Wintergarten gingen, in dem Stehtische aufgestellt worden waren.

Das Wetter war wie immer in schottischen Sommern unbeständig und deshalb hatte man lediglich die Schiebetüren, die an der Längsfront in den Garten führten, geöffnet. Auf die Art entstand die Atmosphäre einer riesigen überdachten, jedoch seitlich windgeschützten Terrasse. Im Raum standen viele exotische Pflanzen. MacGregor, der gerade zwischen einer riesigen Bananenpflanze und einer Kokospalme stand, hatte den Eindruck, sich im südamerikanischen Urwald zu befinden.

Die Blairs hatten einen Partyservice engagiert, allerdings schenkte das Cateringpersonal lediglich die Cocktails sowie die antialkoholischen Getränke aus und stellte die

Häppchen bereit. Bei Bedarf wurden die Schüsselchen und Platten aufgefüllt. Auf Angestellte, die mit Tabletts herumeilten, hatte Valentine bewusst verzichtet. Sie hatte jetzt Geld und war berühmt, wollte aber nie im Leben ein Snob sein oder auch nur dafür gehalten werden. Ihre Devise war, niemals zu vergessen, wo sie herkam, denn dann würde sie sich auch nirgends verlaufen beziehungsweise sich mit Sicherheit nicht in etwas verrennen können.

MacGregor genehmigte sich einen Gin-Fizz, den er schon lange nicht mehr getrunken hatte und sah sich um, während er sich den Zucker, der **an den** Rand des Glases gepresst worden war und nun an seinen Lippen hing, verstohlen mit der Zunge ableckte.

Die Cocktailgesellschaft war definitiv nicht das, was er erwartet hatte. Es schienen ausschließlich Normalsterbliche anwesend zu sein. Der oder die Einzige, die herausstach, war Damian Nott. Die Hormonbehandlung zeigte bereits Wirkung. Die Stimme des Mannes, der etwa fünf Schritte entfernt laut auflachte, war die einer Frau. Zudem trug Nott sein glänzendes Haar mittlerweile bis über die Schulterblätter, hatte es sich platinblond färben und in Beachwaves legen lassen. Er war leicht und geschmackvoll, nur an den Augen und am Mund, geschminkt. Von einem Bartwuchs fehlte jede Spur. Seine Kleidung bestand aus einem seitlich geschlitzten bodenlangen taillierten und dennoch bequem aussehenden schwarzen Jerseykleid und seine Füße steckten in flachen Glitzersandalen, die jedoch nicht sonderlich groß waren. MacGregor schätzte Größe sieben oder acht. Die gepflegten Zehen– und Fingernägel waren im gleichen dunklen Rot lackiert.

Der Inspector, der die Person ja nur von Fotos kannte, hatte sie jedoch mit Sicherheit identifiziert, da ihr ihr Vater, den er persönlich kannte, gegenüberstand und sie einen Arm um die Hüfte eines Mannes legte, der dem Foto von Edwin Drawer aufs Haar glich. Vater und Sohn – oder bald Tochter hatten sich versöhnt.

MacGregor wollte noch ein wenig im Schutz der tropischen Gewächse verweilen, in Ruhe seinen Cocktail trinken und die Gäste beobachten, ehe er sich unter diese mischte. Die drei Blair Brüder standen mit einem weiteren Mann und zwei Frauen zusammen.

Nachdem MacGregor ausgetrunken hatte, gesellte er sich zu dieser Gruppe. Elias Blair begrüßte ihn ein wenig verlegen aber durchaus freundlich. Ihm war der Plan seiner Frau, der ihnen zu Wohlstand verholfen hatte, noch immer ein wenig unangenehm und er wusste nicht recht, wie er sich dem Polizeibeamten gegenüber, dem sie ja ein Schnippchen geschlagen hatten, verhalten sollte.

Elias wäre es deutlich lieber gewesen, hätten sie einen unsympathischen oder cholerischen Inspector in die Irre leiten müssen. Aber das hatten sie sich vorher nicht aussuchen können. Vielmehr war die Gegend in Schottland eigentlich sein Vorschlag gewesen, da er hier schon einmal beim Angeln gewesen war und sich dadurch etwas auskannte.

Um den peinlichen Moment des Schweigens zu überbrücken, fragte MacGregor, ob er nun als Agent seiner Frau arbeite oder sie sonst wie bei ihrer Karriere unterstütze.

„Nein, wo denken Sie hin, Inspector!", antwortete dieser aufrichtig erschrocken, „So etwas läge mir gar nicht. Ich würde wahrscheinlich einen Bock nach dem anderen schießen und mich jeden Tag mit meiner Frau streiten! Bier ist Bier und Schnaps ist Schnaps. Jeder von uns macht beruflich sein eigenes Ding."

„Das ist eine absolut nachvollziehbare Sichtweise, Mr Blair. Ich liebe meine Frau, könnte mir jedoch auch nicht vorstellen, mit ihr gemeinsam zu ermitteln. Was machen Sie denn jetzt beruflich, wenn ich fragen darf?"

MacGregor erfuhr, dass die Brüder eine neue Baufirma eröffnet hatten und sich diesmal von Nott und Drawer beraten ließen. Die Finanzen waren jetzt aber klar abgesteckt und es konnte ihnen, abgesehen von einer Flaute in der Baubranche, nichts mehr passieren. Wenn die Kunden nicht rechtzeitig bezahlten oder zahlen wollten, konnten sie – dank des finanziellen privaten Polsters, das auf dem Erfolg Valentines beruhte – etwaige Inkassoverfahren aussitzen und entspannt weiterarbeiten als wäre nichts gewesen.

Jeremy Blair, der jüngste Bruder, stellte MacGregor seine Partnerin vor, eine mittelgroße Frau mit schulterlangem rotem lockigem Haar, einem Stupsnäschen und Sommersprossen. Larissa Knightly war 23 Jahre alt und arbeitete als einzige Bürokauffrau in ihrem Unternehmen. Elias hatte Geschmack bewiesen, als er sie als eine unter vielen Bewerberinnen herausgepickt hatte. Er hatte sie eingestellt und Jeremy hatte sich prompt in sie verliebt, wie er freudestrahlend berichtete.

Lucas Blair war derzeit Single, unterhielt sich aber gerade angeregt mit seiner Exfreundin Bibi – eigentlich Bianca, doch keiner nannte sie so, nicht einmal ihre Großeltern, wie sie betonte – Lloyd, der besten Freundin von Valentine und deren neuem Partner Ben Kirk.

Bibi war eine klassische Schönheit, die sich ihres Aussehens bewusst war, wie ihre Körperhaltung zeigte. Sie war aber alles andere als affektiert, arrogant oder blasiert. Sie unterhielt sich freundlich und lachte auf eine ganz natürliche Art, trug einen schlichten Jeansrock und ein Top und war vollkommen ungeschminkt. Ihr langes und glänzendes kastanienbraunes Haar hatte sie zu einem schlichten hohen Pferdeschwanz gebunden, der immer hin und her peitschte, wenn sie herzhaft lachte, was sie ausnehmend oft tat.

Ihr Freund war ein eher schüchterner aber sympathisch wirkender Mann um die dreißig Jahre, der groß, muskulös und ebenfalls recht gutaussehend war. Seiner eigenen Attraktivität schien er sich jedoch augenscheinlich nicht bewusst zu sein. MacGregor kam es so vor, als könne er es noch immer nicht fassen, eine so schöne und lebenslustige Frau die Seine nennen zu dürfen.

Nachdem er eine Weile bei diesem Grüppchen gestanden hatte, holte sich der Inspector noch einen Drink, denn

Erin hatte sich bereit erklärt, zu fahren. Nun schlenderte er zu eben jener, die am anderen Ende des Wintergartens Teil einer Unterhaltung geworden war, hinüber.

Valentine stellte den Neuankömmling den anderen, deutlich älteren Gästen vor. Er schüttelte Howard und Edith Blunter, Valentines Eltern die Hand. Ihre Mutter war klein, rundlich und hatte einen grauen Pagenschnitt. Sie wirkte sehr herzlich und MacGregor konnte sich gut vorstellen, dass sie Valentine stets eine liebevolle Mutter gewesen war.

Howard war ein hagerer Mann mit Glatze, der jederzeit zu Späßen aufgelegt zu sein schien. Ihm blitzte der Schalk förmlich aus den Augen.

Bei den anderen Gästen handelte es sich ebenfalls um ein Ehepaar, nämlich Pastor Alastair Jenkins und seine Gattin Brenda. Sie waren schon immer mit den Blunters befreundet und ihr Sohn Peter war Valentines Sandkastenfreund. Der Pastor selbst war in Zivil und MacGregor wäre bei ihm nie im Leben darauf gekommen, einen Geistlichen vor sich zu haben. Am Anfang hatte er sogar geglaubt, Valentine wollte ihn erneut veralbern. Der Mann sah aus wie ein alter Soldat. Seine Haltung war absolut gerade, er trug einen grauen Bürstenschnitt und einen einwandfrei gestutzten Bart. Die Bügelfalten an seiner Hose waren messerscharf und seine Lederschuhe glänzten beinahe so, als handelte es sich um Lackschuhe. Der Eindruck des Militärs wurde zusätzlich noch durch seine Art zu sprechen erhärtet. Wenn der Pastor etwas sagte, klang es, auch wenn es nur eine Erzählung oder gar eine Anekdote war, immer wie ein straffer Rapport.

Der Inspector überlegte sich ernsthaft, falls er mal wieder nach Yorkshire kommen sollte, eine Predigt dieses Mannes anzuhören. Er war nicht nur auf die Korrelation zwischen Inhalt und Rhetorik gespannt, sondern auch darauf, wie die Kirchenbesucher mit dieser Art des Vortrags umgingen.

Jenkins' Gattin war eine rotbackige, etwas fahrig wirkende Frau, und MacGregor vermutete hinter den geplatzten Äderchen auf Wangen und Nase sowie den leicht gelblichen Augen regelmäßigen Alkoholkonsum. Wie bei den meisten Alkoholikern sah man der Person ihr Pensum jedoch nicht an. Tatsächlich hielt sie als einzige in der Runde, mit Ausnahme von Erin, die noch Autofahren musste, kein Glas mit alkoholischem Inhalt in Händen. Möglicherweise trank sie heimlich, mutmaßte MacGregor. Sie sprach jedenfalls äußerst klar und es fiel ihm deutlich leichter, ihr zuzuhören als ihrem Mann.

Den Sohn Peter, die einzige jüngere Person der Runde, konnte MacGregor überhaupt nicht einschätzen. Er war still und beteiligte sich selten an der Konversation, aber der Inspector dachte, dass dies weder an mangelndem Interesse an den Themen noch an einer angeborenen Zurückhaltung lag. Der schlanke, große Mann mit den unergründlichen Zügen und funkelnden grünen Augen unter einem tiefschwarzen Pony, war wohl das, was man unter einem stillen Wasser verstand. Der Mann war ihm nicht geheuer, so viel stand fest. Er erinnerte ihn unwillkürlich an einen Vater, den sie wegen des sexuellen Missbrauchs seiner Frau und seiner beiden Töchter verhaftet hatten. Allerdings hatte es sehr lange gedauert, ihm etwas nachzuweisen, weil die Frau aus Angst vor ihm schwieg und zudem um das Leben ihrer Kinder fürchtete. Der Straftäter hatte gute Umgangsformen wie Peter, aber einen ähnlichen Ausdruck in den Augen.

Nach einer Weile mischten sich die Grüppchen durch, wie es bei derartigen Stehempfängen häufig der Fall war. MacGregor stand nun bei Nott Senior, der sich mit ihm und Valentines Vater unterhielt. Die beiden kannten sich anscheinend schon etwas länger.

Blunter schilderte gerade seinen allerersten Einkauf in Schottland. Er war in einem kleinen schottischen Tante-Emma-Laden im nächsten Dorf gewesen. „Die Rechnung machte 15 Pfund und 55 Pence aus und ich hatte der Frau eine Zwanzig-Pfund-Note gegeben. Sie bellte etwas, das sich anhörte wie „Wanna bak?", mit einem kurzen „a" und einem gekeiften „k", das wie eine kleine Rauchexplosion klang. Und ich dachte, zur Hölle! Selbstverständlich will ich über vier Pfund Wechselgeld zurück, also „back"! Ich muss sie wohl ziemlich scharf angesehen haben. Ich meine, das geht ja wirklich nicht an! Von Trinkgeld in einem Lebensmittelladen habe ich noch nie etwas gehört, aber möglicherweise ist das ja in Schottland so üblich. Ein Pfund hätte ich mir ja noch eingehen lassen, aber gute vier Pfund! Auf alle Fälle hat sie mir dann das Wechselgeld hingeknallt und die Tüte, also die „bag", die sie mir eigentlich hatte anbieten wollen, verärgert wieder unter der Kasse verstaut. Ich wäre im liebsten im Erdboden versunken! Und musste obendrein noch zusehen, wie ich die ganzen Lebensmittel ohne Tasche ins Auto bekam. Nach einer Tüte zu fragen, traute ich mich natürlich nicht mehr!"

Nott lachte herzlich über das sprachliche Missverständnis, MacGregor hingegen nickte lediglich, verzog seinem Mund zu einem künstlichen Grinsen und schützte Amüsement vor. Er musste sich tatsächlich zusammennehmen, um den Herren aus Yorkshire nicht die Meinung zu geigen! Die hatten vielleicht Nerven, sich über den schottischen Dialekt zu mokieren! Diese Leute sprachen das schönste und wichtigste Wort auf Erden – die Liebe – wie looow aus!

MacGregor konnte noch Gälisch, da er ursprünglich aus den westlichen Highlands stammte, wo die Einheimischen sich untereinander noch so unterhielten. Er überlegte, ob er sie mit einer Replik in dieser keltischen Sprachvarietät vor den Kopf stoßen sollte, ließ es dann aber bleiben. Es würde ohnehin nichts außer Verlegenheit oder gar Streit bringen. Er holte sich noch einen Gin-Fizz und wanderte weiter. Nachdem er außer Hörweite war, stupste Nott Blunter mit dem Ellenbogen an: „Bei dem hast du's dir verscherzt, Mann! Hast wohl vergessen, dass er selbst ein Jock ist, was?"

XVII

Um 19 Uhr bat Valentine die Gäste zum Dinner ins Esszimmer. Die Einrichtung, die Boden-, Wand- und Deckengestaltung des Bungalows hätte MacGregor im Urban oder Industrial Style erwartet. Tatsächlich wusste er, dass der städtische Stil zusätzlich auch die Modebranche für sich beanspruchte. Allerdings war ihm, was die Innenarchitektur und das Interior Design anbelangte, nicht ganz klar, worin der eigentliche Unterschied zwischen den beiden Stilen bestand. Seiner Meinung nach bediente sich der eine beim anderen.

Tatsächlich hatte sich Valentine aber bemüht, die Einrichtung eines typisch ländlichen Domizils zu imitieren. Die MacGregors waren von ihr direkt durch eine Seitentür der kleinen Eingangshalle in den tropischen Urwald des Wintergartens geführt worden und hatten keine Gelegenheit dazu gehabt, das Interieur des eigentlichen Hauses in Augenschein zu nehmen.

Erin war wie MacGregor ein wenig schockiert. Der neue Stern am Musikhimmel hatte den Natursteinbungalow wie ein altes Bauernhaus – nein, ein wirklich *altes* Bauernhaus eingerichtet. Das Esszimmer sah aus wie eine gute alte Stube aus der in den 1970er-Jahren gedrehten Fernsehserie „Der Doktor und das liebe Vieh", die allerdings tatsächlich in den 1930er-Jahren spielte – und zwar in Yorkshire. Im Esszimmer war der Country Style in Reinform – also ohne irgendwelche Elemente des Modern Country Style – realisiert worden. Wenigstens hatte man auf Melkschemel als Notsitz für diejenigen, die nicht zur Großfamilie gehörten, verzichtet!, dachte MacGregor ein wenig ironisch, war aber in seinem Inneren ob der Detailgetreue und der damit höchstwahrscheinlich verbundenen Inbrunst des Inneneinrichters auch wider Willen beeindruckt.

Vor Erins geistigem Auge schien sich ein ähnliches Szenario abgebildet zu haben, denn sie fragte Valentine, die sich gerade auf einen unbequemen, fast schwarzen Windsor Chair, dessen Rückenstreben gedrechselt und an sich hübsch aussahen, gesetzt hatte: „Wo haben Sie denn einen Inneneinrichter aufgetrieben, der absolut zeitgetreu rekonstruiert, meine Liebe? Normalerweise werden doch die Stile mittlerweile immer gemixt und etwas wirklich museumsgetreues als Einheit", sie schielte in die angrenzende Küche, „um nicht zu sagen als *Panorama*, findet man außerhalb der musealen Institutionen überhaupt nicht mehr." Seine Frau, die anfangs wie er verblüfft war, hatte anscheinend Gefallen an der Eins-zu-eins-Umsetzung des Bauernmuseums, in dem sie sich gerade befanden, gefunden.

Elias Blair erwiderte daraufhin, ehe seine Frau etwas dazu sagen konnte: „Man musste einen denkmalgeschützten Bauernhof in einem kleinen Dorf in der Nähe von

Huddersfield abreißen, weil es einen kleinen Erdrutsch gegeben hatte und die Eigentümer nun nicht mehr verpflichtet waren, das einsturzgefährdete Anwesen zu erhalten. Sie wollten, dass das alles so schnell wie möglich platt gemacht wird, damit sie den Grund an eine interessierte Hotelkette verkaufen konnten. Ein Freund von mir, der im Abbruchgeschäft tätig ist und damit beauftragt wurde, verkaufte uns den gesamten Krempel im Auftrag seines Kunden für 'nen Appel und 'n Ei. Eingerichtet haben wir hier alles selbst und das wenige, das zu renovieren war, haben wir, weil wir nicht immer 400 Meilen hin- und wieder zurückfahren konnten, einer ortsansässigen Firma überlassen. Und ich muss sagen, wir hätten es nicht besser machen können, oder Jungs?"

Lucas und Jeremy nickten bestätigend. Bei der Bezeichnung Krempel hatte Valentine ihrem Gatten einen giftigen Blick zugeworfen, was er nun auszubügeln versuchte: „Es ist zwar alles steinalt, aber so 'ne Ware findet man heute so schnell nicht mehr! Ist alles noch von richtigen Handwerkern gemacht worden. Die Möbel sind extrem robust und von handverlesener, außerordentlicher Qualität!" Valentine warf ihrem Mann verstohlen eine Kusshand zu, was MacGregor belustigt registrierte. Manchen Fauxpas konnte man(n) Gott sei Dank noch ausbügeln.

Sie saßen alle um einen einfachen, langen beige-grauen Holztisch aus massiver Eiche, dessen rustikale Tischplatte in etwa acht Zoll stark war. Die Oberfläche hatte definitiv schon bessere Zeiten gesehen und offenbarte eine Genealogie der ehemaligen Besitzer und ihrer Essgewohnheiten sowie Spuren ihrer bevorzugten Speisen, die MacGregor lieber nicht genauer erkunden wollte. Die Tischbeine hatte er sich gar nicht erst angesehen – sein Rücken schmerzte bisweilen noch immer ein wenig. Seine Frau und er hatten tatsächlich Glück gehabt. Sie saßen auf leidlich bequemen Bugholzstühlen, deren Sitzfläche zwar nicht gepolstert, jedoch durch jahrzehntelange Benutzung vorgeformt war. Zudem waren die in Bögen gelegten Rückenstreben – die man sich wie einen farblosen Regenbogen über der Sitzfläche als Horizont vorstellen konnte, an der Seite, an der man sich mit dem Rücken an sie lehnte, abgeflacht.

Als Vorspeise gab es eine Stilton-Suppe. Der normalerweise ziemlich dominante Geschmack des Blauschimmels, der nun wirklich nicht jedermanns Sache war, wurde durch die reichliche Zugabe eines kräftigen Schusses im Kochvorgang einreduzierten Amontillados gedämpft, da er das latent vorhandene Haselnussaroma in den Vordergrund rückte. Die „schimmelige Käsesuppe", wie MacGregor sie immer für sich nannte, ging gerade noch so durch, vor allem, weil er sich reichlich in Knoblauchbutter geschwenkte Croutons zugegeben hatte. Erin, die neben ihm saß, biss sich auf die Lippen. Sam hatte wirklich keine Ahnung von versteckten Fetten.

MacGregor hatte seine Gattin nämlich vor Jahren davon überzeugt, dass das Gericht wirklich allzu fett war und sie nicht permanent vorm Herd stehen müsste, um die ungesunde Suppe nicht flockig oder gar klumpig werden zu lassen. Doch sie hatte kein Problem damit, dass er Schimmelkäse, geschweige denn darauf basierende Speisen, nicht mochte. Sie hatte die Mahlzeit nur einmal zu Anfang ihrer Ehe in der Verlegenheit des Zeitmangels gekocht, da die Suppe wirklich sättigend war und sie sonst nichts mehr zu kochen brauchte.

In MacGregors Magen begann es zu grummeln. Diese verfluchte Schimmelsuppe vertrug sich anscheinend nicht mit dem Gin Fizz. Er entschuldigte sich und suchte die Toilette auf. Dort verbrachte er eine geraume Weile. Seinem Magen ging es danach ein wenig besser, doch ihm war immer noch leicht flau. Als er wieder herauskam, sah er, dass sich Valentine und Peter in einer Nische der Halle unterhielten. Nein, bei genauerer Betrachtung sah es nach einem Streit aus. Valentine zischte etwas, das sich anhörte wie „Halt' dich da raus! ... Geht dich einen Scheiß an! ..." MacGregor ging leicht verwundert zum Tisch zurück.

Die Unterhaltung dort schien auch eine andere geworden zu sein. Irgendwie herrschte auf einmal eine angespannte Atmosphäre. Er sah an Erins Gesichtsausdruck, dass sie sich im Moment nicht wohl fühlte. Was hatte er verpasst?

Zum Hauptgang gab es Roastbeef – natürlich, wie konnte es anders auch sein – mit Yorkshire Pudding als Beilage. Das Fleisch war herrlich saftig und die Sauce, die auch in den Pudding, der unter dem Rost, auf dem das Fleisch briet, in der Röhre gestanden hatte, eingezogen war, war würzig und sehr gut abgeschmeckt. Als Gemüsebeilagen wurden in Zuckerbutter geschwenkte und damit leicht karamellisierte Möhrchen sowie gegrillte Cocktail-tomaten gereicht.

Die Gespräche bei Tisch waren nun eher spärlich. Aber besser so, als dass sich die Leute gegenseitig angin-gen, dachte Erin, die während der Abwesenheit ihres Gat-ten ein kurzes aber unschönes Wortgefecht bei Tisch mit-anhören hatte müssen. Die drei Brüder hatten, nachdem sich Peter und Valentine sich kurz verabschiedet hatten, ein kurzes aber heftiges Zwiegespräch mit dem Vater des Stars gehabt. Letzterer hatte eine flapsige Bemerkung, die nach Erins Meinung absolut nicht böse gemeint war, bezüglich der finanziellen Situation der Familie gemacht. Von wegen, dass sie froh sein konnten, dass sein Mädchen so eine schöne Stimme hatte und sie sich, wenn sie mal pfuschten, keine Sorgen zu machen brauchten. Elias, der in beruflicher Hinsicht mehr als nur akkurat war, wäre sei-nem Schwiegervater am liebsten an die Gurgel gegangen und seine beiden Brüder bliesen ins gleiche Horn.

Man schwieg nun also lieber und fokussierte sich auf das Essen. Zu den Cocktails waren zwar Kanapees und anderes Fingerfood gereicht worden, doch die Häppchen hatte kaum jemand angerührt. Valentine hatte das Cate-ring Team aufgefordert, sich selbst zu bedienen.

MacGregors Magen streikte erneut. Verdammt! Dabei liebte er Roastbeef! Und der Yorkshire Pudding schmeckte göttlich! Er unterdrückte einen Rülpser. Anscheinend hatte sein Magen nun die andere Richtung eingeschlagen.

Der Priester saß neben dem homosexuellen Pärchen und hatte dabei das gleiche ungute Gefühl im Magen wie MacGregor. Allerdings rührte dies nicht vom Essen her. Mit Homosexualität hatte der konservative Geistliche zwar auch so seine Probleme, aber diese Transsexuellen waren ihm mehr als nur suspekt. Er sah angestrengt in die andere Richtung, um nur ja in kein Gespräch mit diesem seltsamen Pärchen verwickelt zu werden.

Seine Frau hatte an ganz anderer Front zu kämpfen. Jeder am Tisch, mit Ausnahme der Frau des Polizisten, hatte ein Glas mit Alkohol vor sich stehen. Sollte sie sich auch eines genehmigen? Hatte sie sich dann noch im Griff? Nachdem sie aufgegessen hatte, entschuldigte sie sich kurz. Ihr Weg führte sie jedoch nicht zur Toilette, sondern in die Bibliothek, in der auf einer Anrichte Flaschen hochprozentigen Inhalts standen.

Als Nachspeise gab es tatsächlich etwas typisch Schottisches, das von Valentine als Cranachan angekündigt wurde. Das leckere und nicht allzu süße Dessert bestand aus Sahne, in die Honig als natürliche Süße und der beste Whisky, den man im Haus hatte, eingerührt wurde. Darüber wurden leicht angeröstete Haferflocken gestreut und die Krönung bildeten frische, saftige und süße – am besten schottische – Gartenhimbeeren.

MacGregor, der nun richtige Magenschmerzen hatte, überließ Erin sein Dessert. Daran erkannte diese, dass es ihm wirklich nicht gut ging.

Gleich nach dem Essen, so gegen halb zehn Uhr, verabschiedeten sich die MacGregors und Erin fuhr sie beide nach Hause. Alle anderen Gäste schliefen bei den Blairs, die reichlich Platz hatten.

„Ich weiß nicht, was da los war, auf einmal ist die Stimmung irgendwie gekippt. Am Anfang war es doch wirklich eine schöne Party!"

Seine Frau hatte anscheinend vor, den Abend auf ihrer gemeinsamen Heimfahrt zu rekapitulieren.

MacGregor, in dessen Magen es rumpelte wie beim Schleudergang einer Waschmaschine, war das gar nicht recht. Er wollte so schnell wie möglich nach Hause, auf seine eigene Toilette, und danach eine Tablette einwerfen. Nach einem Gespräch stand ihm überhaupt nicht der Sinn, wenngleich er Erins Einschätzung teilte. Daher antwortete er ihr nur einsilbig.

„Ja, sieht so aus."

Erin kannte ihn lange genug, um zu wissen, dass hier kein wirklicher Austausch mehr stattfinden würde und schwieg den Rest der Strecke.

Zu Hause ging der Inspector gleich ins Bad, in dem auch dem auch das Arzneischränkchen an der Wand hing, und danach sofort zu Bett. Er schwor sich, dass das wirklich das letzte Mal in seinem Leben gewesen war, dass er schimmelige Käsesuppe gegessen hatte!

Seine Frau blieb noch unten und schaute ein wenig fern. Es lief gerade so eine Show, bei der Menschen, die etwas ihrer Meinung nach Geniales erfunden hatten, auf der Suche nach Sponsoren für ihre Produkte waren.

XVIII

Am Sonntagmorgen um kurz vor sieben Uhr klingelte MacGregors Diensthandy und riss ihn unsanft aus dem Schlaf. Erin, die ebenfalls geweckt worden war, drehte sich seufzend zur Seite. Sie wollte noch weiterschlafen – er auch, aber er durfte nicht. MacGregor wurde zu einem Tatort gerufen. Das Opfer hätte eine Kopfverletzung erlitten.

Er ging aus dem Schlafzimmer, damit er Erin nicht weiter störte und lief die Treppen hinab in ihr Büro, um sich dort die Adresse zu notieren, die Harry ihm gerade durchgab. Vorsätzlicher Mord kam in ihrer Gegend nicht allzu häufig vor und MacGregor ging davon aus, dass es sich bei dem gemeldeten Todesfall um einen Unfall oder vielleicht auch um einen Totschlag handelte.

MacGregor hatte nun das Schreibzeug vor sich liegen und schrieb automatisch mit, ohne nachzudenken. Er war immer noch nicht richtig wach. Er bat Harry, mit Higgs zum Tatort zu fahren, einen Krankenwagen und vorsichtshalber die Spurensicherung zu verständigen. Nachdem er aufgelegt hatte, starrte er auf den Zettel in seiner Hand, auf dem er die Adresse notiert hatte: Lochluichart 5, Garve. Zuerst stutze er erstaunt, dann fluchte er verhalten. Das war doch die Adresse der Blairs! „Verdammt!"

* * *

MacGregor brauchte keine halbe Stunde, um beim Bungalow anzukommen. Die Eingangstür stand weit offen, davor parkten der Krankenwagen und einer ihrer weiß-blau-gelben Einsatzwagen. Die Constables waren also schon vor Ort. MacGregor trat widerwillig ein. Er war noch niemals an einem Tatort zuvor als Gast gewesen. Allerdings trieb ihn seine berufliche Neugier voran, schnell erfahren zu wollen, wer denn eigentlich gestorben war. Harry stand in der Halle und erwartete ihn.

„Morgen, Sir. Wir haben alle in den Salon geschickt. Mr Higgs ist bei ihnen. Sie sind alle ziemlich durch den Wind. Ist ja auch n' Ding! Inszeniert fünf Entführungen, um berühmt zu werden und wird dann kurz darauf erschlagen!"

MacGregor wurde blass. Damit, dass der oder die Tote Valentine Blair war, hatte er absolut nicht gerechnet! Auch wenn das nicht schön von ihm war, war er davon ausgegangen, dass einer der älteren Gäste gestürzt war und sich übel den Kopf geschlagen oder sich das Genick gebrochen hatte – so jemand wie der alte Blunter eben. Dass es Valentine war, berührte ihn mehr, als er sich eingestehen wollte. Er hatte diese Frau, auch wenn sie ihn hinters Licht geführt hatte, sehr gemocht.

„Wo ist sie?", fragte er Harry mit belegter Stimme. Der junge Uniformierte deutete auf die verschlossene Tür, neben der er Stellung bezogen hatte. MacGregor zog sich

Einmalhandschuhe an und öffnete die Tür. Das Zimmer war eine Mischung aus Büro und Bibliothek. Vor dem offenen Kamin, der allerdings nicht eingeheizt war, lag Valentine in einer unnatürlichen Haltung und seitlich gekrümmt. Neben dem Körper lag ein blutiger Schürhaken und an der rechten Schläfe hatte sie eine übel aussehende, klaffende Kopfwunde.

MacGregor schluckte und schloss für einen kurzen Augenblick die Augen. Dann schaute er sich genauer im Zimmer um, konnte jedoch sonst nichts Auffälliges erblicken. Er ging in die Knie und fasste Valentine an deren Hand an. Selbst durch das Plastik der Handschuhe konnte er spüren, dass sie schon recht kühl war. Sie musste bereits mehrere Stunden tot sein.

Als er sich erhoben hatte, kamen die Beamten von der Spurensicherung herein. MacGregor verließ nach einem kurzen Gespräch mit den Leuten die Bibliothek und ging in den Salon hinüber. Das Bild, das sich ihm bot, war ein einziges Trauerspiel.

Elias Blair schien unter Schock zu stehen. Er saß auf einem Sessel und stierte ins Leere. Es hatte den Anschein, dass er überhaupt nichts, was um ihn herum geschah, wahrnahm. Er hatte auch nicht bemerkt, dass der Inspector eingetreten war.

Valentines Mutter schluchzte bitterlich in den Armen ihres Mannes, in dessen stark geröteten Augen ebenfalls die Tränen standen.

Die anderen Gäste saßen oder standen verloren im

Raum verteilt. Keiner sprach ein Wort. Tränen vergoss sonst keiner, aber sie wirkten allesamt zutiefst erschüttert.

MacGregor fragte, nachdem er allen erklärt hatte, wie leid ihm die Sache täte und er sein Möglichstes tun werde, um den Täter zu fassen, wer die Leiche gefunden hatte. Lucas Blair hob wortlos die Hand. MacGregor deutete ihm mit einer Geste an, dass er mit ihm den Raum verlassen sollte. Im Hinausgehen wies er Higgs an, die Sanitäter hereinzubitten. Sie sollten sich des Ehemannes und der Mutter der Verstorbenen annehmen.

Er trat ins Esszimmer, in das sie auch Harry begleiten sollte. Die drei Männer setzten sich und der junge Constable hatte sein Tablet auf den Tisch gestellt. Daraufhin nahm er den digitalen Stift zur Hand, um zu protokollieren.

„Dann erzählen Sie mal, Mr Blair. Wann sind Sie aufgestanden und wann haben Sie die Leiche Ihrer Schwägerin entdeckt." Der Zeuge, der vor ihnen aufgeregt auf dem Stuhl hin und her rutschte, rang sichtlich um Fassung. Er rieb sich nervös seine Hände und versuchte sich zu erinnern. Als er sprach, stammelte er allerdings nicht, wie seine Körpersprache dies eigentlich vermuten hätte lassen, sondern meinte tieftraurig: „Ich habe nicht auf die Uhr geschaut. Ich stehe unter der Woche immer früh auf und kann am Wochenende auch nicht lang schlafen. Ich kann mich da nicht umstellen wie Jem und El. Die können, wenn sie Zeit haben, bis in die Puppen pennen. Ich wollte mir in der Küche ein Müsli machen und als ich durch die

Halle ging, sah ich, dass in der Bibliothek das Licht brannte. Die Tür stand sperrangelweit offen. Ich bin, was Strom sparen angeht, sehr gewissenhaft und hab' mich sogar darüber geärgert, dass jemand einfach das Licht hat brennen lassen. Dann aber dachte ich mir, dass es wahrscheinlich gestern Nacht ein Versehen war. Denn jetzt war es taghell und man brauchte bestimmt kein künstliches Licht. Ich ging also hinein und wollte das Licht ausmachen. Der Schalter ist gleich neben der Tür. Da sah ich sie liegen. Hat sich nicht mehr gerührt. Ich hab versucht, ihren Puls zu fühlen, aber da war nichts. Sie war auch kalt und ihre Augen schauten ...", er unterbrach sich und versuchte sich zu sammeln, doch er konnte nicht mehr. Er brach in heftiges Schluchzen aus und schlug die Hände vors Gesicht.

MacGregor und Harry warteten ab, bis er sich wieder einigermaßen gefangen hatte. Nach einer Weile fuhr er fort: „Ich hab dann gleich den Notruf angerufen und Elias geweckt."

„Haben Sie oder Ihr Bruder etwas am Tatort verändert?"

Lucas Blair schüttelte energisch den Kopf. „El war zu nichts in der Lage. Ich dachte, dass er mir gleich umkippt. Er hat Val nicht einmal mehr berühren können. Ich hab' ihn am Arm genommen und ihn in den Salon geführt. Dann weckte ich Jem. Er und Larissa haben die anderen geweckt. Die sind dann natürlich auch alle nachschauen gegangen. Wollten es nicht glauben, konnten es nicht fassen."

MacGregor nickte. So etwas hatte er schon befürchtet. „Wann haben Sie Ihre Schwägerin das letzte Mal lebend gesehen, Mr Blair?" Der Mann starrte zu Boden und zuckte mit den Schultern. „Keine Ahnung, schätze, kurz bevor ich zu Bett gegangen bin."

Der Inspector warf Harry, unbemerkt von Blair, der noch immer nach unten starrte, einen scharfen Blick zu. „Danke, das war's für's Erste. Sie können gehen."

Als er die Tür hinter sich geschlossen hatte, fragte MacGregor den jungen Constable: „Und?"

„Ihn hat ihr Tod sehr getroffen, was nicht weiter verwunderlich ist. Anscheinend mochte er seine Schwägerin gern. Aber er verschweigt uns etwas."

„Das denke ich auch!" Der Inspector nickte Harry bestätigend zu. Dann lehnte er sich nachdenklich zurück, nahm jedoch gleich darauf wieder eine gerade Haltung an. Er hatte sich, ohne darauf zu achten, auf einen der Windsor-Stühle mit den unbequemen Rückenlehnen gesetzt.

Der Inspector wollte mit der Befragung der anderen Anwesenden noch ein wenig warten. Natürlich nicht zu lange, aber die Leute sollten den ersten Schock zumindest ein wenig verdaut haben.

MacGregor und der junge Constable gingen in die Bibliothek, um sich vom leitenden Beamten der Spurensicherung einen vorläufigen Bericht geben zu lassen. Der Schlag auf den Kopf war mit der rechten Vorhand ausgeführt worden und zwar mit Schwung. Der Täter hatte also ausgeholt. Vorläufigen Winkelberechnungen und Messungen zu Folge war die ausführende Person wahrscheinlich größer als das Opfer. Da aber nicht genau festgestellt werden konnte, ob der Hieb eher seitlich von oben oder gänzlich von oben erfolgt war, würde man keine genauere Aussage zur Körpergröße des Täters machen können. MacGregor knirschte mit den Zähnen. Valentine Blair war die kleinste Person auf ihrer Einweihungsfeier gewesen! Sogar ihre ebenfalls kleine Mutter hatte sie um einige Zentimeter überragt.

Damit, dass man keinerlei Fingerabdrücke auf dem Schürhaken sowie der inneren und äußeren Türklinke hatte sichern können, hatte der Inspector allerdings schon gerechnet. Der Todeszeitpunkt konnte erst in der Pathologie genauer eingegrenzt werden. Dort würde der Gerichtsmediziner die Körpertemperatur rektal messen. Aber da der Leiter der Spurensicherung ein alter Hase war, bestätigte er MacGregors Vermutung inoffiziell: Valentine Blair war bereits seit mehreren Stunden tot. Er tippte darauf, dass sie zwischen zwölf und drei Uhr morgens getötet worden war, schätzte aber eher früher als später, da die Totenstarre bei Zimmertemperatur bereits voll ausgeprägt war.

Die Erstarrung der Muskulatur, die an den Augenlidern und Kaumuskeln begann, setzte in 50 Prozent der Fälle zwei Stunden nach dem Tod ein und vollendete sich sechs bis zwölf Stunden danach. Außerdem war Valentine bereits ziemlich kühl. Bei einer normalen Raumtemperatur von 21 Grad Celsius fiel die Körpertemperatur in der Regel pro Stunde um 0,8 Grad ab.

Der Anruf von Lucas Blair war um 6:45 Uhr auf der Wache eingegangen. MacGregor grenzte den Tatzeitpunkt vorläufig für sich im Stillen auf die Stunde zwischen Mitternacht und ein Uhr morgens ein.

Er bedankte sich beim Kollegen des Erkennungsdienstes und ging mit Harry in den Salon zurück, um die Zeugen zunächst zu begutachten. Elias Blair und Valentines Mutter hatte man ein Beruhigungsmittel verabreicht und beide ins Bett gebracht. MacGregor würde sie erst später befragen können, aber das war ihm einerlei. Er wollte die Personen alle gründlich in Augenschein nehmen, weil er die Vernehmungsreihenfolge vom Grad der offensichtlichen Betroffenheit abhängig machen wollte. Er wollte denjenigen, die dem Opfer augenscheinlich am nächsten gestanden hatten und am meisten mit dem Verlust haderten, mehr Zeit bis zur Vernehmung geben.

Dies geschah nicht nur aus reiner Nächstenliebe heraus, sondern war eine Art Selbstschutz. Mit Zeugen, die in Heulkrämpfe ausbrachen oder noch so unter Schock standen, dass sie sich an kaum etwas erinnerten, war nur schwerlich etwas anzufangen. Häufig korrigierten diese Personen dann ihre Aussagen auch im Nachhinein oder konnten sich gar nicht erklären, was sie mit diesem oder jenem gemeint haben wollten.

Dem Inspector war es schon passiert, dass ein Mann, der geistig absolut auf der Höhe war, ihm im ersten

Schock sein Alibi vom Vortag der Tat geschildert hatte. Er war zwar – wie sich später herausstellen sollte – unschuldig, hätte ihnen aber, hätte er sich gleich des richtigen Tages entsonnen, einen wichtigen Hinweis auf den tatsächlichen Täter liefern können. Es war zwar damals kein Mord, sondern nur ein Totschlag gewesen, aber MacGregor hatte seine Lehren daraus gezogen.

* * *

Als erster wurde Ben Kirk ins Esszimmer gebeten. MacGregor achtete diesmal darauf, auf welchem Stuhl er Platz nahm und Harry hatte bereits wieder sein Tablet parat. Nachdem der schüchterne Mann gefragt worden war, wie gut er das Opfer kannte und wann er es das letzte Mal lebend gesehen hatte, antwortete dieser: „Ich bin noch nicht lange mit Bibi zusammen. Eigentlich so richtig erst seit vier Monaten. Deshalb habe ich Valentine auch noch nicht so oft gesehen, so vier oder fünf Mal vielleicht. Sie war recht nett, überhaupt nicht eingebildet. Im Gegenteil, sie war ganz natürlich, gar nicht so, wie ich mir einen Star vorgestellt hatte. Ich glaube, sie mochte mich ebenfalls gut leiden. Hat mich immer gefragt, wie es mir geht und so. Also ich meine nicht die How-are-you-Floskel. Sie war – glaube ich zumindest – wirklich daran interessiert, wie es mir beruflich und privat auch mit Bibi ging. Gesehen habe ich Valentine das letzte Mal so um halb zwölf Uhr. Ich hatte mit Damian, Edwin und Peter noch einen Absacker genommen und bin dann ins Bett. Ich war hundemüde, denn ich hatte von Freitag auf Samstag noch Nachtschicht gehabt und war bis um halb sieben Uhr morgens im Museum. Danach bin ich nach Hause, hab' mich schnell geduscht und bin dann hierhergefahren. Ich bin dann zu allem Überfluss auch noch eine knappe Stunde im Stau gestanden. Bibi ist schon am Freitag hergefahren. Sie wollte Valentine beim Herrichten für die Party helfen. Normalerweise schlafe ich immer schlecht in fremden Betten, aber heute Nacht habe ich geschlafen wie ein Stein."

„Was machen Sie denn beruflich?", wollte der Ermittler noch von ihm wissen, ehe er ihn entließ.

„Ich habe vor zwei Jahren mit einem Freund einen kleinen Wachdienst gegründet. Wir haben mittlerweile insgesamt sechzehn Angestellte. Seit etwa einem Jahr haben wir nämlich die Überwachung des Industrial Museums von Leeds übernommen", meinte Ben Kirk, der an sich sehr bescheiden wirkte und es mit ziemlicher Sicherheit auch tatsächlich war, mit sichtlichem Stolz.

* * *

Larissa Knightly hatte Valentine zuletzt um ziemlich genau 23:45 Uhr gesehen, als sie sich mit ihrem Freund Jeremy für die Party bedankte und dann für die Nacht zurückzog. Da das Paar jung und frisch verliebt war, konnte sich MacGregor schon vorstellen, warum sie so früh zu Bett gegangen waren.

Larissa kannte Valentine auch nicht besser als Bibis Freund. Der Inspector hatte sogar den Eindruck, dass sie noch weniger vertraut mit ihr war. „Im Geschäft habe ich sie nie gesehen. Ich war aber nicht weiter verwundert darüber. Schließlich machte sie ja Karriere und das Geschäft gehört ihrem Mann und seinen Brüdern. Ich habe sie zwei, drei Mal vorher privat gesehen, als ich mit Jem und dem Rest der Familie beim Essen in einem Restaurant oder auf ein paar Drinks in einer Bar war. Ich hatte aber immer irgendwie das Gefühl, dass sie mich nicht sonderlich mochte. Ich meine, sie hat mich jetzt nicht angekeift oder ignoriert, es war eher so ein latentes Gefühl, dass sie mir gegenüber nicht so herzlich war, wie anderen gegenüber. Und damit meine ich eigentlich nicht nur die Familie, denn das hätte mir natürlich eingeleuchtet, zumal wir uns ja erst seit Kurzem kannten. Ich kann es nur so beschreiben: Dem Barmann, der uns seinerzeit die Drinks servierte, dankte sie wesentlich herzlicher, als sie mich hier gestern Mittag begrüßte. Man soll nicht schlecht über Tote reden und das will ich auch nicht. Aber das war eben mein Eindruck von ihr und schließlich gehe ich davon aus, dass die Polizei auch ehrliche Antworten auf ihre Fragen haben will.‟

MacGregor und Harry waren mit ihrer Aussage vollauf zufrieden und der Inspector versicherte ihr, dass sie sich vollkommen korrekt verhalten hätte. Beim Hinausgehen fiel ihr dann noch ein hinzuzusetzen: „Aber nicht, dass Sie jetzt glauben, ich hätte sie getötet! Mir war die

Frau eigentlich herzlich egal! Den Tod habe ich ihr aber natürlich nicht gewünscht!"

* * *

Edwin Drawer versuchte krampfhaft, ja kein Wort zur Fake-Entführung zu sagen und tat so, als kenne er den Inspector nur als Gast und nicht als Genarrten eines Komplotts, dessen Teil er gewesen war. Er hatte mit Dami, Peter und Ben noch einen Drink genommen. Letzterer ging als erster schlafen. Dami und er unterhielten sich noch kurz, ehe sich das Pärchen ebenfalls von Valentine verabschiedete und zu Bett ging. Er konnte es nicht beschwören, aber es musste noch vor Mitternacht gewesen sein. Er kannte Valentine eigentlich gar nicht gut – an dieser Stelle versuchte er die Show, die sie inszeniert hatten – so gut es ging zu umschiffen. Dami eigentlich auch nicht. Dami war mit Elias befreundet gewesen und als die Blairs ein Paar wurden, hatten sie beide anderenorts studiert und nur Dami hatte ab und an Kontakt zu Elias gehabt.

* * *

Es klopfte zwei Mal kurz und scharf am Türrahmen – die Tür des zum Vernehmungsraums umfunktionierten Esszimmers stand dem nächsten Zeugen selbstredend offen – und Pastor Jenkins trat, wenngleich er ein zackiges „Herein!" erwartete hatte, steifen Schrittes ein. MacGregor bot ihm gegenüber von ihm einen Platz am Tisch an und rechnete schon fast mit der Replik von Jenkins, lieber stehen zu wollen.

Tatsächlich schien der Pastor kurz zu überlegen, setzte sich aber dann dennoch – wohl der gegenwärtigen Obrigkeit gegenüber – gehorsam, jedoch etwas widerwillig, was an einem leichten Fletschen der Zähne abzulesen war. Bei einem anderen Menschen hätte der Inspector die Mimik eher als ein Schürzen der Lippen beschrieben.

Er kannte Valentine – das kleine Ding, recht viel gewachsen war sie ja nie – seit sie mit seinem Peter im Hort gewesen war. War schon immer schlau gewesen, manches Mal schlauer als ihr gutgetan hatte. Konnte aber ihre Intelligenz nicht in Zensuren umsetzen. Sehr schade! Er hatte versucht, ihr Nachhilfe gegeben, sie wollte ihm aber nicht wirklich zuhören. Hätte wesentlich mehr auf dem Kasten gehabt. Wann er sie zum letzten Mal gesehen hatte? Mal überlegen! Ja, er ging mit seiner Frau etwa um Dreiundzwanzighundert und Dreißig zu Bett. Hatten nach der Verpflegung noch einen netten Plausch mit Valentines Eltern und dem alten Nott. Valentine war gerade wieder vom Garten reingekommen. Rauchte noch immer. Gehörte früher zum guten Ton. Aber mittlerweile wusste doch jeder Idiot, dass das pures Gift war!

Der Inspector konnte sich eine abschließende Frage nicht verkneifen: „Waren Sie je beim Militär, Pastor Jenkins?" MacGregor hatte kurz überlegt, anstelle der persönlichen Anrede des Geistlichen ein uniformes, gebelltes

„Sir" anzuhängen, befand dann aber im Stillen, dass dies zu viel der Ironie sei. „Aber natürlich, Junge! Mein ganzes Leben lang hab' ich unsere Männer auf Auslandseinsätzen begleitet. Wäre heute noch bei der Truppe, hätte mich nicht vor fünf Jahren der Splitter eines Schrapnells", er deutete kurz auf den unteren Lendenbereich seines Rückens, „am Kreuz erwischt! Haben mich dann in den Ruhestand geschickt. Gehöre aber noch lange nicht zum alten Eisen! Gibt noch genug zivile Schäfchen, um die sich jemand kümmern muss, hab' ich mir gesagt!"

Harry, der sich verstohlen auf die Lippen hatte beißen müssen, als sein Vorgesetzter als Junge angesprochen worden war, fühlte aufrichtig mit der Herde des alten Militärs. Die Gedanken des Inspectors gingen in eine ähnliche Richtung: Hier waren Hirte und Hütehund gemeinsam als Zerberus zu Gange. In der Gemeinde Jenkins' würde es bestimmt niemand wagen, das Pflaster der Hölle zu betreten, geschweige denn, im Jenseits an die Pforte Satans zu klopfen!

XIX

Es war Mittagszeit und Higgs hatte auf Anweisung MacGregors hin, der nichts gefrühstückt hatte, ein paar Sandwiches besorgt. Die Leiche war schon vor einer Weile in die Pathologie abtransportiert worden und Higgs hatte eigentlich nichts anderes zu tun gehabt, als die Zeugen der Reihe nach in den Speisesaal zu bitten. Die drei Beamten aßen schweigend im Esszimmer. Nach der zwanzigminütigen Pause schickte der Inspector den älteren Constable hinaus, um Mr Jenkins junior zu ihm und Harry zu bitten.

Peter Jenkins setzte sich – ganz im Gegensatz zu seinem Vater – unaufgefordert und nonchalant.

„Mr Jenkins", setzte MacGregor an, „wann und wo haben Sie Ihre Freundin Valentine das letzte Mal lebend gesehen?" Der Mann überlegte nicht lange und antwortete: „Ich habe meine liebe Freundin Valentine das letzte Mal in ihrem und meinem Leben gesehen, als ich mir meinen letzten Drink von der Bar im Wintergarten holte und sie gerade vom Rauchen zurückkam. Das war um kurz vor Mitternacht."

MacGregor ließ sich von diesem seltsamen und anscheinend zur Provokation neigenden Mann, diesen

Charakterzug hatte er gestern an ihm noch nicht wahrgenommen, natürlich nicht beeindrucken. Er sagte nichts
und starrte ihn nur mit offenen Augen an. Er wollte ihn
dadurch dazu bewegen, seinen eben abgelieferten Auftritt
zu überdenken.

Es dauerte etwas, aber der Inspector hatte einen langen
Atem und er bedeutete Harry mit einem kurzen eindring-
lichen Blick, nichts zu sagen oder zu tun.

„Ich habe mit Ben, Damian und Edwin was getrunken, aber sie alle wollten irgendwann ins Bett. Ich habe
mir selbst noch alleine einen Drink genehmigt und bin
dann ebenfalls ins Bett. Ich habe mich nicht von meiner
guten Freundin Valentine verabschiedet und weiß auch
nicht, wo sie war, als ich mich in die Federn legte. Ich
fand, dass die Party eine Aufführung im Sinne von „Jetzt
sind wir reich, aber werden uns kein bisschen verändern
und unseren lieben alten Freunden für immer treu bleiben"-Scheiß war!" Sein Tonfall hatte etwas Giftiges ange-
nommen und er schwieg erneut, wenngleich weniger ver-
bissen.

MacGregor war sich sicher, dass ihm noch etwas auf
der Seele lag, das er unbedingt loswerden wollte und hüllte
sich deshalb erneut in Schweigen.

Es dauerte keine Minute und es platzte förmlich aus
dem Befragten heraus: „Sie war eine raffinierte kleine
Hexe! Hielt sich jeden bei Laune und weckte in jedem
den sogenannten Beschützerinstinkt! Das arme kleine
Ding! Aber wenn sie mit jemandem fertig war, ließ sie ihn

am ausgestreckten **Arm** verhungern! So eine war sie –
meine Freundin Valentine und zwar schon von
Kindes-beinen an!"

MacGregor wartete, ob der Mann noch etwas zu sagen
hatte. Er nickte ihm aber nach einer Weile, die Peter mit
verschränkten Armen und angriffslustiger Miene an seinem Platz verweilte, auffordernd zu und bat den Zeugen
absolut höflich hinaus.

* * *

Brenda Jenkins trat mit bekümmerter Miene ein. Sie
schien nicht nur traurig zu sein, auch irgendetwas anderes
machte ihr zu schaffen. Sie war mit ihrem Mann zu Bett
gegangen. Wann, wisse sie nicht mehr. Aber er mit Sicherheit! Valentine war ein liebes Mädchen und hatte immer
so schön mit ihrem Peter gespielt! Sie konnte sich wirklich
nicht vorstellen, wer so eine liebenswerte junge Frau hätte
töten wollen. Aber wahrscheinlich war das so ein verrückter Fan, Stalker nannte man doch die, oder nicht? Sie hatte
nichts gehört und nichts gesehen! Das wiederholte sie zwei
Mal ausdrücklich.

MacGregor ließ sich mit seiner nächsten Frage Zeit.
Diesmal nicht, um die Person, die ihm gegenübersaß,
schmoren zu lassen, sondern er überlegte sich die Worte,
die er nun auszusprechen gedachte, äußerst genau. Er war
sich sicher, dass nur ein falsches Wort bewirken würde, dass
Brenda Jenkins sich wie eine Auster verschloss und über-

haupt nichts mehr preisgab. Und er hatte das untrügliche Gefühl, dass sie etwas mitbekommen hatte, das sie wissen sollten, sonst hätte sie nicht gleich mehrmals so vehement betont, dass sie von nichts wusste.

Der Inspector entschloss sich zu einer Notlüge auf persönlicher Basis. „Mrs Jenkins, ich sehe, dass Sie nicht nur erschüttert sind, sondern wohl noch obendrein, wie ich selbst auch, eine schlechte Nacht hinter sich haben. Meine Frau und ich haben den Abend hier sehr genossen, aber ich muss sagen", er legte mit Absicht eine kleine Pause ein und rieb sich dabei ganz bewusst, obgleich es unwillkürlich wirken sollte, den Bauch und rückte dabei mit seinem Stuhl sogar ein wenig vom Tisch ab, sodass Mrs Jenkins die Geste auch bestimmt sehen konnte, „das Mahl war insgesamt doch ein wenig zu üppig und das Roastbeef, dass an sich wirklich schön saftig war, war ziemlich salzig. Ich musste in der Nacht zwei Mal aufstehen, um einen Schluck Wasser zu trinken. Und gerade, als ich das dritte Mal ins Bad gehen wollte, um meinen Durst zu stillen, bat mich meine Frau, die ebenfalls wegen des Flüssigkeitsmangels aufgewacht war, hinunterzugehen und jedem von uns eine Flasche Sprudel zu holen. Ich muss sagen, dass das eine sehr gute Idee war, denn ich trank meine Flasche in der Nacht beinahe gänzlich aus und brauchte dazu nur zum Nachttisch hinüber zu langen."

Tatsächlich hatte MacGregor, nachdem er die Tablette genommen hatte, geschlafen wie ein Stein und die Magenschmerzen waren am Morgen glücklicherweise verflogen.

Und das Roastbeef war wirklich ausgezeichnet gewesen, doch manchmal heiligte eben der Zweck die Mittel.

Mrs Jenkins Haupt wackelte unaufhörlich mit dem Kopf und schien gar nicht mehr aufhören zu können, ihre Zustimmung nonverbal kundtun zu wollen. Doch irgendwann begriff sie, nachdem der Inspector sie eindringlich angesehen hatte, dass sie auch etwas zur Erklärung ihrer Reaktion anmerken musste. Sie habe einen derartigen Durst gehabt, dass sie um etwa halb ein Uhr morgens noch mal zur Küche gegangen war, um sich ein Glas Milch zu holen. Dabei kann sie an der Bibliothek vorbei, in der man die arme Valentine umgebracht hatte. Die Tür war verschlossen, aber sie hatte deutlich zwei Stimmen gehört, die sich stritten. Sie konnte sich nicht an genaue Worte erinnern, konnte nicht einmal sagen, ob es tatsächlich Valentine gewesen und ob die andere Person ein Mann oder eine Frau war. Aber nachdem sie ihren D… verlegenes Hüsteln … ihre Milch getrunken hatte und zurück in ihr Schlafzimmer ging, war die Tür noch immer verschlossen. Aber dahinter war nichts mehr zu hören gewesen.

* * *

Damian Notts Hormone spielten offensichtlich verrückt. Die Therapie, der er sich unterzogen hatte, um sein Geschlecht umzuwandeln, hatte heftige psychische Schocks nicht vorgesehen und MacGregor hatte derzeit keine Möglichkeit, den Zeugen, der am Verhörtisch in einen hysterischen Heulkrampf verfallen war, zu befragen. Er schickte Higgs nach seinem Partner und seinem Vater und empfahl diesen dann, einen Arzt herbeizurufen. Allerdings bestand er darauf, dass alle Zeugen einstweilen vor Ort verblieben. Er konnte den Fall nicht zwischen hier und Leeds pendelnd aufklären – wenngleich er sich gerne einmal wieder in die Obhut von Mrs Pennyfeather begeben hätte.

Desmond Nott, Damians Vater, kannte eher die Eltern Valentines, als sie selbst. Er beschrieb sie als liebende Tochter und als sehr intelligent. Mehr konnte er nicht hinzufügen. Er selbst habe mit Howie, also ihrem Vater, Edith, dem Pastor und seiner Frau noch ein wenig nach dem Dinner geklatscht, sei aber schon zeitig, er schätzte so gegen elf Uhr, auf sein Zimmer gegangen.

MacGregor fiel auf, dass Nott Senior weniger um Valentine trauerte, sondern mehr aus Mitleid mit ihren Eltern tief traurig war. Es gab – wessen sich der Inspector selbst immer wieder aufs Neue in seinem Beruf bewusst wurde – nichts Schlimmeres, als ein Kind zu verlieren. Und Nott, der sich eben erst wieder mit seinem verlorenen Sohn, respektive seiner zukünftigen Tochter, versöhnt hatte, schien die Sache deshalb zusätzlich ziemlich an die Nieren zu gehen.

* * *

Die beste Freundin Valentines, Bianca alias Bibi Lloyd, die MacGregor als äußerst lebensfrohen und stets lachenden Menschen positiv in Erinnerung hatte, war eine Silhouette ihres alten Selbst. Sie saß zusammengekrümmt auf ihrem Stuhl und wirkte beinahe lethargisch. Sie sei mit Val, Luke und El noch beisammen gewesen, nachdem Ben bereits zu Bett gegangen war. Wann sie selbst das getan hatte, wusste sie nicht mehr. Sie hatte ihre Freundin vorher noch gefragt, ob sie ihr noch etwas helfen könnte, doch Val meinte, dass die Caterer schon alles Nötige getan hätten und der Rest bis morgen warten könnte. Ja, die Leute vom Partyservice waren nach dem Dinner nach Hause gefahren und hatten das ganze dreckige Geschirr und Besteck mitgenommen. Eine Charakteristik Valentines? Sie wollte überlegen, entschied sich dann aber um und sprach einfach drauf los: „Sie war eben meine beste Freundin. Wir sind zusammen durch dick und dünn gegangen. Sicherlich, wir haben schon hin und wieder mal gestritten, aber das ist doch normal. Menschen, die nicht streiten, leben nebeneinander her, nicht miteinander!" Sie würde ihr fehlen. Wirklich fehlen! Lautlose Tränen liefen ihr nun in Strömen die Wangen hinunter.

* * *

„Val war n' Teufelskerl! Hat uns alle aus der Scheiße geritten! Ich weiß gar nicht, was wir jetzt ohne sie anfangen sollen. Sie war das Brain in unserer Familie!" Der 28-jährige, einen Meter achtzig große und äußerst muskulöse Bauarbeiter Jeremy Blair saß am Tisch und knetete seine massigen Arbeiterhände, die auf der Tischfläche lagen. Auf seinem Gesicht spiegelte sich die pure Verzweiflung wider.

MacGregor war ob dieser Gestik und Mimik leicht irritiert. Nicht, dass sie ihn angewidert hätten, aber er konnte diese Verhaltensweise und den dazugehörigen trotzigen und zugleich zutiefst enttäuschten Gesichtsausdruck eher mit einem Kleinkind – dem man seine Knetmasse weggenommen hatte und das sich deswegen selbst anderweitig behelfen musste – in Verbindung bringen, als mit einem kräftigen, erwachsenen Mann.

Der Inspector warf einen kurzen Blick auf seinen Constable, der Anfang zwanzig war. Er wollte dadurch erfahren, ob seine eigene unverständige Reaktion seinem Alter geschuldet war. Doch auch Harry schien sichtlich von dieser Diskrepanz verwirrt und machte gerade ein, hoffentlich, dümmeres Gesicht, als er selbst es vor ein paar Sekunden getan hatte. Jeremys lediglich fünf Jahre ältere Schwägerin war für ihn anscheinend ein Mutter-, wenn nicht sogar ein Mutter- und Vaterersatz zugleich gewesen. Bezüglich des Alibis stimmte seine Aussage mit der seiner Freundin überein.

Der Inspector hoffte, dass beide die Wahrheit gesagt hatten und keiner der beiden der Mörder war. Die junge, gescheite und selbstbewusste Larissa Knightly war bestimmt in der Lage, die bei Jeremy entstandene Lücke zu

füllen. Wenngleich die beiden sich künftig auf ihre eigenen, wahrscheinlich weniger öffentlichkeitswirksamen
Erfolge verlassen mussten.

* * *

„In welcher Beziehung standen Sie zu Valentine?", fragte
MacGregor Lucas Blair so schroff, dass der junge Constable aufhorchte. Der Angesprochene blaffte im gleichen
Tonfall zurück: „Sie war die Frau meines Bruders, verdammt!"

„Das war nicht die Antwort auf meine Frage, Mann!",
polterte MacGregor, der den ungeduldigen US-amerika-
nischen Cop mimte.

Lucas Blair schluckte und überlegte ein wenig, ehe er
fortfuhr: „Val war 'ne klasse Frau! Und mehr hab' ich dazu
nicht zu sagen!" Ihm schossen Tränen in die Augen, er
sprang auf und stürzte aus dem Zimmer. Harry war ebenfalls aufgesprungen und wollte ihn zurückholen, doch
MacGregor winkte ab. Manchmal sagten unausgespro-
chene Worte mehr – sehr viel mehr.

* * *

Howard Blunter schlurfte in den Raum. Es blitzte kein
Schalk mehr aus seinen Augen und die Quelle an Witzen
und Anekdoten schien für immer versiegt zu sein. „Ich bin
mit meiner Frau aufs Zimmer gegangen, nachdem Des-

mond und die Jenkins sich ebenfalls verabschiedet hatten."
Er und Edith hatten seinem Mädchen und ihrem Schwiegersohn noch eine gute Nacht gewünscht. Das war das letzte Mal, dass er seine Val lebend gesehen hatte. Er vergrub das Gesicht in Händen und schluchzte erbärmlich.

MacGregor legte ihm eine Hand auf die Schulter und sagte ihm, dass er hierbleiben und sich so lange Zeit nehmen sollte, wie er brauchte. Er und der Constable benötigten das Zimmer im Moment nicht mehr. MacGregor fühlte aufrichtig mit dem Mann, der sich seinen Zorn zugezogen hatte, weil er sich gestern über den schottischen Dialekt mokiert hatte. Er flüsterte beim Hinausgehen: „Co-fhaireachdainn cridhe."

XX

Der Inspector und Harry gingen die Aufzeichnungen im nunmehr verlassenen Salon durch. Die Familie und die Gäste hatten sich auf ihre Zimmer zurückgezogen, waren draußen im Garten oder sonst wo auf der weitläufigen Ebene.

MacGregor überlegte, ob er das Bild, das er sich von Valentine Blair geschaffen hatte, korrigieren musste. Er hatte gewusst, dass sie raffiniert, vermessen und berechnend gewesen war, doch als boshaft oder sadistisch hatte er sie nicht eingeschätzt. Er ging die Aussagen Peter Jenkins' und Larissa Knightlys noch einmal Wort für Wort durch. Er zählte noch zur Generation, der in der Ausbildung Steno verpflichtend beigebracht worden war.

Da klingelte sein Mobiltelefon. „MacGregor! ... Ja, das ist nett! Danke! ... Oha! Anzeichen von Vergewaltigung? ... Also einvernehmlich! Sperma? ... Schade! Sonstige DNA–Spuren? ... Okay, bitte bleiben Sie dran! ... Zwischen Mitternacht und ein Uhr sagen Sie? ... Ja, das dachte ich mir schon! ... Danke! Wiederhören!"

Der Pathologe, der gerade das Opfer auf dem Seziertisch hatte, hatte ihm einen vorläufigen Bericht durchgegeben. Valentine hatte kurz vor ihrem Ableben noch freiwilligen Geschlechtsverkehr gehabt, bei dem anscheinend ein Präservativ benutzt worden war. Er überlegte, ob er Harry und Higgs losschicken sollte, um sämtliche Mülleimer im Haus, insbesondere die in den Bädern, zu durchsuchen, entschied sich aber dagegen. Wenn der Beischlaf etwas mit dem Mord zu tun hatte, hätte der Mann das Kondom bestimmt die Toilette hinuntergespült. Und wenn nicht, dann würde es derjenige spätestens nach der Entdeckung von Valentines Leiche getan haben. Er selbst würde jetzt erst noch die beiden ausstehenden Befragungen vornehmen und sehen, ob sich diesbezüglich beim Gatten etwas ergab. Außerdem hatte der Gerichtsmediziner gemeint, dass sich eventuell Bakterien oder Ähnliches im Schamhaar feststellen lassen könnten, um den Sexualpartner zu identifizieren. Für die Durchsuchung der Mülleimer blieb ihnen als Ultima Ratio noch immer genug Zeit.

* * *

Elias Blair stand die tiefe Trauer ins Gesicht geschrieben. Er war kreidebleich und schien in kürzester Zeit um Jahre gealtert zu sein. MacGregor fragte ihn behutsam, wann er seine Frau zum letzten Mal gesehen hatte. „Sie stand mit Bibi, Lucas und mir in der Küche. Ich bin gleich nach Bibi ins Bett. Hab' ihr einen Gute-Nacht-Kuss gegeben. Sie wollte bald nachkommen, aber ich war schon eingeschlafen." Er schluckte vernehmlich und fuhr sich mit der Hand über die Augen, um den Tränenschleier, der während der Aussage hochgekommen war, wegzuwischen. „Ich habe nicht einmal bemerkt, dass sie nicht neben mir geschlafen hat! Ich habe tief und fest geschlafen, bis mich am Morgen Luke geweckt hat und mir gesagt hat, dass Val …" Er brach ab und vergrub das Gesicht in seinen Händen.

Etwa eine Minute später starrte er MacGregor mit tränennassem Gesicht an: „Man müsste doch meinen, dass man aufwacht, wenn einem das Liebste auf der Welt genommen wird, oder nicht? Ich dachte, dass man da etwas spüren muss, auch wenn man schläft!"

MacGregor versuchte seine Schuldgefühle und seine Verzweiflung ein wenig abzumildern: „Das, mein Lieber, ist nur in Büchern so. Im wirklichen Leben gibt es kein flaues Gefühl im Magen, das zeitlich mit dem Eintritt des Todes übereinstimmt oder gar eine böse Vorahnung. Machen Sie sich da bitte keine weiteren Gedanken. Wenn Sie nichts mit dem Mord an Ihrer Frau zu tun hatten, dann haben Sie sich überhaupt nichts vorzuwerfen!" Blair nickte ein wenig erleichtert. Die Worte des Inspectors hatten ihm eingeleuchtet und die Last, die ihm auf der Seele lag, zumindest etwas erleichtert.

* * *

Valentines Mutter wurde von ihrem Mann ins Esszimmer begleitet. Er stützte sie körperlich wie mental, aber MacGregor musste die Frau alleine vernehmen und bat

Blunter hinaus, nachdem er Edith auf einen Stuhl gesetzt hatte. Er würde ihn holen lassen, wenn sie fertig waren, versprach er ihm.

Mrs Blunter zitterte und wimmerte. Sie würde sich wohl nicht so schnell von dem Schock erholen, mutmaßte MacGregor, da sie eine ziemlich hohe Dosis an Beruhigungsmitteln bekommen hatte und dennoch derart mitgenommen war. Sie bestätigte in leisem Ton die Aussage ihres Mannes und konnte sich an nichts Auffälliges erinnern. Ihr Mädchen hatte sie auf die Wange geküsst, bevor sie sich mit ihrem Gatten zurückzog. Dabei fasste sie sich an die Stelle auf der Backe, als würde sie den Kuss noch einmal spüren wollen. Mehr war von ihr nicht zu erfahren und MacGregor schickte Harry hinaus, damit er Blunter holte.

Er selbst machte sich auf die Suche nach Lucas Blair. Diese Befragung wollte er lieber alleine und anderswo vornehmen, um einen privaten Rahmen zu suggerieren. Er hoffte für Harry und Higgs, dass er erfolgreich sein würde.

Der Mann saß auf einer Bank an der Rückseite des Hauses in der Sonne. Tränen glitzerten auf seinen Wangen und er starrte ins Leere. Ohne um Erlaubnis zu bitten, setzte sich der Inspector neben ihn. Blair zuckte leicht erschrocken zusammen. Er hatte ihn nicht kommen hören, sagte aber nichts.

„Wusste Ihr Bruder Elias, dass Sie ein Verhältnis mit seiner Frau hatten?"

Lucas schwieg und presste die Lippen aufeinander.

„Ich kann diese Vernehmung auch auf der Wache vornehmen und vorher noch ihren Bruder diesbezüglich befragen!"

Lucas schüttelt den Kopf. „Nein, er hat es nicht gewusst. Er hatte keine Ahnung!"

„Hatten Sie gestern mit Valentine Geschlechtsverkehr, nachdem Ihr Bruder zu Bett gegangen war?"

Der Mann sog scharf die Luft ein, nickte dann aber bestätigend. „Aber ich hätte Val nie im Leben etwas angetan! Das müssen Sie mir glauben, Inspector! Ich habe diese Frau abgöttisch geliebt! Immer schon!"

Der Ermittler zog fragend seine Augenbrauen in die Höhe und Blair verstand. „Natürlich hat sie schon lange gewusst, dass ich in sie verliebt war. Aber meine Liebe hat sie erst vor etwa einem Jahr begonnen zu erwidern. Ich konnte mein Glück kaum fassen! Viel Zeit hatten wir aber nie zusammen. Heute Nacht war sie vielleicht eine Viertelstunde bei mir. Hat sich dann aus meinem Zimmer in ihrem eigenen Haus hinausgeschlichen wie ein Dieb." Er blickte traurig zu Boden. Wahrscheinlich spielte sich die Szene gerade erneut vor seinem geistigen Auge ab. Lucas war mit seinen 33 Jahren der älteste der drei Brüder. Nun erklärte sich, warum er bis dahin noch nicht geheiratet hatte.

* * *

MacGregor ging zu seinen Constables zurück, um diese mit den neusten Fakten vertraut zu machen.

Higgs pfiff durch die Zähne. „War ganz schön aktiv, das Mädchen, was?"

Harry enthielt sich eines Kommentars. Er grübelte wie MacGregor darüber nach, mit wem Valentine in der Bibliothek hinter verschlossener Tür gestritten haben könnte. Ein weiterer Bewohner des Hauses, neben Mrs Jenkins, musste sein Zimmer in der Nacht noch einmal verlassen und Valentine erschlagen haben. Aber wer?

MacGregor war sich sicher, dass es hier nicht um einen vorsätzlichen Mord handelte. Die Tat musste im Affekt begangen worden sein. Allerdings hatte der Mörder einen kühlen Kopf bewahrt, indem er die Tatwaffe und die Türklinken abgewischt hatte. Es zeichnete sich auch immer mehr ab, dass es sich bei dem Mordmotiv um eines aus dem Bereich der zwischenmenschlichen Beziehungen handeln musste.

Elias Blair war neben den Eltern Valentines der Haupterbe ihres Vermögens. Aber er konnte sich nicht vorstellen, dass er seine Frau des Geldes wegen umgebracht hatte. Wenn er allerdings von der heimlichen Affäre seiner Frau mit seinem Bruder Wind bekommen hatte, stellte sich die Sache schon ganz anders dar.

Dann wanderten MacGregors Gedanken in eine andere Richtung. Wieso hatte Valentine Larissa Knightly, die ein durch und durch umgänglicher Mensch zu sein schien, nicht leiden können? Wollte sie am Ende alle drei Brüder für sich beanspruchen? Was, wenn der jüngere Jeremy vielleicht ebenfalls einer von Valentines Männern werden sollte? Möglicherweise war er ihr bis jetzt nur noch zu jung gewesen? Traute er Larissa zu, dem Ganzen durch einen Schlag auf den Schädel vorzubeugen? Tatsächlich machte die 23-Jährige auf ihn einen sehr patenten und auch resoluten Eindruck, doch dass sie auf Präventionsmaßnahmen, die Gewalt inbegriffen, verfiel, konnte er sich nicht wirklich vorstellen. Sie wäre eher der Typ Frau, der ihrem Partner das Messer auf die Brust setzen und sagen würde: Sie oder ich! Deine Entscheidung!

Und dann war da auch noch dieser skurrile Peter Jenkins. Der Inspector konnte nur erahnen, was er mit „am ausgestreckten **Arm** verhungern lassen" gemeint haben konnte. Er nahm an, dass Peter, wie Elias und Lucas in Valentine verliebt gewesen war. Und aufgrund der Tatsache, dass sich die beiden am längsten kannten, war seine Liebe zu ihr auch diejenige, die am längsten angedauert hatte.

Jenkins hatte zudem angedeutet, dass sie schon einmal etwas miteinander gehabt hatten und sie ihn verlassen hatte. Seine Mutter hatte das Verhältnis unbewusst äußerst treffend beschrieben: „Valentine … hatte immer so schön mit ihrem Peter gespielt". Doch seine Taten straften seine Worte Lügen. Er liebte diese Hexe, wie er sie genannt hatte, bis zu ihrem Tod. Was hätte er sonst hier zu suchen gehabt und warum war er dann noch immer Single? Oder war er Masochist? Konnte es sein, dass Peter gestern Nacht mitbekommen hatte, dass Valentine nun eine Affäre mit Lucas hatte? Er war daraufhin ausgerastet und hatte die Frau, die ihn verschmähte, im Zorn gerichtet?

MacGregor beschloss, diesem, ihm äußert suspekten Kerl, noch einmal auf den Zahn zu fühlen. Er bat Harry, den Mann für ihn zu suchen und dann zu ihm ins Esszimmer zu bringen. Er selbst wollte sich schnell in der Küche noch einen Kaffee machen.

Das grobschlächtige Büfett, dass das Herzstück der Küche bildete, glich demjenigen, das bei seiner Großmutter im Esszimmer gestanden hatte, beinahe aufs Haar. Zumindest glaubte MacGregor das. Die schmalen Spitzenbordüren an den Bordkanten hinter den Milchglasscheiben waren durch die Jahre vergilbt und wahrscheinlich gar nicht mehr richtig weiß zu bekommen. Ganz oben auf der Ablage war eine ansehnliche Sammlung alter, teils verbeulter Milchkannen aus Blech und Emaille zu bestaunen. Im offenen Mittelteil thronte eine Brotschneidemaschine, bei der man manuell eine Kurbel drehen musste, um von einem Laib eine Scheibe abzuschneiden. Eine alte Kaffeemühle aus Holz stand daneben und darüber hingen an gusseisernen, derben Haken die Henkel von weiß-blau bemalten Kaffeebechern aus Steingut.

MacGregor befürchtete schon, dass er die Bohnen erst per Hand mahlen müsste, um sich dann den Kaffee wie in grauer Vorzeit selbst aufzubrühen, doch als er sich in der geräumigen Küche umsah, fand er, was er suchte. Auf einer alten wurmstichigen Kastenkommode, deren Bewohner bestimmt längst das Zeitliche gesegnet hatten, und neben einem alten Butterfass stand eine moderne Kapselmaschine im Retrolook und die Kaffeekapseln lagen direkt

daneben in einem mit einem karierten Geschirrtuch aus-
gelegten Flechtkörbchen. Eine auffallend edel aussehende
Zuckerdose aus Porzellan, die schwungvoll beschriftet war,
stand daneben. Wahrscheinlich war sie ein Hochzeitsge-
schenk gewesen, das die Bauersleute zu ihrer Vermählung
bekommen hatten. Tatsächlich hing auch ein vergilbtes
sepiafarbenes Hochzeitsfoto in einem schwarzen Eben-
holzrahmen über der Aussteuertruhe, auf der er die Kaffeemaschine gefunden hatte.

Die beiden Eheleute waren vor ihrem Misthaufen, der
direkt vor der Haustür aufgetürmt war, fotografiert worden. MacGregor irritierte dieser für ein Foto im Allgemeinen eher unpassende Hintergrund allerdings nicht. Er
hatte einmal bei einer Führung durch ein Freilichtmuseum
gehört, dass sich die Ehepaare früher immer vor dem
Dunghaufen ablichten ließen. Denn je höher dieser war,
desto mehr Vieh hatte das Paar und so wurde praktisch
der Wohlstand einer Familie dokumentiert.

Ihm fiel außerdem etwas anderes ein, das er bei dieser
Führung gelernt hatte, was aber nur indirekt zu seinem
Fall passte. Es ging um die Tatsache, dass Frauen damals
häufig im Kindbett starben und die Männer dann ge-
zwungen waren, sich eine neue Frau, manchmal auch
mehrere nacheinander, zu suchen. Doch das war vor allem
in den Nachkriegsjahren nach dem Ersten Weltkrieg, wo
ein Frauenüberschuss herrschte, kein Problem. Das Vieh,
insbesondere die Pferde, bildete die Existenzgrundlage der
Bauern. Die Redewendung, an die sich MacGregor erin-

nerte, lautete: Pferd verrecken – großer Schrecken, Frau versterben – kein Verderben!

Würde Elias Blair je wieder heiraten? Und würden Lucas Blair und Peter Jenkins überhaupt je heiraten? Hatte Valentine Kinder gewollt? Der Inspector schob diese Gedanken beiseite. Das war im Moment alles irrelevant.

Die Milch würde er bestimmt im bauchigen Kühlschrank finden, der in einem hellen Mintgrün neben der Anrichte stand. Dieser sah tatsächlich ebenso alt aus wie der Rest der Küchenmöbel und passte vom Stil her perfekt zum alten Holzofen, doch er war, wie MacGregor erst beim Öffnen feststellte, ein neues Retro-Gerät der besten Energieklasse.

* * *

Der Inspector, der mit seinem Kaffee ins Esszimmer zurückgekehrt war, wartete und wartete. Mittlerweile war mindestens eine Viertelstunde vergangen. Es sah auf seine Armbanduhr. Es war schon nach sechs Uhr. Diese eine Befragung würde er noch durchführen. Dann würde er zu Frau und Kind nach Hause fahren. Ihm graute schon davor, Erin vom Tod ihrer Gastgeberin berichten zu müssen. Die beiden Frauen hatten schnell einen Draht zueinander gefunden und Erin würde mit Sicherheit ziemlich erschüttert über Valentines Tod sein.

Harry kam herein. Er war alleine. MacGregor schaute ihn fragend an. „Ich kann den Mann nicht finden, Inspector! Er scheint wie vom Erdboden verschluckt zu sein! Und gesehen hat ihn auch keiner!"

Der Inspector fluchte lautstark. Jetzt mussten sie sich auch noch auf die Suche nach einem Verdächtigen machen! Hätte er ahnen müssen, dass sich Peter Jenkins aus dem Staub machen würde? Doch Selbstvorwürfe halfen ihm im Moment kein bisschen weiter und er schüttelte sie vehement ab. Er bellte: „Rufen Sie Verstärkung, Mann!"

Harry schaute ihn verdattert an. Anscheinend war er binnen kürzester Zeit vom Jungen zum Mann geworden. Doch MacGregor, der nicht begriff, warum sein Constable noch nicht telefonierte, setzte ungehalten nach: „Wird's bald, Junge!"

XXI

Fünf Constables und ein Inspector stellten zunächst den Bungalow auf den Kopf. Dieser war nicht unterkellert, hatte jedoch einen weiträumigen, wenngleich nur fünf Fuß hohen Dachboden. Sie mussten ihn also in gebückter Haltung durchkämmen. Die Suche im Hausinneren blieb erfolglos und sie machten draußen weiter.

Der Garten maß mindestens 4000 Quadratmeter, war aber an den meisten Stellen glücklicherweise gut zu überblicken. Sie durchforsteten ihn in einer Linie und arbeiteten sich dabei zum Ufer des Lochs vor. Der Vorgarten war relativ klein und schnell abgesucht gewesen. Gleiches galt für die Doppelgarage und den angrenzenden Geräteschuppen. Peter war mit seinen Eltern angereist. Deren Auto parkte noch auf der breiten Auffahrt zum Haus.

Nun standen alle Beamten an der flach abfallenden Uferböschung. Sollte MacGregor Taucher kommen lassen oder die Fahndung nach Peter Jenkins herausgeben? Vielleicht war er zu Fuß zur nächsten Bushaltestelle gelaufen oder war getrampt. Aus seinem Zimmer hatte er jedenfalls nichts Offensichtliches mitgenommen. Die kleine Reisetasche hatte er gar nicht erst ausgepackt. Der Kulturbeutel lag im Badezimmer und das T-Shirt, das er anscheinend zum Schlafen getragen hatte, lag noch auf dem Bett. Er hatte heute, wie sich MacGregor erinnerte, das Gleiche wie gestern getragen.

Harry, der auf den Steg gelaufen war, an dessen Ende die beiden Boote vertäut lagen, rief sie zu sich. MacGregor eilte, gefolgt von den vier anderen Beamten, zu ihm. Harry deutete ins Innere des Ruderbootes. Darin lagen die zwei Paddel. An einem davon klebte Blut.

Also doch Taucher!, dachte der Inspector voller Ingrimm. Wenn er etwas hasste, dann waren das Wasserleichen! Er spürte schon jetzt die Magensäure seine Kehle hinaufsteigen und schüttelte sich unwillkürlich. Harry rief die Spurensicherung und ließ ein Team Polizeitaucher anrücken.

Es war Sonntagabend. Die Leute würden nicht übel murren. Doch MacGregor wollte auf Nummer sicher gehen. Das Blut hatte ihn zugleich stutzig werden lassen. Was war, wenn Peter Jenkins von seiner sogenannten lieben Freundin Valentine, die er umgebracht hatte, gelernt und seinen eigenen Tod nur vorgetäuscht hatte? So würde er sich Zeit verschaffen und sich womöglich ins Ausland absetzen.

„Higgs!", rief er seinen alten Constable heran, „Geben Sie doch die Fahndung raus. Wenn kein Passfoto existiert, dann gehen Sie zu Mrs Jenkins. Sie scheint mir der Typ Mutter zu sein, die immer ein aktuelles Foto seines Sprösslings im Portemonnaie hat. Und wenn dem nicht so ist, dann soll Harry im Internet surfen. Als selbstständiger wissenschaftlicher Autor wird Peter Jenkins bestimmt eine eigene Webseite haben."

Higgs blies die Backen auf, wagte es jedoch nicht, seinem Vorgesetzten zu widersprechen. Dann also volle Breitseite.

MacGregor hatte sich von Currington ein Fernglas geben lassen und suchte die Oberfläche des Lochs in Ufernähe Stück für Stück ab. Vielleicht hatten sie Glück. Eine Wasserleiche ging zunächst unter, aber wenn dies in Ufernähe geschah, wo das Wasser nicht tiefer als 20 Yards war, dann konnte sie, wenn sie nicht beschwert war, wieder auftauchen, weil sie von den Fäulnisgasen nach oben getrieben wurde. Doch dann musste man schnell sein. Waren die Gase dem Körper entwichen, was nach etwa 30 Minuten der Fall war, ging die Leiche wieder unter.

Eigentlich rechnete MacGregor nicht wirklich damit, dass der Verwesungsprozess schon so weit fortgeschritten war. Er hatte Peter Jenkins am Ende der Befragung um genau 12.53 Uhr – er hatte im Protokoll nachgeschlagen – das letzte Mal gesehen. Das war zu früh. Er senkte frustriert das Fernglas und gab es Currington zurück. Hier konnten sie im Moment nichts tun. Fox sollte am Wasser bleiben, die anderen gingen zum Haus zurück.

Möglicherweise war Peter Jenkins kein Opfer, sondern ein Mörder, der bereits auf dem Weg zum Kontinent war. Die Flug- und Fährhäfen waren informiert, aber es gab unzählige andere Möglichkeiten, die Insel unbemerkt zu verlassen.

Zuerst würde er die Eltern von Peter über den Stand der Ermittlungen informieren müssen. Dass ihr Sohn verschwunden war, hatten sie allerdings schon mitbekommen. Insbesondere Mrs Jenkins hatte diese Tatsache extrem mitgenommen, wie MacGregor feststellen musste, als er in den Salon trat. Die Frau saß auf einem Sofa und hatte eine Flasche Brandy vor sich stehen, die sie schon zur Hälfte geleert hatte. Ihr Mann stand schweigend und hilflos daneben. Mrs Jenkins hatte offensichtlich im Angesicht des Verlusts beschlossen, das Versteckspiel aufzugeben und zu ihrem Laster zu stehen. Sie wirkte jedoch alles andere als betrunken. Als er eintrat, schnellte ihr Kopf nach oben. „Haben Sie unseren Peter gefunden?", fragte sie augenblicklich, schien sich allerdings zugleich vor jeder möglichen Antwort auch zu fürchten. Ihre Stimme zitterte, MacGregor war sich aber sicher, dass dies nicht dem Alkoholkonsum geschuldet war.

MacGregor und Harry hatten erneut an diesem Tag die leidige Aufgabe, zu überprüfen, wo sich die Bewohner zwischen etwa ein Uhr und sechs Uhr nachmittags aufgehalten hatten und wann sie Peter Jenkins das letzte Mal gesehen hatten.

Die Beamten von der Spurensicherung und die Taucher waren draußen bereits zu Gange und der Inspector hatte die restlichen Constables wieder zu Fox geschickt, damit sie die beiden anderen Teams gegebenenfalls unterstützten. MacGregor wusste, dass es schwierig für die Spezialisten sein würde, Fingerabdrücke von einer hölzernen

Oberfläche abzunehmen. Deswegen rechnete er nicht so schnell mit einem Ergebnis. Die Analyse des Paddels würden sie im Labor durchführen müssen, weil dabei Chemikalien, nicht einfaches Rußpulver wie bei Oberflächen aus Glas, glattem Metall oder Keramik, zur Anwendung kamen. Und außerdem dachte er, dass, wenn der Täter ein und derselbe war, er bestimmt wieder die Abdrücke abgewischt haben würde. Wahrscheinlich würden sie das ganze Ruderboot ins Labor abtransportieren.

Fox hatte den Auftrag ihm sofort Bescheid zu geben, wenn die Tauchmannschaft etwas gefunden hatte. Die Taucher waren mit speziellen Mikrofonen ausgestattet, mithilfe derer sie mit den Einsatzkräften am Ufer kommunizieren konnten. Dass es bald finster werden würde, spielte für die Taucher keine Rolle, denn in der Tiefe des Lochs herrschte ohnehin Dunkelheit. Polizeitaucher waren an widrige Sichtverhältnisse gewöhnt, häufig ertasteten sie die Leichen, bevor sie sie sahen.

Gemäß den Aussagen der Befragten hatte keiner Peter Jenkins am Nachmittag noch gesehen. Außerdem war keiner auch nur in der Nähe des Lochs gewesen. Viele hatten sich hingelegt und manch andere waren im Wintergarten oder auch im Garten gewesen, hatten aber nicht bewusst zum Hochlandsee hingeschaut oder etwas Auffälliges beobachtet.

Die Paare hatten sich, zumindest, was die Aufenthalte in den Schlafzimmern betraf, zum Teil gegenseitige aber nur zeitweilige Alibis verschaffen können. Doch MacGregor wusste aus Erfahrung, dass diese unterm Strich nicht viel taugten. Auch hatten sich die Personen hie und da gesehen und kurz miteinander gesprochen oder auch nicht. Die Zeitangaben diesbezüglich waren mehr als nur vage.

MacGregor kam zum Schluss, dass jeder die Möglichkeit dazu gehabt hatte, Peter Jenkins mit dem Paddel eins überzubraten. Mittlerweile war es elf Uhr nachts. Der Inspector und seine Leute waren hundemüde und die Taucher waren bis dato erfolglos geblieben. Man beschloss, die Suche auf den Morgen zu vertagen.

Die Beamten von der Spurensicherung hatten einen Hänger angefordert, auf den sie das in Plastik eingewickelte Ruderboot verluden. Danach verließen sie ebenfalls den Tatort. MacGregor hatte zwei der drei Constables, die Nachtschicht hatten, zum Bungalow beordert. Sie sollte aufpassen, dass nicht noch jemand verloren ging oder das Weite suchte. Er fuhr müde nach Hause. Erin und Maeve schliefen bereits. Er machte sich Sandwiches, trank ein Stout und fiel dann förmlich ins Bett. Er war ganz froh, dass er heute Abend seiner Frau nicht mehr von Valentines Tod erzählen musste.

* * *

Am Morgen verließ der Inspector um halb sieben Uhr das Haus. Er hatte Erin und Maeve nicht wecken wollen, hatte seiner Frau jedoch einen Zettel neben die Kaffeemaschine gelegt, mit der Bitte, dass sie ihn anrufen sollte. Er hatte ihr die traurige Nachricht nicht schriftlich mitteilen wollen.

Die Taucher, Harry und Higgs waren bereits vor Ort. Die Beamten von der Nachtschicht waren also schon abgelöst worden. MacGregor fragte Higgs, ob sie bei der Übergabe etwas erwähnt hatten, doch dieser verneinte. Die Nacht war ereignislos verlaufen. Die Fahndung nach Peter Jenkins hatte bis dato auch noch keine Früchte getragen.

Sein Diensthandy klingelte und er entfernte sich ein paar Schritte von den Constables, weil er glaubte, Erin sei die Anruferin. Tatsächlich war es aber einer der Analysten von der Spurensicherung. Das Paddel war nicht abgewischt worden, aber die Abdrücke, die sie sichern konnten, waren derart verwischt und häufig überlappt, dass sie unbrauchbar waren. Eine Übereinstimmung, die vor Gericht zulässig war, verlangte zwölf Minuzien – also ein Dutzend Winzigkeiten, die die herausragenden Merkmale des Fingerabdrucks belegten und damit einen Täter einwandfrei identifizierten. War es ein anderer Täter oder hatte der gleiche Täter diesmal den Kopf verloren? Oder aber hatte Peter Jenkins seinen Abgang bewusst so inszeniert? Zudem wurde MacGregor mitgeteilt, dass die Staub- und Pollenschicht im Kahn darauf hindeute, dass dieser schon lange nicht mehr benutzt worden war. Gleiches galt für das Motorboot, das sie jedoch nicht mit abtransportiert, sondern vor Ort untersucht hatten.

Der Inspector konnte seine Überlegungen nicht weiterführen, da einer der Männer der Tauchmannschaft, der am Ufer geblieben war, rufend auf eine Stelle deutete, an der ein Schwall Luftblasen aufstieg. Das passierte häufig. Noch bevor die Taucher ihren Erfolg übers Mikrofon mitteilen konnten, deutete sich durch die Blasen an, dass sie sich erschrocken hatten.

Der Taucher war auf etwas Weiches gestoßen, und tatsächlich tauchte er wenige Sekunden später mit etwas auf, das aus der Ferne aussah wie ein Bündel Kleider. Das Polizeiboot, das in Ufernähe in Bereitschaft war, nahm Fahrt auf und war in kürzester Zeit beim Taucher angelangt. Die beiden Insassen hievten die Leiche ins Motorboot und legten sie in einen geöffneten Leichensack. Danach nahmen sie die Sauerstoffflasche entgegen und halfen dem Beamten ins Boot. Sie steuerten den Steg an und MacGregor, Higgs und Harry rannten zur Anlegestelle.

MacGregor graute vor dem Anblick, doch da musste er durch. Zudem wollte er sich vor seinen beiden Constables keine Blöße geben. Zum Glück hatte er noch nichts Festes gefrühstückt, sondern lediglich einen Kaffee getrunken! Der tote Mann im Boot war Peter Jenkins. MacGregors Teint ähnelte nunmehr dem blassgrünen der Wasserleiche und er wandte sich abrupt ab. Die Magensaft-Kaffee-Mischung, die ihm schwallartig in den Mund geschossen war, konnte er nur mit Mühe wieder hinterschlucken.

Der Inspector musste den Eltern die traurige Nachricht überbringen. Das war der Teil seiner Arbeit, den er überhaupt nicht mochte. Nicht, dass es ihm an Empathie mangelte, genau das Gegenteil war der Fall. Er musste sich immer vorstellen, dass er oder er und Erin am anderen Ende des Tisches saßen. Der Pastor war in seinem Glauben gefestigt, er war überzeugt davon, dass sein Sohn nun bei Gott war, dementsprechend sah man ihm seinen Verlust nicht sonderlich an. Sicherlich wirkte er traurig und betrübt, aber er würde das gut wegstecken, da war sich der erfahrene Polizeibeamte ziemlich sicher.

Ganz anders sah es allerdings bei der Mutter aus. Sie erlitt einen hysterischen Anfall und neigte zugleich noch zu selbstverletzendem Verhalten. Ihr Mann und er hatten ihr, nach Überbringung der Nachricht, gerade noch eine Schnapsflasche, deren Hals sie an der Tischkante abgeschlagen hatte und die sich in den Leib rammen wollte, entwinden können.

Dem jungen Harry war diese Szene extrem unter die Haut gegangen und seine Gesichtsfarbe ähnelte nun ebenfalls der der Wasserleiche. Sie mussten schleunigst einen Arzt holen. Er beauftragte Higgs mit dem Anruf, da der junge Constable sichtlich derangiert war. Er hatte Mrs Jenkins in einen der Sessel im Salon mehr gedrückt als gesetzt und wachte nun über sie, damit sie nicht noch eine Dummheit beging. MacGregor ging davon aus, dass der Mediziner die auf eine ganz eigene Art trauernde Mutter stationär in die Psychiatrie einweisen würde.

Der Pastor würde sich dem bestimmt nicht entgegenstellen. Der Inspector hatte bemerkt, dass er wegen der Suchtkrankheit seiner Frau zusehends aus dem Gleichgewicht geriet. Mit dem Tod konnte er umgehen, er hatte ihn sogar studiert. Doch eine Alkoholikerin auf den rechten Pfad zurückzubringen, war für ihn eine weit schwierigere Aufgabe. Er hatte keine Ahnung, wie er diese anpacken sollte.

MacGregor empfand aufrichtiges Mitgefühl mit dem Mann, der eben sein einziges Kind verloren hatte und dessen Frau sich vor seinen Augen hatte Leid zufügen wollen. Der Arzt, der gestern wegen der Behandlung von Damian Nott gerufen worden war, musste erneut zu ihnen hinausfahren. Nachdem er einigermaßen enerviert eingetroffen war, änderte sich sein Verhalten schlagartig, als er seiner Patientin ansichtig wurde.

Der Inspector beauftragte Higgs und Harry, der sich wieder im Griff hatte, bei den dreien im Salon zu bleiben. Er selbst ging ins Esszimmer hinüber und sah die gestrigen Protokolle zum Verschwinden Peter Jenkins' noch einmal durch. Er wollte sich auf den Grad der Bekanntschaft der Gäste mit dem Getöteten fokussieren und zusätzlich ein gesondertes Augenmerk auf die jeweilige Charakterisierung des Opfers seitens der Befragten legen:

Alastair Jenkins: War selten zu Hause, wie schon gesagt: Auslandseinsätze; Brenda hatte dem Burschen meiner Ansicht nach viel zu viel durchgehen lassen; hat ihn verhätschelt mit dem Resultat sehr sensibel, fast schon verweichlicht; hat aber ein helles Köpfchen, hatte nie Probleme in der Schule; sehr gutes Abitur; Studium mit Auszeichnung; Neueste Geschichte als Hauptfach, aber keine

Lehrtätigkeit; zu viele Vorschriften seiner Meinung nach; wie gesagt, meine Frau hat ihm zu viel durchgehen lassen und viel zu wenig Regeln aufgestellt; er hat dennoch ein gutes Auskommen; schreibt für Wissenschaftsverlage.

Brenda Jenkins: Peter ist mein einziges Kind, ein ganz lieber Junge eben; alles, was sich eine Mutter wünschen kann; immer zuverlässig, stets hilfsbereit und so gescheit! Mein Augenstern!

Elias Blair: Habe ihn häufig gesehen, weil er ein Freund Valentines aus Kindertagen war; kenne ihn aber eigentlich kaum; habe aber immer den Eindruck, dass er mich nicht mag; keine Ahnung warum; Eifersucht? Nein, warum um Himmels willen sollte der Mann eifersüchtig auf mich sein?

Lucas Blair: Ich kann den Kerl nicht leiden, ist immer irgendwie überheblich, oder nein, herablassend trifft es wohl besser; weiß nicht einmal, was der Typ beruflich macht, ist mir aber auch herzlich egal.

Jeremy Blair: Keine Ahnung, Mann! Ist eben ein Freund von Val. Wenn er ein Freund von ihr war, muss er doch okay sein, oder nicht?

Larissa Knightly: Ich habe den Mann gestern Nachmittag das erste Mal in meinem Leben gesehen. Er schleicht irgendwie komisch herum, hat mich einmal mächtig erschreckt! War weder sonderlich freundlich, noch abweisend.

Desmond Nott: Ich kannte den jungen Mann vorher nur vom Hörensagen von Valentines Eltern; habe wenig mit ihm gesprochen; ist mir gegenüber höflich – nicht mehr und nicht weniger.

Damian Nott: Hatte ihn schon ab und an vorher bei Partys, zu denen Elias und Valentine gemeinsam einluden, getroffen; ist weder homophob, noch hat er Vorbehalte gegenüber Transidentitäten.

Edwin Drawer: Ist ein netter Kerl, manchmal teilt er Spitzen aus, aber nie mir oder Dami gegenüber.

Ben Kirk: Habe ihn gestern zum ersten Mal getroffen; kann mich gut mit ihm über die Arbeit unterhalten, hat irgendetwas mit Geschichte studiert; was genau weiß ich nicht mehr; hat aber offensichtlich Ahnung von den Exponaten in „meinem" Museum.

Bianca Lloyd: Kenne ihn schon lange, war aber nicht mit ihm im Kindergarten oder der Grundschule wie Val; aber als ich Val als Teenager kennenlernte, ich selbst war damals mit Elias zusammen, war er oft beim Ausgehen und Partys dabei; dackelte Val immer hinterher wie ein dressierter Hund, sogar noch als Elias und Val dann ein Paar waren; habe nichts gegen ihn, kann aber auf seine Gesellschaft auch gut verzichten.

Howard Blunter: Peter war als Kind oft bei uns; später dann eigentlich nur noch bei Festen im Freundeskreis, also keinen reinen Familienfesten; wir sind ja eng mit den Jenkins befreundet; redet nicht viel, aber ist nicht unangenehm.

Edith Blunter: nicht richtig vernehmungsfähig, im Wesentlichen gleiche Aussage wie Gatte

Drei Stunden später bekam MacGregor per Anruf einen vorläufigen Bericht des Pathologen. Vorher hatte er seine Frau telefonisch über den Tod Valentines informiert. Erin war zunächst fassungslos gewesen, dann sehr traurig. Diese Reaktion hatte er erwartet, aber er konnte sie im Moment nicht trösten. Er musste einen Mörder fassen.

Der Schlag auf den Kopf hatte Peter Jenkins nur betäubt. In seiner Lunge hatte sich Wasser angesammelt. Der Stimmritzenkrampf, der häufig auftrat und das Eindringen von Wasser in die Lunge eigentlich verhinderte, hatte sich bei diesem Opfer gelöst, so der Rechtsmediziner. Peter Jenkins war in bewusstlosem Zustand ertrunken und zwar, wenn man die Wassertemperatur berücksichtigte, zwischen 13.30 und 14.30 Uhr.

Die Tat, also der Schlag auf den Kopf, mochte zunächst ebenfalls im Affekt begangen worden sein, doch einen Hilflosen ertrinken zu lassen, empfand der Inspector als besonders barbarisch. Außerdem war dem Opfer der Schlag, den es an der rechten Schläfe erlitten hatte, seitlich von unten zugefügt worden. Entweder war der Täter deutlich kleiner oder aber er hatte von einer gebückten Haltung aus zugeschlagen. Möglicherweise hatte er das Paddel vom Steg aufgehoben, ehe er zuschlug. Der Täter war entweder ein Linkshänder oder aber er hatte die Rückhand seiner Rechten benutzt. Peter Jenkins musste demnach auf dem Steg niedergeschlagen worden und dann ins Wasser gefallen sein. Danach war er abgetrieben, denn seine Leiche hatte man in einiger Entfernung zum Anleger geborgen.

Irgendetwas, das MacGregor eben gehört hatte, machte ihn stutzig. Doch er kam im Moment nicht darauf. Er war sicher, etwas Ähnliches schon vorher im Fall gehört oder registriert zu haben. Er ging in die Küche, um sich einen Kaffee zu machen und sich eine Kleinigkeit zu essen zu suchen.

Elias Blair hatte ihn und die Constables gestern aufgefordert, sich jederzeit zu bedienen. Die anderen Bewohner mussten sich ebenfalls selbst versorgen. Vielleicht half ihm das Koffein auf die Sprünge. Und mit einem leeren Magen überlegte es sich ebenso schlecht wie mit einem überfüllten.

Tatsächlich hatten die Blairs damit gerechnet, dass die Gäste und sie selbst am Sonntag im Laufe des Tages abreisen würden. Dementsprechend desolat war die Versorgungslage. Allerdings war irgendjemand so schlau gewesen und hatte den Geschenkkorb mit Erins Köstlichkeiten auf den Küchentisch gestellt. Der Haggis war schon aus, wie MacGregor bedauernd feststellen musste. Er öffnete ein Einmachglas mit Fischsuppe und füllte einen tiefen Teller damit. Den Rest stellte er in den Kühlschrank. Dann sah er sich nach einer Mikrowelle um, fand jedoch auf den ersten Blick keine. Er stutzte. Auf dem Herd sah er keinerlei Töpfe oder dergleichen stehen. Wie hatten sich die Gäste ihr Essen gewärmt?

Er ging zum Küchenbüfett und öffnete das linke

Schränkchen neben der Mittelablage – Fehlanzeige. Er versuchte sein Glück beim rechten – tataa! Man hatte die Rückwand entfernt, damit man das Kabel des Küchengeräts in die Steckdose an der dahinterliegenden Wand stecken konnte. Während das Gericht sich auf dem Teller in der Mikrowelle drehte und warm wurde, sah der Inspector aus dem Küchenfenster, das zur Straße hinausging. Der Bungalow lag am Ende einer Sachkasse und es waren weit und breit keine Nachbarn zu sehen. Er setzte sich an den Küchentisch und verzehrte genüsslich das Essen, das seine Frau gekocht hatte.

XXII

„Inspector, die Presse und das Fernsehen sind da!", Harry
stürmte ins Esszimmer. Brenda Jenkins hatte man ins
Bezirkskrankenhaus abtransportiert und ihr Mann hatte
sie begleitet. Er würde aber, wenn er die Formalitäten erledigt hatte, zurückkommen, darauf könne sich der Inspector verlassen!

MacGregor stöhnte, aber hatte eigentlich schon viel
früher damit gerechnet. Irgendwann sickerte immer etwas
durch und immerhin hatten sie beinahe 36 Stunden ihre
Ruhe gehabt. Das hier auch die Fernsehsender vor Ort
waren, war nicht weiter verwunderlich. Schließlich waren
der ominöse Karriereauftakt Valentines sowie der sich
anschließende kometenhafte Aufstieg eine absolute Sensa-
tion gewesen.

„Gehen Sie mit Higgs raus, schnappen Sie sich ein
Absperrband aus dem Einsatzwagen und riegeln Sie den
Privatgrund ab. Ich werde auf der Wache Verstärkung
anfordern!" MacGregor überlegte. Wenn die Fans von
der Geschichte erfuhren, würden sie hier wie Heuschre-
cken einfallen. Er musste zusätzlich noch bei den Kollegen in den Nachbarrevieren um Männer zur Unterstüt-
zung bitten.

Den Bewohnern des Bungalows konnte er natürlich nicht verbieten, mit der Presse und den Fernsehteams zu sprechen, doch es war ihm sehr daran gelegen, sie dahingehend zu überzeugen, dass unüberlegte Äußerungen gegenüber den Journalisten und Reportern für sie unangenehme Folgen haben konnten. Außerdem wurde die Ermittlungsarbeit dadurch erschwert, wenn nicht sogar verzögert.

Das alles hatte MacGregor den Anwesenden im Salon, in den er sie gebeten hatte, nachdem er Verstärkung angefordert hatte, erläutert und hoffte, dass die Gäste seinen Wink verstanden hatten: Wenn alle den Mund hielten, würden sie alle schneller wieder zu Hause sein und konnten ihr bisheriges Leben wieder aufnehmen (oder mussten – zugegeben – ein gänzlich Neues beginnen, doch dies verschwieg er bewusst in seiner Ansage). Das war ihnen bestimmt allen lieber, als am Tatort ausharren zu müssen.

Nachdem die Verstärkung eingetroffen war, bat er Harry per Anruf auf dessen Mobiltelefon wieder ins Haus zu kommen. MacGregor hatte nicht vor, sich der Meute allzu bald auszuliefern. Er würde bestimmt binnen kurzer Zeit einen Anruf vom zuständigen Pressereferenten der Polizei, der für MacGregors Revier zuständige saß in Inverness, bekommen. Dieser würde ihm peinlich genau mitteilen, was er zu tun und was er zu lassen hatte, beziehungsweise was er sagen sollte und was er keinesfalls sagen durfte.

Der junge Constable sollte etwas für den Inspector

recherchieren. MacGregor hatte sich wieder daran erinnert, was ihm beim Bericht des Pathologen aufgefallen war. Er sprach von „Rückhand" und der Leiter der Spurensicherung hatte bei Valentine von „Vorhand" gesprochen. Harry sollte sämtliche Tennisvereine in Leeds antelefonieren, um zu erfahren, ob einer der Verdächtigen Mitglied war oder einmal Mitglied gewesen war.

Das war, wie Harry schnell feststellen musste, keine leichte Aufgabe, denn in Leeds gab es mehr als 200 Tennisplätze und über 20 Clubs. Die Stadt war eine der am schnellsten wachsenden in ganz Großbritannien und war im United Kingdom als eines der wichtigsten Sportzentren, natürlich nicht nur wegen Tennis, bekannt. Der Constable suchte also sprichwörtlich nach Nadeln in einem überdimensionierten Heuhaufen.

Die Haustür krachte ins Schloss und MacGregor horchte auf. Als er in die Halle ging, sah er einen ziemlich mitgenommen wirkenden Pastor Jenkins, der, wie versprochen, zurückgekommen war. Diese Heimkehr hatte er sich jedoch ganz anders vorgestellt. Er hatte nämlich einen Spießrutenlauf durch die Aasgeier von Presse und Fernsehen absolvieren müssen.

Der Inspector bat ihn in den Salon und hieß ihn, sich zu setzen. Nachdem der alte Militärpfarrer dies ohne zu zögern tat, wusste MacGregor, dass es ihm tatsächlich nicht sonderlich gut ging. Er brauchte den Mann nicht über den Zustand seiner Frau zu befragen. Er machte aus eigenem Antrieb heraus Meldung: „Hatte noch einen

Anfall, kurz nachdem sie eingeliefert worden war. Haben sie sofort sediert. Wahrscheinlich besser so. Werde jetzt für sie beten!"

Der Inspector nickte mitfühlend, wollte allerdings vorher noch etwas von dem Mann wissen. Doch das sollte keiner der anderen Anwesenden mitbekommen. Deswegen verschloss er die Tür zum Salon.

* * *

Nach eineinhalb Stunden konnte Harry mit seinen Ergebnissen aufwarten. Er wusste aber schon vorher, dass sie seinem Chef nicht gefallen würden. Er reichte MacGregor wortlos die handgeschriebene, diesmal allerdings in ganzen Worten ausformulierte Liste. Nachdem der Inspector sich diese angesehen hatte, murrte er: „Na, das war wohl ein Schuss in den Ofen!"

Harry zuckte hilflos mit den Schultern. Es war ja nicht seine Schuld, dass beinahe alle Verdächtigen Tennis spielten oder einmal gespielt hatten. Außerdem war er bei den älteren Semestern unter ihnen auch nicht sicher, ob sie vielleicht vor zwanzig oder dreißig Jahren mal gespielt hatten, denn so lange reichten die Mitgliederlisten vieler Vereine, die er antelefoniert hatte, gar nicht zurück. Sie waren also wieder bei null.

Larissa, die das Treiben auf der Straße beziehungsweise den mittlerweile volksfestartigen Auflauf von ihrem Zimmerfenster aus beobachtet hatte, rechnete sich aus, dass die Morde wohl bald Gegenstand der Fernsehnachrichten sein würden. Sie ging in den Salon und schaltete den Flachbildfernseher, der sich in einem rustikalen Vertiko versteckte, an. Dann zappte sie durch die Programme. Als sie gefunden hatte, was sie suchte, sprang sie auf und schrie nun mit aufgeregter Stimme in die Halle hinaus: „Wir sind in den Abendnachrichten!"

Nacheinander gingen sämtliche Türen auf oder die Bewohner tauchten aus dem Wintergarten auf und liefen eilig in den Salon. Neugierde und Sensationslust hatten zeitweilig die Oberhand über ihre Trauer gewonnen. Harry und MacGregor schlossen sich ihnen an. Eine gutaussehende Moderatorin kündigte den Beitrag an und das Bild schwenkte zu einem seriös wirkenden Reporter in einem grauen Zweiteiler, der wie angekündigt vor Ort, also direkt vor dem Bungalow stand. Die Moderatorin war ausgeblendet und stellte ihre Fragen an den Berichterstatter für die Zuschauer hörbar aus dem Off.

Moderatorin: „Miles, sie stehen direkt vor dem Haus der ermordeten Sängerin Valentine Blair, die mit ihren Songs *Secrets and Wishes* und *Stolen Self-Esteem* über Nacht zum Star wurde.

Ein Foto von Valentine in ihrem Vamp-Girlie-Look wurde eingeblendet und im Hintergrund liefen die letzten traurigen Takte ihres zweiten Hits, während derer die misshandelte Protagonistin ins Wasser ging.

Berichterstatter: „Das ist richtig, Caroline. Valentine Blair hatte am Samstagabend für Familie, Freunde und

Bekannte eine kleine Einweihungsparty in diesem prächtigen Wochenendhaus, das Sie hinter mir sehen, gegeben. Sie wurde in der Nacht zum Sonntag Opfer eines Mordanschlags. Genaueres zur Todesursache ist uns derzeit noch nicht bekannt."

Moderatorin: „Hat die Polizei schon Hinweise darauf, wer das Verbrechen verübt haben könnte?"

Berichterstatter: „Der ermittelnde Beamte hält sich noch bedeckt. Zuverlässigen Quellen zu Folge, wissen wir jedoch, dass er im Moment im Haus ist und die Vorgänge untersucht."

Nun wurde wieder die Moderatorin eingeblendet und es folgte ein Kurzporträt von Valentine, wobei die Vita sich eher auf die Zeit als Sängerin im „The Memory" und den Beginn ihrer Karriere als vermeintliche Mörderin beziehungsweise Kidnapperin beschränkte. Nur kurz wurde Elias Name erwähnt und dass der Star noch keine Kinder hatte. Die vollständige Lebensgeschichte würden sie wohl erst noch ausgraben müssen, aber MacGregor war sich ziemlich sicher, dass sie daran bereits unter Hochdruck arbeiteten. Der andere Todesfall war noch nicht durchgesickert, aber das würde wahrscheinlich auch nicht mehr lange dauern.

Der Inspector ging zum Fernsehapparat und schaltete ihn aus. Keiner hatte Einwände, zumal der Beitrag bereits zu Ende gewesen war. Er räusperte sich kurz und setze dann an: „Ich habe mich mit Pastor Jenkins unterhalten", er nickte dem Mann, der mit zusammengepressten Lippen auf einem Sessel saß, zu, „und dabei erfahren, dass sein Sohn Peter ein digitales Tagebuch auf seinem Tablet geführt hat. Wir konnten seine Aufzeichnungen bis dato nicht finden. Unter seinen Sachen in seinem Zimmer war es nicht. Ich möchte Sie alle bitten hierzubleiben, bis Harry und ich das Haus samt Ihrer Zimmer durchsucht haben."

Empörung wurde laut. „Das dürfen Sie nicht! Dafür brauchen Sie einen richterlichen Beschluss!", echauffierte sich der Jurist Damian Nott.

„Mr Nott, Sie als Unternehmensberater haben sich anscheinend schon länger nicht mehr – wahrscheinlich zuletzt in Ihrem Studium – mit Delikten befasst. Wenn Gefahr im Verzug ist, und das wird in unserem Fall ja keiner bestreiten können, darf ich sehr wohl Ihre Zimmer durchsuchen!"

Nott schwieg und MacGregor schien mit seiner Ansprache auch allen anderen den Wind aus den Segeln genommen zu haben, denn er erntete keinerlei Widerworte mehr.

Nachdem der Inspector mit dem jungen Constable das Zimmer verlassen hatte, schloss er die Tür zum Salon und schickte Harry fort, damit er sich von einem der zahlreichen Kollegen draußen unbeobachtet und in aller Stille ein Tablet, dass dem seinen so wenig wie möglich optisch ähnelte und am besten von einem anderen Hersteller war, besorgte. Er setzte sich derweil auf einen Melkschemel in der Halle – so unbequem waren die Dinger ja gar nicht – und behielt die Tür zum Salon im Auge.

Nach zwanzig Minuten war Harry wieder da, doch keiner hatte sich dazu angeschickt, den Salon zu verlassen. MacGregor hatte das vorausgesehen, denn jeder der anderen Anwesenden würde ihm dies mitgeteilt haben können. Er wartete mit dem jungen Constable noch eine Viertelstunde, ehe sie mit dem weißen iPad, das Harry sich von einer uniformierten Kollegin aus einem benachbarten Revier geliehen hatte, in den Salon zurückkehrten.

„Ich kann Sie alle beruhigen. Wir haben das iPad von Peter gleich zu Anfang unserer Suche auf einem kleinen Beistelltischchen neben der Rattan-Sitzgruppe im Wintergarten gefunden. Dort lag es unter einer Zeitschrift verborgen. Wir mussten also keines Ihrer Zimmer durchsuchen."

Die Resonanz war ein kollektives Aufatmen aller Anwesenden. Der Inspector hatte gut und gerne darauf verzichtet, sehen zu müssen, welche kleinen Geheimnisse die Verdächtigen vor ihm hatten. Solange diese nichts mit dem Fall zu tun hatten, natürlich. Doch er war sicher, dass der Mörder, er war mittlerweile davon überzeugt, dass es sich um einen einzigen Täter handelte, keinerlei offensichtliche Hinweise auf seine Taten im Zimmer aufbewahrte – schon allein deswegen, weil er die Mordwaffen an den Tatorten zurückgelassen und seine Kleidung höchstwahrscheinlich auch keine Blutspritzer abbekommen hatte.

MacGregor ließ sich von Harry das Tablet geben und hielt es demonstrativ in die Höhe. „Wir haben jetzt also das Gerät, auf dem der Ermordete sein Tagebuch abgespeichert hat. Ich glaube, dass Peter Jenkins sterben musste, weil er den Mörder kannte. Ich vermute, dass er die Person, mit der Valentine den tödlichen Streit hatte, aus der Bibliothek hatte kommen sehen. Wir wissen anhand des letzten Logins, dass er gestern um die Mittagszeit, also nach unserer Befragung, noch etwas auf dem Tablet erledigt hat. Wir nehmen an, dass er das Verhör in sein Tagebuch eingetragen hat. Aufgrund dieser Akribie, Peter war wissenschaftlicher Autor und gewohnt, sehr genau zu arbeiten, gehen wir davon aus, dass er den Namen des Mörders in sein Tagebuch geschrieben hat."

MacGregor tat so, als brauchte er eine Pause. Tatsächlich wollte er seine Worte bei den Zuhörern sacken lassen und hoffte, dass alle seinen Ausführungen bis dahin hatten folgen können. „Das Gerät ist leider passwortgeschützt und meine Constables und ich sind nicht in der Lage, es zu hacken. Deswegen haben wir nach einem Experten aus Inverness geschickt, der in den nächsten zwei Stunden hier eintreffen wird. Ich wollte es ihm ursprünglich selbst in die Zentrale bringen, doch in Anbetracht der Tatsache, dass wir hier belagert werden und mir bestimmt auch einige Reporter der Schmierblätter gefolgt wären, habe ich diesen Plan aufgegeben. Wir werden uns also noch ein wenig gedulden müssen."

Die beiden Beamten verließen den Salon. Die Zurückgebliebenen hatten nun genug Stoff zum Nachdenken. MacGregor war gespannt, was sich der Mörder einfallen lassen würde. Er rechnete mit einem Ablenkungsmanöver, bei dem der Täter ihn und Harry aus dem Esszimmer locken würde. Sie würden nur vorgeben, sich zu entfernen und dann würde die Falle zuschnappen.

* * *

MacGregor und Harry hatten nunmehr zwei Stunden mehr oder weniger geduldig im Esszimmer gewartet und der Inspector musste sich eingestehen, dass er sich verrechnet hatte. Der Mörder war zu gerissen. Er hatte seinen Köder nicht geschluckt. Entweder wusste er, dass Peter kein Tablet dabeihatte oder er hatte mit dem Tagebuch zu dick aufgetragen. Verflucht! Er wusste nicht, wie er den Mörder sonst stellen sollte! Doch zunächst einmal musste er sein Spiel zu Ende bringen, um nicht an Glaubwürdigkeit bei den Zeugen einzubüßen.

Zähneknirschend holte er sein Handy aus der Jackentasche und rief einen befreundeten Inspector eines Nachbarreviers an. „MacGregor, hier. Ich brauche kurz deine Hilfe. Kannst du mir bitte deinen Sergeant schicken oder selbst kommen … Erkläre ich dir später … ja, danke … Lochluichart 5, Garve."

MacGregor benötigte jemanden, der den Computerspezialisten mimte. Vor der Tür standen zwar auch Männer aus anderen Revieren, die die Hausbewohner noch nicht zu Gesicht bekommen hatten, aber diese waren allesamt in Uniform. Ein Sachverständiger musste in Zivil erscheinen. Eine halbe Stunde später war der Polizist da.

Es war der befreundete Inspector selbst, der sich diese Geschichte um nichts in der Welt entgehen lassen wollte. MacGregor wurde von ihm, nachdem er ihn aufgeklärt hatte, nach Strich und Faden veräppelt.

„Tja, MacGregor! Manche Hähne glauben, die Sonne gehe ihretwegen auf!", sagte der Kollege noch, bevor er gackernd nach Hause fuhr.

Müde teilte der Inspector den Personen, die sich noch im Salon aufhielten, mit, dass im Tagebuch kein Name genannt worden war. Die anwesenden Gäste würden diesen Umstand denjenigen, die schon zu Bett gegangen waren, bestimmt morgen mitteilen.

Der Pastor, der zwar nicht gelogen, aber seine Scharade mitgespielt hatte, schien eher erleichtert denn enttäuscht. Tatsächlich dachte der Geistliche genau in jenem Moment an den biblischen Spruch: „Zum Dummkopf passt kein glänzender Spruch, und eine Lüge nicht zum geachteten Mann."

Nachdem die Constables von der Nachtschicht eingetroffen waren, fuhren MacGregor und Harry desillusioniert und frustriert nach Hause. Sie wurden von einigen Reportern angesprochen, viele von ihnen hatten sich jedoch ebenfalls bereits zurückgezogen, und der Inspector leierte nur ein „Kein Kommentar" herunter.

XXIII

MacGregor hatte am Morgen noch bei der Wache vorbei-
geschaut, um sich zu vergewissern, dass dort alles in Ordnung war. Ihre Interimswache im Pfarrheim hatten sie
schon wieder aufgeben müssen, die eigentliche Wache war
nach dem Wasserrohrbruch vorbildlich saniert worden,
dafür hatte er gesorgt.

Der Inspector beschloss sein aufgewühltes Gemüt am
Wasser zu beruhigen. Er hatte ob des fehlgeschlagenen
Plans nicht sonderlich gut schlafen können. MacGregor
fuhr genau zu jenem Parkplatz, an dem Valentine die Ent-
führungen vorgetäuscht hatte. Er ging gemächlich am
Wasser entlang und überlegte sich dabei seine nächsten
Schritte.

Er hatte die Sache ganz falsch angepackt! Das war ihm
jetzt klar. Der Mörder plante seine Taten nicht, er handelte
impulsiv. Dem Mord an Val war ein Streit vorausgegangen
und obwohl er mittlerweile begann, ein wenig an seinem
Urteilsvermögen zu zweifeln, war er sich einigermaßen
sicher, dass Peter den Mörder gesehen haben musste und
ihn wahrscheinlich erpressen oder vielleicht auch quälen
wollte. Der Charakter des Ermordeten war gewiss nicht
gänzlich zu rekonstruieren, doch MacGregor konnte sich

gut vorstellen, dass er seine Macht über einen anderen Menschen genoss und unter Umständen ausreizen wollte.

Der Polizist musste dem Mörder keine Falle stellen, sondern ihm auf den Kopf zusagen, dass er ihn für den Täter hielt. Würde er das geschickt anstellen, würde der Mörder bestimmt ähnlich explodieren wie bei den beiden Tötungsdelikten. Er musste sämtliche Protokolle noch einmal Wort für Wort durchgehen. Vielleicht hatte er etwas Entscheidendes übersehen. Er fuhr zurück zur Wache, setzte sich hinter seinen Schreibtisch und rief die entsprechenden Dateien auf seinem Rechner auf.

Knappe zwei Stunden später sah der Inspector vom Bildschirm auf. In seinen Augen blitzte es. Er hatte sein Motiv und seinen Täter gefunden! Vorher musste er noch zwei Dinge überprüfen. Er fuhr mit Harry zum Bungalow. Diesmal mussten sie sich durch eine Horde von Wissbegierigen kämpfen. Nachdem sie endlich ins Haus gelangt waren, ging MacGregor ins Esszimmer und bat Harry, Elias Blair zu holen. Wenn er mit ihm fertig war, sollte er seinen Bruder Lucas zu ihm bringen.

Seine Vermutungen hatten sich bestätigt. Jetzt musste er umsichtig planen, wie er den Täter zu einer Kurzschlusshandlung beziehungsweise zu einem unüberlegten Geständnis bringen konnte. Oder war eine Provokation zu riskant? Sollte er vielleicht doch lieber Verständnis für die Motive, die sich hinter den Affekthandlungen verbargen, heucheln? Himmel! MacGregor war wirklich nicht mehr der Alte!

Dieser Fall, der ja eigentlich schon mit den vorge-
täuschten Entführungen seinen Anfang genommen hatte,
hatte ihm mächtig zugesetzt. Wäre Valentine Blair nicht
eines der Todesopfer, würde er ihr jetzt gehörig den
Marsch dafür blasen, was für eine Suppe sie ihm einge-
brockt hatte! Er beschloss in den hinteren Garten zu gehen
und sich seine Beine am Loch zu vertreten. Heute Morgen
hatte es funktioniert. Er hatte seine Gedanken neu sortieren können.

MacGregor wollte sich nicht zu weit vom Haus entfernen und schritt am Ufer auf und ab. Sollte er die Person
nur alleine beziehungsweise mit Harry an seiner Seite mit
seinem Verdacht konfrontieren oder sollte er alle Beteilig-
ten involvieren? Was war der bessere Rahmen, um ein
Geständnis zu erwirken? Sollte er den Pastor und die Blunters mit ins Boot holen, um auf die Tränendrüse zu drücken? Sollte das bei einem zweifachen Mörder, der sein
zweites Opfer kaltblütig hatte ertrinken lassen, überhaupt
Wirkung zeigen? Er drehte sich verdammt nochmal im
Kreis und das war nicht das erste Mal, seit Valentine Blair
in sein Leben getreten war! Er entwickelte schon beinahe
selbst eine ähnliche Antipathie wie sie der Mörder gegen
sie gehabt haben musste und schalt sich in Gedanken
dafür. Die Frau war umgebracht worden! Es war sein Job
ihren Mörder zu finden. Nicht mehr und nicht weniger.

Den Mörder kannte er, aber wie zum Teufel … Ein
Schrei aus dem Bungalow wehte zu ihm herüber. Zunächst dachte MacGregor sich noch nichts dabei. Viel-

leicht war jemandem etwas heruntergefallen. Doch als er kurz darauf ein lautstark gebrülltes „Du Schlampe!" vernahm, spurtete er los. MacGregor hatte sich erneut verrechnet und zwar, indem er die Intelligenz der beiden älteren Blair Brüder unterschätzt hatte! Sie hatten sich nach der Befragung durch ihn zusammengesetzt und hatten zwei und zwei zusammengezählt. MacGregor kam schlitternd vor der Tür des Salons, aus dem weitere Schreie gedrungen waren, zum Stehen.

Harry hatte den tobenden Lucas Blair im Polizeigriff und Elias ging gerade mit seinen Fäusten auf Ben Kirk los, der sich schützend vor seine Freundin Bibi Lloyd gestellt hatte. Auch die anderen Hausbewohner waren durch den Lärm herbeigelockt worden und betrachteten entsetzt die Szene, die einer Sequenz aus einer amerikanischen Polizeiserie entnommen worden hätte sein können. Keiner der Zuschauer rührte sich oder sagte etwas.

MacGregor lief zur Vordertür und rief Currington und Fox herein. Zu dritt hatten sie den vor Wut schäumenden Witwer schnell unter Kontrolle gebracht. Den beiden Angreifern wurden Handschellen angelegt, doch der Inspector ließ sie bewusst nicht abführen. Er hieß sie auf zwei Sesseln, wohlweislich in einiger Entfernung voneinander, Platz zu nehmen und wies Fox und Currington an, hinter ihnen Stellung zu beziehen. Danach bat er die Zaungäste herein. Ben Kirk hatte nichts abbekommen. Er war durch seinen Beruf mit verschiedensten Kampftechniken vertraut und wusste sich selbst zu verteidigen. Nicht einmal der rasende Zorn des kräftigen Bauarbeiters hatte ihm etwas anhaben können. Seine Freundin Bibi weinte und zitterte am ganzen Leib. Tränen liefen ihr über das wunderschöne Gesicht. Er bat beide, sich ebenfalls zu setzen.

„Mrs Lloyd, Bibi, möchten Sie uns erklären, warum Sie Ihre beste Freundin getötet haben?" Elias und Lucas starrten sie beide hasserfüllt an und schienen ebenfalls auf eine Antwort zu warten. Ihr Freund Ben wollte schon gegen diese Anschuldigung aufbegehren und war ruckartig von seinem Platz aufgesprungen.

„Hinsetzen!", bellte MacGregor scharf, noch ehe Kirk etwas sagen konnte, und drohte ihm an, ihn aus dem Raum entfernen zu lassen, würde er es noch einmal wagen, ihn zu unterbrechen. Seine Freundin, der etwas derart Ungeheuerliches vorgeworfen worden war, wollte er natürlich keinesfalls mit diesen beiden Irren – Polizeipräsenz hin oder her – alleine lassen. Er gab klein bei und setzte sich widerwillig wieder hin.

Der Inspector sah die schöne Frau, die aufgehört hatte zu zittern, erneut auffordernd an. Nach einer kleinen Weile begann sie zu sprechen und MacGregor fiel eine Zentnerlast von der Seele. „Ich habe Val wirklich geliebt. Das müssen Sie mir glauben! Ich bin mit ihr durch dick und dünn gegangen. Ich neidete ihr ihren Erfolg nicht, im Gegenteil: Ich war sehr stolz auf sie! Ich war es auch, die der Presse die Informationen zugespielt hat, als sie in Untersuchungshaft saß. Wir lernten uns kennen, da waren wir 16 Jahre jung. Ich ging gerade mit Elias. Die beiden haben sich durch mich kennengelernt. Val hat ihn mir ausgespannt. Wir haben uns natürlich furchtbar gezofft, aber irgendwann dann doch wieder vertragen. Die beiden haben geheiratet und führten eine glückliche Ehe. Ich hatte Val schon lange verziehen und wir verstanden uns die nächsten Jahre ganz prächtig. Tatsächlich – ein gebranntes Kind scheut ja bekanntlich das Feuer – habe ich ihr lange, lange Jahre keinen Freund von mir mehr vorgestellt. Meine Beziehungen haben aber ohnehin nie sonderlich lange gehalten. Ich wollte mich wirklich erst dann binden, wenn ich mir sicher war, den Richtigen, also wie man so schön sagt, den Mann fürs Leben, gefunden zu haben. Vor etwa zwei Jahren kam ich dann mit Lucas zusammen. Ich wusste, dass er schon lange in Val verliebt war, dachte mir aber, dass er sie endlich aufgegeben hatte."

Elias versuchte wutentbrannt von seinem Stuhl aufzuspringen, aber Fox drückte ihn sofort wieder nieder. Lucas schaute beschämt zu Boden. MacGregor war sich fast sicher, dass Elias auf Bibi hatte zuspringen wollen, weil die Mörderin nun auch noch seinen Bruder durch den Dreck zog und er ihr kein Wort glaubte. Als Elias nun Lucas' Blick suchte und dieser ihm auswich, schien ihm zu dämmern, dass er soeben die Wahrheit vernommen hatte. Er war vollkommen perplex.

„Wir hatten ein schönes Jahr zusammen und waren wirklich glücklich. Allerdings beschloss Val, dass ihr ein Bruder nicht reichte. Oder aber sie wollte mal wieder etwas haben, das mir gehörte! Ich bin mir sicher, dass sie gewusst hat, dass Lucas sie liebte. Aber sie hatte ihn, bis ich mit ihm zusammenkam, nie an sich rangelassen. Ich weiß nicht, was im Kopf meiner sogenannten besten Freundin vor sich ging. Einerseits bin ich mir wirklich sicher, dass sie mich aufrichtig mochte, andererseits missgönnte sie mir mein Glück. Anscheinend war es von ihrer Seite aus eine Art Hassliebe. Sie zog jedenfalls alle Register, wobei das bei Lucas ohnehin nicht nötig gewesen wäre, da sie nur eine Glut erneut zur Flamme entfachen musste. Er ließ mich augenblicklich fallen und sie begannen hinter Els Rücken eine Affäre." Dieser schnaubte nun wutentbrannt auf und wollte sich erneut erheben. Diesmal war sich MacGregor sicher, dass sein Bruder Lucas das Ziel seines Angriffs gewesen wäre. Fox reagierte prompt aufs Neue und wies ihn in seine Schranken.

„Ich hielt mich eine Zeitlang von beiden fern und überlegte, dass ich eigentlich nie etwas hätte mit Lucas anfangen dürfen, da ich ja wusste, dass Val seine Traumfrau war. Ich schalt mich also selbst einen Narren und vergab beiden. Kurz darauf lernte ich, womit ich nie gerechnet hätte, meinen Ben kennen. Den Mann, in dem ich meinen Mann erkannt hatte." Sie sah ihn liebevoll an, doch er wusste nicht recht, wie er auf die absolute Liebeserklärung einer geständigen Mörderin reagieren sollte und sah deshalb peinlich berührt weg.

Bibi gab diese abweisende Geste anscheinend einen perfiden Auftrieb, um ihre Tat zu rechtfertigen. „Val reichten ihre beiden Männer nicht! Sie begann nun auch noch Ben zu umgarnen! Oder vielleicht hätte sie auch einen der beiden anderen einfach skrupellos abserviert! Ich weiß es nicht! Aber eines weiß ich: Ich bin keine kaltblütige Mörderin! Nein! Ich bin nicht einfach hingegangen und habe sie erschlagen, weil sie mir wieder mal einen Mann ausspannen wollte! Ich habe sie in der Nacht zum Sonntag zur Rede gestellt und sie inständig gebeten, die Finger von Ben zu lassen. Er sei wirklich der Mann, den ich heiraten und mit dem ich alt werden wollte, habe ich zu ihr gesagt! Angefleht habe ich sie! Und was macht sie? Stellt sich hin, stemmt die Hände in die Hüften und macht sich über mich lustig! Sagte, na wenn die schöne Helena ihre Männer nicht halten könne, dann sei das ja schwerlich ihre Schuld, oder? Ausgelacht und verhöhnt hat sie mich! Sie hat dabei sogar mit dem Finger auf mich gezeigt und hat sich mit der anderen Hand den Bauch vor Lachen gehalten! Wie in einem Stummfilm mit bewusst übertriebener Körpersprache, damit der Zuschauer ja weiß, was gemeint ist! Wie eine treudoofe Pute und zugleich eine billige Lachnummer hat sie mich aussehen lassen! Mich, die ich immer zu ihr gestanden habe und mich mit ihr über ihren Erfolg gefreut habe! Ich habe in meiner unsäglichen Wut den Schürhaken gepackt und ihn ihr über den Schädel gezogen! Nun konnte sie mich nie mehr verhöhnen! Ihr schadenfrohes Lachen war für immer verklungen!" Sie machte eine Pause und MacGregor ließ sie gewähren.

„Ich bereute meine Tat, auch wenn ich sie nicht geplant

hatte, im Nachhinein nicht. Sie hat verdient, was sie bekommen hat. Wer Wind sät, wird Sturm ernten! Man kann nicht ungestraft auf den Gefühlen seiner Mitmenschen – nein, was sage ich, wir reden hier nicht von x-beliebigen Menschen – auf denen seiner besten Freundin herumtrampeln und ihr das Lebensglück entreißen wollen!" Sie schien in Gedanken zu versinken, aber MacGregor wollte noch, bevor sie gänzlich abdriftete, erfahren, was es mit dem zweiten Mord auf sich hatte und ob sich seine Theorie bestätigen würde. „Und Peter Jenkins hat Sie gesehen, als Sie aus der Bibliothek gekommen sind, nicht wahr?", fragte er relativ leise, da es mucksmäuschenstill in dem mit Menschen angefüllten Raum war.

„Dieses Ekel sagte, er habe mich gesehen und wolle etwas für sein Schweigen haben. Ich sollte um zwei Uhr zum Steg kommen, dann würde er mich nicht verpfeifen und mir sagen, was er sich so vorstellte. Ich bin im Allgemeinen nicht so naiv, wie ich es in Bezug auf Val war. Ich ahnte schon, was er von mir wollte, der Schuft. Geld war es nicht! Ich ging dennoch hin, denn schließlich hatte ich keine andere Wahl. Er sagte, er wolle mich und meinen Körper immer dann haben, wann ihm der Sinn danach stand. Ich wollte ihm schon sagen, dass er sich zum Teufel scheren sollte und ich lieber ins Gefängnis gehen würde, als seine Sexsklavin zu spielen, doch da packte er mich grob an den Haaren, riss meinen Kopf zurück und brüllte mir ins Ohr, dass er sich an Ort und Stelle und am helllichten Tag an mir vergehen wollte. Ich spürte seine heißen

Speicheltropfen an meiner Wange, war vollkommen überrumpelt und zutiefst angewidert! Damit hatte ich nicht
gerechnet! Ich stolperte, anscheinend war ich für einen
Sekundenbruchteil ohnmächtig geworden, nach vorne,
was ein Glück war, denn so bekam ich das Paddel, das
jemand auf dem Steg liegen gelassen hatte, zu fassen. Er
zog mich hoch, hatte aber nicht gesehen, dass ich das Holz
in meiner Hand hielt. Als er es dann bemerkte, war es zu
spät. Ich traf ihn an der Schläfe und er fiel hinterrücks ins
Wasser. Ich warf das Paddel ins Boot und rannte so schnell
ich konnte zum Haus zurück. Ich habe mich kein einziges
Mal mehr umgesehen! Ich konnte nicht! Mir war egal, ob
er tot war oder ob er lebte! Ich wollte nur weit weg von
diesem Dreckskerl! Und wenn mein Name in seinem
Tagebuch gestanden hätte, dann hätte ich mich eben in
mein Schicksal gefügt!"

Nachdem MacGregor Bibi hatte abführen lassen, überlegte er, dass sie mit einem guten Anwalt wahrscheinlich
nur wegen einfachen Mordes im Affekt und Totschlags
angeklagt werden würde. Vielleicht würde letzterer sogar
wegfallen, wenn die Notwehr eindeutig erwiesen werden
konnte. Sie würde sich zu ihrem Vorteil einer Untersuchung auf etwaige Verletzungen unterziehen müssen. So
wie sie die Szene geschildert hatte, hatte sie bestimmt
einige blaue Flecken und ein paar Schrammen davonge-
tragen. Und die Tatsache, dass sie das Paddel nicht abgewischt hatte, würde ihr wahrscheinlich ebenfalls zupass-
kommen. Er schätzte, dass sie maximal zu zehn Jahren

Haft verurteilt werden würde. Wenn sie Glück hatte, zu sieben und bei guter Führung war sie nach fünf Jahren wieder draußen. Der Mann ihres Lebens würde aber, so hatte dessen Reaktion auf ihr Geständnis jedenfalls vermuten lassen, bestimmt nicht auf sie warten. Das würde wahrscheinlich in den Augen der 30-Jährigen die weit größere Strafe sein.

Epilog

„Daddy, da bist du ja endlich!", Maeve warf sich ihm vollkommen uncool, um nicht zu sagen voll ätzend, in die Arme. Sie flüsterte ihm ins Ohr: „Ich hab's hinbekommen!"

MacGregor war erschöpft, zugleich aber heilfroh, den Fall so schnell abgeschlossen zu haben und überglücklich, bei seinen Lieben zu Hause sein zu können. Allerdings stand er jetzt auf der Leitung. Nachdem er seine Tochter wieder am Boden abgesetzt hatte – er spürte einen leichten Stich im Rücken, sie wurde ihm langsam aber sicher zu schwer für solche Begrüßungen – zwinkerte sie ihm verschwörerisch zu und grinste dann schelmisch. Dabei offenbarten sich die niedlichen Grübchen auf ihren Backen, die ihr Vater so sehr an ihr liebte. Allerdings hatte er noch immer keine Ahnung, was sie gemeint haben könnte.

Er hängte seine Jacke an die Garderobe und sah, dass der Esstisch bereits gedeckt war. Er schlenderte in die Küche, gab seiner Frau einen Kuss und holte sich ein Bier aus dem Kühlschrank. Er schnupperte. „Was gibt's denn zum Dinner, Schatz? Ich habe den ganzen Tag noch nichts Vernünftiges gegessen. Ich habe einen Bärenhunger!"

„Das trifft sich gut, Sam! Maeve und ich haben heute ein Rezept von Maeves Hauswirtschaftslehrerin ausprobiert!"

MacGregor bemühte sich, Begeisterung zu heucheln und setzte ein geziertes erwartungsvolles Lächeln auf. Herrjemine! Hoffentlich war das keines dieser ausgewogenen und zugleich furchtbar gesunden vegetarischen Gerichte, bei denen man drei Mal nachfassen musste und immer noch nicht satt war! Die Definition dessen, was eine vernünftige Mahlzeit war, war leider Auslegungssache.

Er setzte sich an den Tisch, schloss kurz die Augen und sprach im Stillen ein Tischgebet, in dem er seine letzten Arbeitstage und seine gegenwärtige Situation reflektierte: „Herr, gib mir die Kraft, die Dinge zu ändern, die ich ändern kann und verleihe mir den Gleichmut, die Dinge zu ertragen, die ich nicht ändern kann! Amen!"

Er öffnete die Augen und rechnete mit dem Schlimmsten. Was er dann aber sah, ließ ihm das Herz aufgehen und die Worte, die Erin dazu sprach, ließen ihm das Wasser im Mund zusammenlaufen: „Maeve hat sich von ihrer Lehrerin ein Rezept für Haggis geben lassen. Im Wesentlichen ist es das Gleiche wie meines, aber hier kommt noch *frisch gemahlene* Muskatnuss dazu." Das frisch gemahlen hatte sie besonders betont und ihm dabei scharf in die Augen gesehen. Verdammt! Hatte er den Streuer mit dem Muskatpulver etwa an die falsche Stelle zurückgestellt? Er versuchte so zu tun, als sei ihm nicht das Geringste an Erins Erläuterung aufgefallen und tat sich reichlich Haggis auf. Nach dem ersten Bissen schmatze er: „Meim Gopf, if daf gufd!"

Über die Autorin

Enid Kilbar ist verheiratet und hat zwei Kinder. Ferner gehören zum Haushalt drei Findelkatzen, ein geerbter Hund und fünf Hühner – drei davon selbst ausgebrütet, zwei vor dem Beil gerettet. Die Autorin ist eine promovierte Lehrerin und seit ihrer Kindheit begeisterte Krimileserin. Die Familie lebt in einer geschichtsträchtigen Kleinstadt in ländlicher Gegend.